「十四五」國家重點圖書

詞譜要籍整理與彙編（第一輯）

朱惠國◎主編　劉尊明◎副主編

詩餘協律　自怡軒詞譜

李文林◎編著

［清］許寶善◎編著

歐陽明亮◎整理

華東師範大學出版社
·上海·

U0413508

圖書在版編目（CIP）數據

詩餘協律/（清）李文林編著;歐陽明亮整理. 自怡軒詞譜/（清）許寶善編著;歐陽明亮整理. —上海：華東師範大學出版社，2022
（詞譜要籍整理與彙編）
ISBN 978-7-5760-2961-1

Ⅰ.①詩… ②自… Ⅱ.①李… ②許… ③歐… Ⅲ.①詞（文學）—作品集—中國—清代 Ⅳ.①I222.849

中國版本圖書館 CIP 數據核字（2022）第 118243 號

上海市促進文化創意產業發展財政扶持資金資助出版

詞譜要籍整理與彙編
詩餘協律　自怡軒詞譜

編 著 者　［清］李文林　［清］許寶善
整 理 者　歐陽明亮
責任編輯　時潤民
責任校對　龐　堅
裝幀設計　盧曉紅

出版發行　華東師範大學出版社
社　　址　上海市中山北路 3663 號　郵編 200062
網　　址　www.ecnupress.com.cn
電　　話　021-60821666　行政傳真 021-62572105
客服電話　021-62865537　門市（郵購）電話 021-62869887
地　　址　上海市中山北路 3663 號華東師範大學校内先鋒路口
網　　店　http://hdsdcbs.tmall.com

印　　刷　上海盛隆印務有限公司
開　　本　890×1240　32 開
印　　張　12.5
插　　頁　4
字　　數　224 千字
版　　次　2022 年 8 月第 1 版
印　　次　2022 年 8 月第 1 次
書　　號　ISBN 978-7-5760-2961-1
定　　價　98.00 元

出 版 人　王　焰

（如發現本版圖書有印訂質量問題，請寄回本社客服中心調換或電話 021-62865537 聯繫）

倚聲之道較之詩猶協律倍難何者詩有韻詞有腔詩不過四五七言而止詞句四聲五音均拍重輕清濁之別若言順律乘律協言謬俱非本色故山陰吳公曰詞為曲所濫觴寄情歌詠饒取丰神之蘊藉尤貴音調之協洵然則非精於聲音節奏之微不足與參其妙也　季方李比之詩宗唐賢賦出漢苑風雅一道洵稱專家

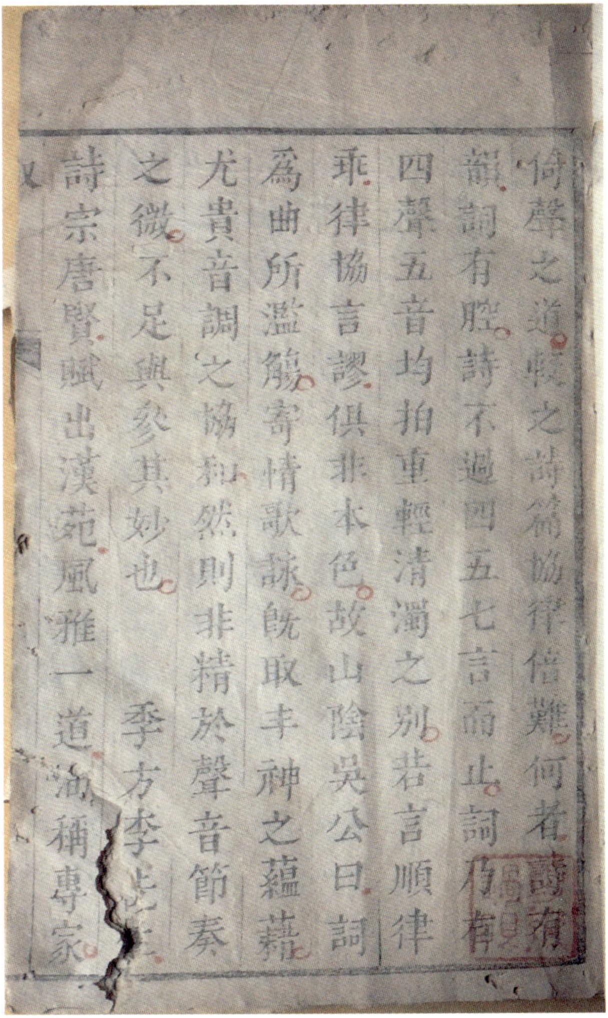

清乾隆三十四年（一七六九）刻本《詩餘協律》書影（一）

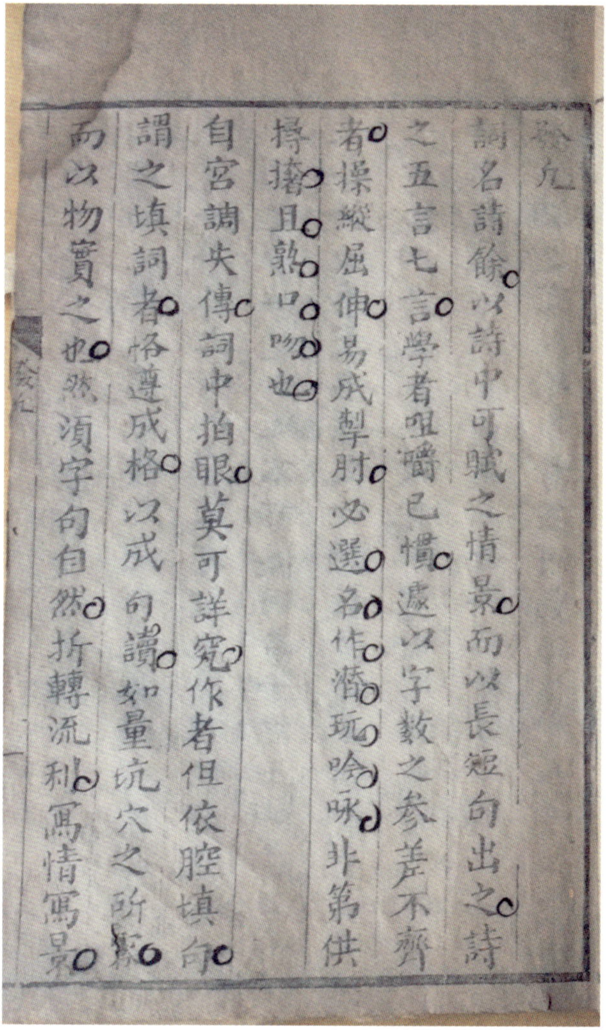
發凡
詞名詩餘以詩中可賦之情景而以長短句出之詩
之五言七言學者咀嚼已慣遽以字數之參差不齊
者操縱屈伸易成掣肘必選名作潛玩吟詠非第供
撏撦且熟口吻也
自宮調失傳詞中拍眼莫可詳究作者但依腔填句
謂之填詞者格遵成格以成句讀如量坑穴之所容
而以物實之也然須字句自然折轉流利寫情寫景

清乾隆三十四年(一七六九)刻本《詩餘協律》書影(二)

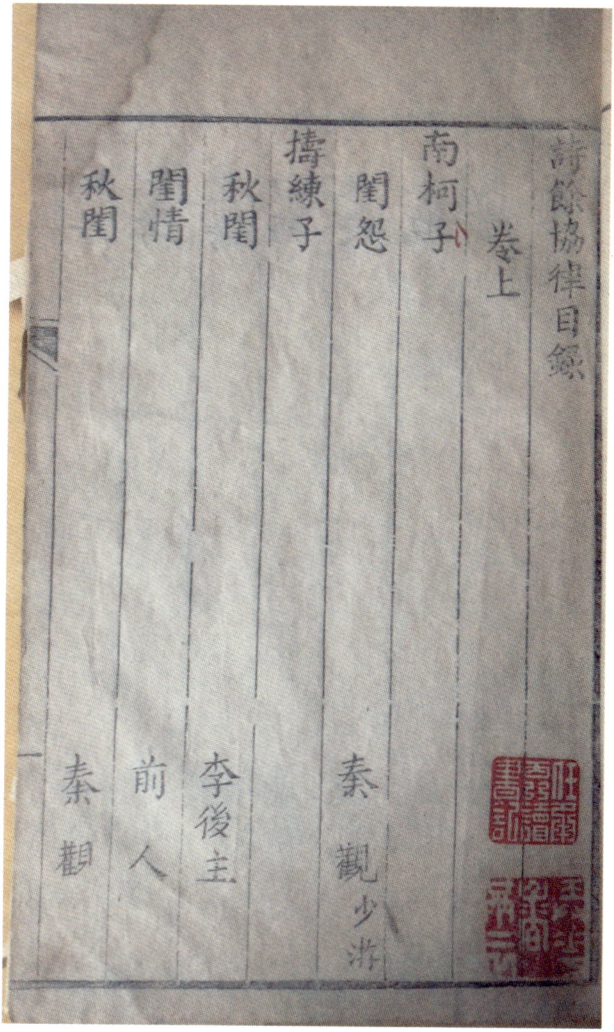
詩餘協律目録
卷上
南柯子
閨怨　秦觀少游
擣練子
秋閨　李後主
閨情　前人
秋閨　秦觀
一

清乾隆三十四年（一七六九）刻本《詩餘協律》書影（三）

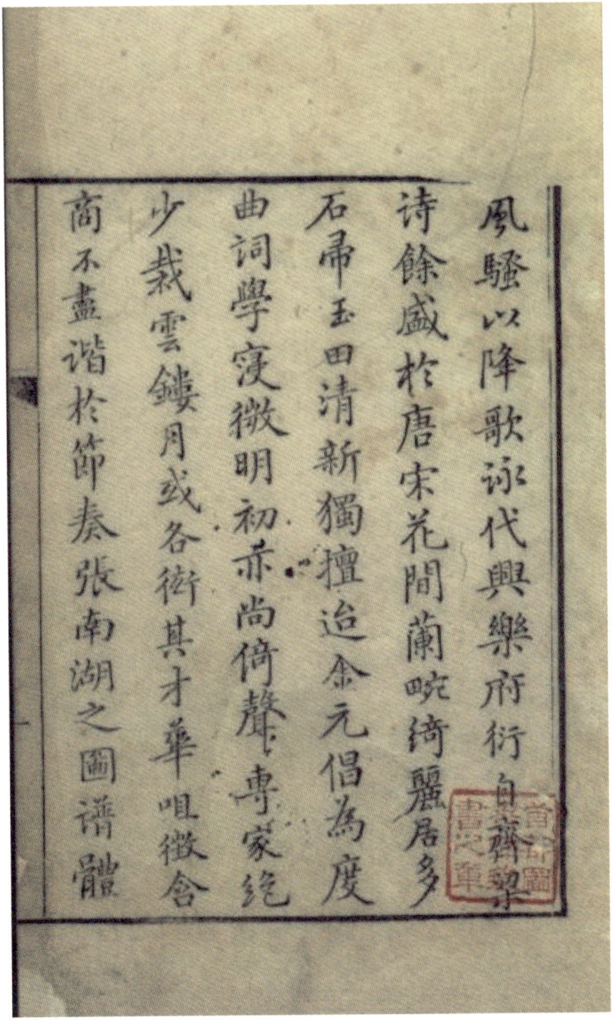
風騷以降歌詠代興樂府衍自齊梁
詩餘盛於唐宋花間蘭畹綺麗居多
石帚玉田清新獨擅迨金元倡為度
曲詞學寖微明初亦尚倚聲專家絶
少裁雲鏤月或各銜其才華咀徵含
商不盡諧於節奏張南湖之圖譜體

清乾隆三十七年（一七七二）刻本《自怡軒詞譜》書影（一）

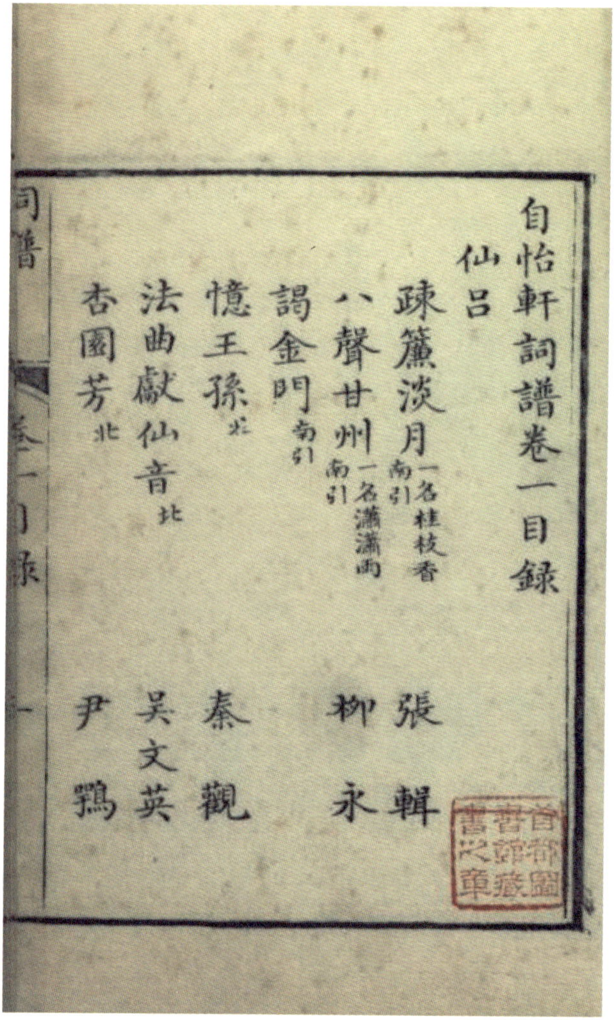
自怡軒詞譜卷一目錄

仙呂

踈簾淡月 一名桂枝香 南引　張輯

八聲甘州 一名瀟瀟雨 南引　柳永

謁金門 南引　秦觀

憶王孫 北

法曲獻仙音 北　吳文英

杏園芳 北　尹鶚

首都圖書館藏書之章

詞譜　卷一目錄　一

清乾隆三十七年（一七七二）刻本《自怡軒詞譜》書影（二）

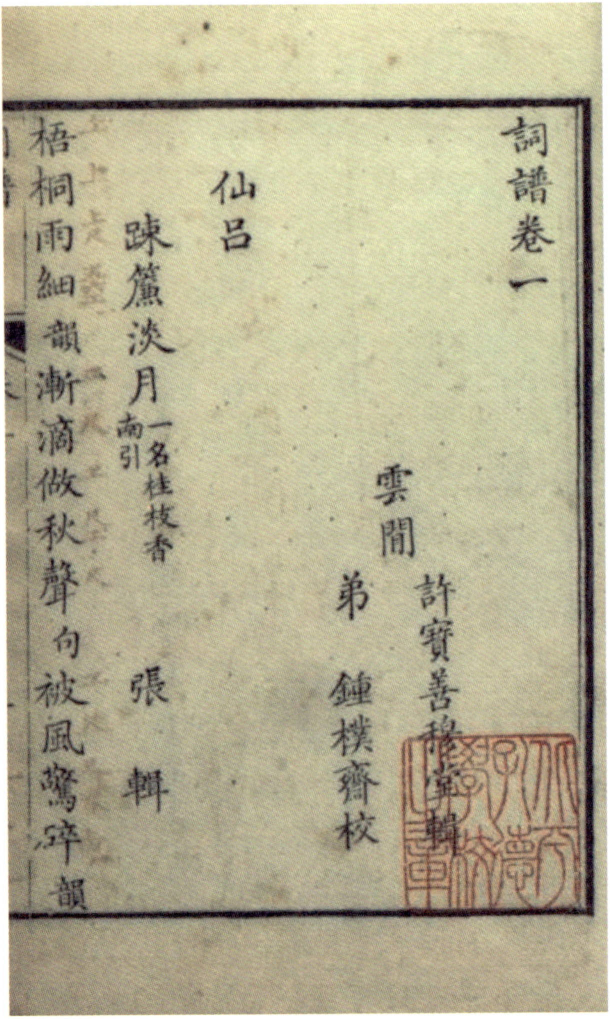

詞譜卷一

雲間　許寶善穆堂輯

弟　鍾樸齋校

仙呂

踈簾淡月一名桂枝香南引　張輯

梧桐雨細韻漸滴做秋聲句被風驚碎韻

清乾隆三十七年（一七七二）刻本《自怡軒詞譜》書影（三）

總序

詞譜，這裏主要指格律譜，產生於明中期，是詞樂失傳後，爲規範詞的創作而逐漸發展起來的一種專門性質的工具書。廣義的詞譜包括音樂譜和格律譜，但就明清詞譜而言，除極少數詞譜，如《自怡軒詞譜》、《碎金詞譜》是從《九宫大成》輯録而成，具有音樂性外，一般都是格律譜。

晚清以來，詞譜研究一直處於較少被關注的邊緣位置，相比詞史與詞論，詞譜研究的成果不多，且研究格局也比較狹窄，可以説，至今缺乏整體性、系統性的研究。晚清民初的詞譜研究大多集中在細部的考察和瑣碎的考訂上，對詞譜文獻尚未有全面的整理和系統的考察。民國時期，學者們多撰文專門探討四聲陰陽及詞人用調等問題，亦有一些學者熱心於增補詞調，至於詞譜的全面系統研究，則依然缺乏。一九四九年後，由於時代原因，詞譜以及與之關係密切的詞調與詞律研究長期受到冷落，直到進入新時期，相關研究才零星逐漸復甦，卻也呈現出十分不均衡的面貌：詞調研究成果相對多一些，但總體上缺乏規劃性；詞律、詞韻等方面的研究成果很少，且多見於語言學等外圍學科；詞譜文獻研究有一些進展，但主要是單個詞譜的研究，成果也比較零散；至於詞譜史的研究，不僅成果少，而且多是以史論方式介紹明清以至民國詞譜著作的編撰過程、詞律研究進程及相關學者的詞律思想主張，並没有觸及問題的實質。因此，明清詞譜的研究總體比較冷寂。

一

進入新世紀，尤其是二〇〇八年前後，明清詞譜研究開始受到重視，相關研究也逐步展開，並取得一些成績。在此過程中，有兩方面的研究推進速度較快，取得的成果也比較突出。

其一，重要詞譜的研究取得明顯進展。明清詞譜的研究起步較晚，但一些重要詞譜因爲影響較大，學術地位重要，吸引了一批學者投入較多精力進行研究，並已取得非常明顯的進展。這在《詩餘圖譜》、《欽定詞譜》、《詞繫》三部重要詞譜的研究方面表現得尤其充分。

《詩餘圖譜》是中國真正意義上的第一個詞譜，地位十分特殊，但以往專門的研究並不多。學術界雖然常常提及該譜，事實上對它的認識還比較模糊，其表現主要有兩方面：一是張冠李戴，將之和賴以邠等人的《填詞圖譜》相混淆，將後者的問題算在前者上；二是没有梳理《詩餘圖譜》版本，分不清初刻本和後續版本的區别，將後續版本中出現的問題誤以爲是張綖《詩餘圖譜》初刻本的。這兩種情況在以往的研究文章和著作中經常會遇到，直到張仲謀在臺灣發現《詩餘圖譜》初刻本，才徹底扭轉了局面。此後《詩餘圖譜》各種版本的發掘和梳理，進一步呈現了該詞譜的真實面貌和流傳過程。可以説，由於文獻資料的突破，《詩餘圖譜》的研究在最近十餘年快速推進，形成的成果也與之前有了質的變化。

《欽定詞譜》由於是「欽定」，在清代幾無討論的可能，更談不上去指謬糾誤，清以後，雖然「欽定」的禁忌不復存在，但由於該譜的「權威性」，也很少有人去留意、審視譜中的問題，部分學者也只是重視詞調補遺工作，而非對原譜本身作研究，因此《欽定詞譜》存在的問題也長期得不到糾正。但最近幾十年情况正在發生變化，陸續有學者關注此譜，將其納入研究範圍，而研究的核心内容，就是對其糾誤匡謬。大致而言，對《欽定詞譜》的研究可以分爲三個階段：第一個階段是一九九七年周玉魁發表《略論〈欽定詞譜〉的幾個問題》一文，開始對該譜進行整體性研究，並且研究的方向也十分明確，就是指出其存在的問題。這種思路事實上對《欽定詞譜》之後的研究路徑有明顯的導向作用。但作者發表此文後，再没見到其後續研究成果。第二階段是新世紀以後，主要是二〇一〇年前後，謝桃坊和蔡國强兩位發表了一系列論文，對《欽定詞譜》的問題作進一步討論，其研究思路與周文大致相近。其中謝桃坊偏重於《欽定詞譜》收録詞調標準的討論，也涉及譜中調名、分體、韻位等方面的具體問題，蔡國强則更偏重於調名、韻脚等具體問題的討論。蔡文的許多觀點之後被集中吸收到其考正著作中。第三階段是二〇一七年蔡國强的《欽定詞譜考正》出版，標誌着《欽定詞譜》的研究進入了一個新的階段。三個階段層層推進，進展較快。《詞繫》是最有價值的明清詞譜之一，但由於戰亂以及編撰者秦巘家道中落等原因，一直没有機會刊刻，外界所知甚少，因此相關的研究也就無從談起。直到上個世紀末，該書稿本被重新發現並整理出版後，學界才開始了對該書的研究。研究工作主要圍繞三個方面進行：首先是整體性介紹，由於該譜是第一次整理，這類介紹是必要的，以便於把握該譜的基本特點；其次是價值發現與詞譜史評價，這對於《詞繫》的深度認識以及詞譜史定位尤其重要；第三是文獻的發現與完善。北京師範大學出版社一九九六年出版了《詞繫》一書，是根據收藏在北京師範大學圖書館的未定稿本整理而成，其間唐圭璋、鄧魁英、劉永泰等先生做出重要貢獻。但是該稿本與夏承燾、龍榆生等先生描述的稿本不同，夏承燾等看到的是更加完善的謄清本，此事一度成爲迷案。此後有學者據《中國古籍善本書目》的著録，在北京大學圖書館發現了珍貴的謄清本，國家圖書館出版社於二〇一四年對其進行複製性出版，收入「中華再造善本續編」。至此，《詞繫》的最終面目得以被公諸於世，便於學者作進一步深入研究。《詞繫》的研究，從零到現在大致成熟，其推進速度也比較快。

其二，研究視野有所拓展，對冷僻的詞譜和海外的詞譜開始有所關注。明清詞譜研究之前主要集中在幾部比較著名的詞譜上，但最近十幾年一個明顯的變化，就是開始對冷僻的詞譜有了一定的關注，並取得初步進展。比較典型的例子是對鈔本《詞學筌蹄》、稿本《詞家玉律》、稿本《詞槃》、鈔本《詞海評林》等詞譜的關注與研究，及對稀見詞譜《牖日譜詞選》、《記紅集》、《三百詞譜》、《詩餘譜纂》、《詩餘協律》、《有真意齋詞譜》、《彈簫館詞譜》等的介紹與初步研究。其中對鈔本《詞學筌蹄》、稿本《詞榘》、稿本《詞家玉律》的研究代表了三種不同的類型。

《詞學筌蹄》以鈔本的形式存在，但在很長一段時間内被視爲一部詞選，較少受到關注。唐圭璋《全宋詞》「引用書目」將此書列爲第五類的「詞譜類」，是非常有識見的判斷，此後蔣哲倫、楊萬里編《唐宋詞書録》，也順着唐先生的思路，將其列爲「詞譜、詞韻類」。至此，該書詞譜的身份大體被確認。此書真正受到關注，進入詞譜研究的視野，是在張仲謀二〇〇五年發表《〈詞學筌蹄〉考論》一文之後。文章對該譜作了比較全面的介紹與討論，進一步論證其詞譜性質，以爲是中國現存最早的詞譜。但總體來看，作爲中國最早的詞譜，或者説詞譜的雛形，其產生的過程、背後的深層原因及詞譜學意義等問題，仍有待作進一步深入研究。

《詞榘》的編撰者方成培是有很高造詣的詞學家，其《香研居詞麈》一書向爲學界稱道，但同爲其重要詞學著作的《詞榘》卻未曾刊刻，也久未見著録，只在民國時期《歙縣志》等地方文獻上稍有提及。加上此書稿本長期保存在安徽省博物館，鮮爲人知。直到二〇〇七年鮑恒在《文學遺產》上發表文章介紹《詞榘》的兩個不同稿本，該書才進入學者的研究視野。作者在撰文的同時，還聯合王延鵬開始整理《詞榘》，在文獻比對、字迹辨識等基礎性工作上花費了大量心血。《詞榘》稿本的整理與出版，將對中國明清詞譜史的研究產生重要影響。

《詞家玉律》的情況則有所不同,編撰者王一元並非名家,書稿也只是保存在其家鄉的無錫圖書館,因此幾無人知。二〇一〇年,顏慶餘撰文介紹該稿本,這部詞譜才進入研究者的視野。但此稿的價值究竟如何,是否有整理的必要?仍需作進一步的考察與研究。總體來講,最近十來年,一些之前少有人關注的珍稀詞譜開始受到重視,並被不斷發掘與介紹,這對明清詞譜史的研究具有重要意義。就我們所知,此類詞譜有一定數量,該方面的研究工作將會持續一段時間。

最近十幾年,學者們對域外詞譜也開始加以關注。由於歷史原因,中國周邊的日本、朝鮮半島、越南三個地區在古代均採用漢字書寫系統,漢文詩詞創作十分普遍。詞譜作爲漢詞創作的工具書,也較早流傳到了這些國家。以往的詞譜研究對留存域外的明清詞譜關注不多,對域外國家本土編製的詞譜更是所知甚少。這種情況目前已有所改變,不少學者開始將目光投向域外,並嘗試將域外主要是日本的詞譜納入研究範圍。此方面的研究工作起步不久,大致可以分爲三個方面。第一,是研究流傳到域外的明清詞譜。如上所述,明清時期有不少詞譜流入域外,這些詞譜大部分都能在國内找到相同版本,但也有一些比較特殊的鈔本或批本,是國内所没有的,具有較高的文獻價值。對此已有一些學者開始關注並展開實際研究工作,如江合友《關於張綖〈詩餘圖譜〉的日藏抄本》,詳細介紹了《詩餘圖譜》的兩種日藏抄本;又如日本詞學家萩原正樹《關於〈欽定詞譜〉兩種内府刻本的異同》對日本京都大學一九八三年影印「京都大學漢籍善本」中的一種《欽定詞譜》底本作了介紹,並將其與中國書店一九七九年影印本作了詳細比對與析論。第二,是對域外國家本土編製詞譜的關注與研究。域外國家本土編製的詞譜一般是以中國傳過去的詞譜爲母本,在此基礎上作一些本土化改造。這些詞譜在彼處取得成功,有的甚至還返流回中國,受到中國詞人的喜愛,如日本田能村孝憲編的《填詞圖譜》。目前學界對這些詞譜也有所關注,如江合友《田能村孝憲〈填詞圖譜〉探析——兼及明清詞譜對日本填詞之影響》,朱惠國《古代詞樂、詞譜與域外詞的創作關聯》也涉及這一問題。其三是對域外詞譜學研究的關注,如日本學者萩原正樹近年研究森川竹磎的《詞律大成》,撰有《森川竹磎〈詞律大成〉原文與解題》,該書在整理《詞律大成》的同時,另附《森川竹磎略年譜》和《〈詞律大成〉解題》於書後,頗具資料價值。萩原正樹的著作代表了日本詞譜學的一些特點與最新進展,已引起國内詞學界的注意,有關的資料收集與評價也正在進行。從這三方面的研究看,明清詞譜研究的視野有了明顯的拓展,已進入了一個新的階段。

二

毫無疑問,近十幾年明清詞譜研究的進展是明顯的,但我們也清醒地看到,晚清以來,詞譜研究在詞學研究大格局中所占的比重偏小,積累不够,加上新時期成長起來的新一代學者普遍對詞調、詞律有陌生感,因此目前的明清詞譜研究總體上還存在基礎薄弱、人員短缺等問題。除此之外,研究工作本身也存在一些不足。這些不足主要有以下幾個方面。

一是基礎性、整體性的文獻研究缺乏。詞譜文獻學是目前明清詞譜研究中相對成熟的一部分，取得的成果也比較多，但問題是這些研究比較零散，不成系統。迄今爲止，學界對明清詞譜的整體情況還比較模糊，比如從明中葉《詞學筌蹄》產生以來，總共有過多少詞譜，其中存世的詞譜有多少，有哪些類型，收藏在什麽地方，保存情況如何？這些目前都是未知的，換句話説，時至今日，我們還未系統地摸過明清詞譜的家底。進一步看，這些詞譜各自有哪些編撰特點，作者的背景怎樣，當時是否被廣泛接受與普遍使用，實際評價又如何？對這些方面的研究工作雖然已有了一部分，但涉及的只是部分詞譜。因此説，詞譜文獻的基礎性研究還比較薄弱，很需要在調查研究的基礎上，編出一份相對齊全的明清詞譜收藏目録，如果在目録的基礎上，能撰寫系統性的明清詞譜敘録，或能反映明清詞譜總體情況的學術著作，就更好了。至於對明清詞譜的整理，目前主要集中在幾部著名的詞譜上，如《欽定詞譜》、《詞繫》、《碎金詞譜》等，一些在明清詞譜史上有重要地位的詞譜，如《填詞圖譜》、《嘯餘譜・詩餘譜》等，至今還没有被整理過，可見詞譜文獻研究雖然已取得一些進展，但依然缺乏大規模、集成性的研究成果。

二是大部分研究仍停留在淺層次的階段，没有深入到詞譜本身的内容中去。目前的明清詞譜研究雖然涉及到了詞譜的編製方式、文獻來源，以及與之關係密切的詞調、詞律、詞韻等多個方面，成果數量也已經有了一定的累積，但這些研究大部分停留在表面，缺少對實質性内容的深入思考。如大部分論著多集中在詞譜的作者、版本，以及編纂背景、標注符號、編排方法等外部要素上，而對於最能反映詞譜學本質的句式、律理、分體等問題的探討卻不是很多，即使有一些涉及明清詞譜修訂的論文觸及了詞律問題，也多是專攻一隅，未能系統而全面。換句話説，目前的研究大部分還是在外圍，並没有深入詞譜的實質。事實上，詞譜作爲一種專門工具書，是明清人在詞樂失傳後，爲規範並方便詞的創作而發明的，編譜者所依據的文獻以及對詞調的體認程度無疑會影響到詞譜質量的高下。我們現在能看到的文獻比明清人要全，因此在總結前人研究成果的基礎上，對主要的詞譜進行細致分析，討論其譜式的準確性和合理性，應該是明清詞譜研究的主要内容。此外，除了個别的早期詞譜，絶大多數明清詞譜都不是憑空產生的，編寫者或多或少地借鑒了前人的詞譜，既有繼承，也有發展，因此梳理這些詞譜之間的内在關係，看看後者在前者的基礎上解決了什麽問題，還留下什麽問題，由此分析明清詞譜發展演化的過程與規律，也應該是明清詞譜研究的一項重要内容。而從明清詞譜研究的現狀看，此類研究目前還比較少見，這無疑是一個比較明顯的缺憾。

三是對明清詞譜的學術價值和詞學史地位普遍認識不足。已有的明清詞譜研究大部分是從形式的角度入手，將詞譜視爲技術層面的工具，很少從詞學發展的層面深入探討其歷史地位，也很少從詞譜編製與創作互動的關係來考察其學術價值。對一些深層次問題，如明清詞譜產生的根本原因，詞譜發展的内在動因和規律，詞譜在清詞中興過程中的實際作用等，很少有專門的討論。比如我們在談到詞譜的產生時，較多關注到《詞學筌蹄》和《草堂詩餘》的關係，關注詞譜中標注符號的來源等，至於爲什麽會在這個時候形成這部製作粗糙卻又具有里程碑意義的詞譜，則目前還少有人去考量，而這個問題非常關鍵，是涉及到詞體能否生存、能否繼續發展的重大問題。又如我們現在討論清詞的中興，總結了很多因素，固然都有道理，而清詞的中興和詞譜的發達又有沒有關係？這其中的綫索，也較少有人去作深入思考。可見在目前的詞譜研究中，理論的研究和思考還沒有跟上去。這些都需要在今後的研究中加以改進，以對詞譜的學術價值有一個更加全面、深入的考量。

四是重要詞譜的校訂工作没有得到應有的重視。以《詞律》、《欽定詞譜》爲代表的明清詞譜從產生之日起，一直是詞創作的重要依據，將來無疑也會如此，因此詞譜的正確與完善對詞的創作至關重要。但如上所述，明清時期由於製譜者在文獻方面的不足和認識上的局限，導致這些詞譜在平仄、句式、韻律、分段等諸方面，都或多或少地存在一些瑕疵以及錯誤，即使明清詞譜中最著名、最權威、最流行的《欽定詞譜》和《詞律》，即通常所説的「譜」、「律」，也存在不少問題。《詞律》的問題在清代已經有學者指出過；《欽定詞譜》由於是「欽定」，在清代無法展開討論，近年雖有學者陸續指出其中存在的各式問題，但是這些工作總體來説比較分散，且没有從詞譜的系統性校訂、完善這一層面來展開，因此對普通的詞譜使用者而言，詞譜中的這些問題和錯誤一直存在，並在不斷地誤導詞的創作。問題的嚴重性還在於，幾乎極少有人想到詞譜有錯誤，更没有想到要去校訂明清詞譜，使之更加準確和完善。很少有一種工具書會像詞譜一樣，幾百年來一直不被加以校訂卻持續爲創作提供依據。即便是詞譜中由於文獻不足，僅依據殘詞製成之譜，如《欽定詞譜》中署名張孝祥的《錦園春》四十二字體，也至今依然被視爲創作的圭臬。因此對明清詞譜中影響最大，至今使用最廣泛的詞譜，如《詞律》、《欽定詞譜》等，在前人研究的基礎上，作一次系統、徹底的校訂，使之更加準確，是完全有必要，也有可能的一項工作，這不僅是明清詞譜研究的重大突破，也是一項功在當代，利在長遠的重大文化工程。

最後是明清詞譜研究缺少規劃，没有系統性。以上四方面問題之所以産生，非常重要的一個原因，就是現有的明清詞譜研究缺少總體規劃，没有系統性。如對明清詞譜基礎性文獻大規模的搜集與著録，對詞譜要籍如《詩餘圖譜》、《嘯餘譜·詩餘譜》、《填詞圖譜》、《詞榘》、《詞繫》等的大規模整理與研究，對重要詞譜如《詞律》、《欽定詞譜》的研究與校訂等，都需要有一定的規劃與統籌，調動相應的人力和資金支持。而現有的研究主要基於學者的個人興趣來展開，因此上述大規模的研究計劃就難以得到實施。

三

目前明清詞譜研究雖有許多工作要做，但其中最爲迫切的是基礎性文獻的整理與研究，只有掌握了明清詞譜的基礎文獻，才能對其基本特點、編製原理、演化軌跡、發展動因和詞學史地位、學術價值等作出準確、詳細、符合歷史事實的描述與闡釋。基礎性文獻的整理與研究主要包括兩個方面：一是對明清詞譜的存世情況進行全面排查與記録，二是在此基礎上選擇一些重要的明清詞譜進行有計劃的整理與研究。「詞譜要籍整理與彙編」叢書就是基於後一點而編撰的一套明清詞譜整理本。

本套叢書，我們計劃挑選二十部左右學術價值較高的明清詞譜進行整理與初步研究，挑選的原則主要考慮四個方面，即代表性、學術性、重要性和珍稀性。

所謂代表性，主要是指挑選的詞譜在譜式體例、時代分佈等方面均有一定代表性。詞譜的種類較多，從大的方面區分，可以分爲圖譜和文字譜，但同是圖譜，在標示符號和標示方式上也有不少差異，如黑白圈、方形框等，在圖和例詞的安排上，有的兩者分開，有的則合二爲一。至於文字譜，在譜式設計上也有不少差異，如有的與工尺合譜，有的則設計出獨特的文字表示不同的句式或體式。這些譜式不可能全部兼顧，但一些有代表性的譜式均在本叢書的考慮之内。時代的代表性，主要是兼顧不同時期編撰的詞譜。明清詞譜產生於明中葉，但在時段的分佈上並不均衡，有的時期如康熙、乾隆朝編撰的詞譜比較多，有的時期如雍正、嘉慶朝就少，除了詞譜本身發展原因外，與該時期的時間長短有關，但作爲一部叢書，還是要儘量兼顧各個歷史時期，以展示不同時期詞譜的特色。

學術性主要是關注詞譜本身的學術含量。詞譜是一種填詞專用工具書，同時也是詞調、詞律、詞韻研究成果的重要載體，體現出編譜者的學術水平和創新程度。作爲一套詞譜要籍整理叢書，詞譜的學術性是入選的一個重要標準。如張綖的《詩餘圖譜》是中國第一個真正意義上的詞譜，奠定了明清詞譜的編譜思路和基本體例，其學術性和創新性不容置疑；又如徐師曾《文體明辨·詩餘》「直以平仄作譜」，是第一個「去圖著譜」的詞譜，也是第一個明確有「分體」意識，調下以「各體別之」的詞譜。這些詞譜有較高的學術性，並在明清詞譜發展過程中具有重要作用，是我們重點予以整理與研究的。詞譜的重要性一般和其學術性相關，但也不能一概而論，有的詞譜儘管並不完美，卻由於各種原因，實際影響力比較大。比如程明善的《嘯餘譜·詩餘譜》，現在研究者普遍認爲是承襲了徐師曾《文體明辨·詩餘》，並非自己獨立創作，而且本身還存在多種問題，但該譜在明清之際非常流行，萬樹甚至以「通行天壤」來形容，實際影響非常之大。又如查繼超等《填詞圖譜》，萬樹以爲「圖則葫蘆張本，譜則矇捧《嘯餘》，持議或偏，參稽太略」，但作爲《詞學全書》的一種，在清初也十分流行，同樣具有重要影響。這些詞譜也是我們重點關注與進行整理的。另外，稀缺性也是我們重點考慮的一個因素。歷史上不少詞譜由於種種原因没有刊刻，一直以稿本或鈔本的形態保存在圖書館或博物館，這些詞譜除了學術價值，還有比較高的文獻價值，如方成培《詞榘》、毛晉《詞海評林》等。對這些詞譜的整理和研究，一定程度上還具有保存文獻的意義。其他稀見詞譜，如李文林《詩餘協律》、呂德本《詞學辨體式》等，雖是刻本，但由於存世數量有限，流傳不廣，也有整理、研究的必要。

綜合上述四方面的考慮，我們初步擬定需整理的詞譜要籍如下：

明代詞譜六種：張綖《詩餘圖譜》（附毛晉輯《詩餘圖譜補略》）、萬惟檀《詩餘圖譜》、顧長發《詩餘圖譜》、徐師曾《文體明辨・詩餘》、程明善《嘯餘譜・詩餘譜》、毛晉《詞海評林》。

清代詞譜十五種：吴綺《選聲集》並吴綺等《記紅集》、賴以邠等《填詞圖譜》、葉申薌《天籟軒詞譜》、孫致彌《詞鵠》、鄭元慶《三百詞譜》、李文林《詩餘協律》、許寶善《自怡軒詞譜》、方成培《詞榘》、禮思鵬《詞調萃雅》、郭鞏《詩餘譜式》、吕德本《詞學辨體式》、朱燮《朱飲山千金譜・詩餘譜》、舒夢蘭《白香詞譜》、錢裕《有真意齋詞譜》。

至於萬樹《詞律》、王奕清等《欽定詞譜》、秦巘《詞繫》這三部大譜，因有專門的研究與考訂計劃，故不置於本套從書中。而《碎金詞譜》偏重音樂性，且已有劉崇德先生整理並譯成現代樂譜，故也不列入整理名單。此外，隨研究深入並根據需要，以上書目也可能調整。

每一種詞譜的整理一般包括兩個方面：文獻整理和基礎研究。文獻整理遵循古籍整理的一般方法，並根據詞譜的特點作相應調整，主要包括有：底本選擇、校勘、標點、附録等。基礎研究主要對編撰者的生平行實、詞學活動進行考證，及對詞譜的編撰過程、基本特點、使用情况、版本與流傳等方面進行闡述，最後用「前言」的形式體現出來。

本叢書以「詞譜要籍整理與彙編」的總名出版。二十餘種詞譜以統一的體例，按時代先後爲序，採用繁體直排的形式，各自成册。原則上，每一種均包括書影、前言、凡例、正文、附録五個部分。附録主要收録詞譜編撰者的生平傳記資料以及該譜其他版本的序跋、題辭等資料，但不包括後人的研究文章。此項視每種詞譜的具體情況而定，不作强求。

由於本叢書是第一次具規模性地整理詞譜文獻，參與者缺少經驗，加之時間與精力問題，難免會存在各種問題，在此敬祈海内外方家、讀者不吝指正。

朱惠國

二〇二一年三月於上海

總目

詩餘協律

〔清〕李文林　編著
歐陽明亮　整理

目録

前言

《詩餘協律》二卷，清人李文林所編。

李文林，直隸河間府故城縣（今河北衡水市故城縣）人，生平事跡不詳，據書中秘象賢序，其人「詩宗唐賢，賦出漢苑，風雅一道，洵稱專家」，並於填詞尤爲工絶，且精通音律，「沉酣於十二律、六十家、八十四調」。而從《詩餘協律·發凡》中，我們可以大致了解李文林的詞學思想及其詞律觀念。

首先，在李文林看來，詩詞創作的區别不在於内容，而主要在於形制：「詞名詩餘，以詩中可賦之情景，而以長短句出之。」這即是説，詩中可容納的内容，其實都可以用詞來表現，只不過在形制上，詩歌是整齊的五言或七言，而詞則是參差不齊的長短句式，且有特殊的聲律要求，因此將慣常的作詩之法施之於詞，則往往「操縱屈伸，易成掣肘」。李文林認爲，要解決這個問題，就必須「潛玩吟詠」前人的名作，這種「潛玩吟詠」的目的，不僅僅是内容辭藻的研習與記誦，還在於「熟口吻」，這裏的「熟口吻」，指的是通過涵泳前人的名作，諳熟每一個詞調所固有的聲情特點、格律細節以及句法要求，只有將詞調的疾徐長短、平仄陰陽爛熟於心，創作時才能保證詞的本色，避免寫成「句讀不葺之詩」。不過，李文林也意識到，如果僅僅諳熟詞調的聲律特點，字字必究，恪守成格，也容易形成創作流弊，因爲今人作詞已與古人不同，詞最初是依樂而歌，有特定的宮調與拍眼，而「自宮調失傳，詞中拍眼莫可詳究」，今人只能依據前人詞作的字腔以成句讀，「如量坑穴之所容，而以物實之也」。因此在實際創作中很容易爲了「依腔成句」而流於瑣碎餖飣。故而李文林特别强調在創作中應做到「字句自然，折轉流利」，即不但要考慮字句的聲腔，還須注重語言的流利順達，同時在内容上，也要「寫情寫景，饒有生趣」，而不能因爲專注於合律究腔而「致成呆相」。

其次，在具體的聲律問題方面，李文林在《發凡》中主要引述了萬樹《詞律》的觀點，如關於填詞是否要辨四聲的問題，李氏轉引了《詞律》的説法：「詩賦等一平外，上去入皆仄，可以概用。詞之可概用者，一調之中，十之六七；不可概用者，十之三四。」而一調之中何處應辨四聲，何處可不辨四聲，則因爲詞樂失傳，不能僅僅依靠「口中熟吟」，自我揣摩，必須根據「唐宋名作之一調數闋，彼此對勘」，方能合拍。此外，李文林對《詞律》關於「去聲」的看法表示了認同：「萬紅友云，三聲之中，上入二者可以作平，去則獨異。去聲在調中激厲勁遠，其腔獨高，論聲雖以一平對三仄，論歌當以去聲對平上入也。當用去者，非去則激不起，用入且不可，斷斷勿用平上也。又云兩上兩去在所當避，當平平，當仄仄，固已。」不過，對於《詞律》「當去不可用上入」的嚴格規定，李文林認爲並非完全不可通融，而是可以依據具體的字聲來靈活處理：「當去不可用上入，固已。然余於此竊參末議。上聲有濁音，天然似去，又入聲之天然似去者更多，此亦或可代去。」

在《發凡》的最後，李文林還討論了「詞采」與「詞律」的關係問題，即詞人是否可以爲追求「詞采」而在一定程度上突破「詞律」的束縛。縱觀有清一代，雖然詞須協律的觀點一直占據主流，但詞壇對守律應寬還是應嚴的問題往往存在不同意見。畢竟宋人填詞本是倚聲而作，當時蘇軾等人已有不協音律的作品流播於世，如今詞樂失傳，依據前人作品文字的平仄四聲所製定的詞律、詞韻是否有必要一一嚴守？如清初毛奇齡即云：「詞本無韻，故宋人不製韻，任意取押，雖與詩韻相通不遠，然要是無限度者。予友沈子去矜，創爲詞韻，而家稚黄取刻之，雖有功於詞甚明，然反失古意。」（《西河詞話》），而道光之際的江順詒更認爲：「夫詞至於不可歌，則失調之曲，長短句之詩，杜陵、香山新樂府之變耳。增一字可，減一字亦可，上與去何所别，平與仄何所分，讀之順口即佳。」（《詞學集成》）這些觀點都是認爲填詞不必嚴守今人所定詞律、詞韻。李文林在《發凡》中也提出了這個問題：「或曰：詞之繩尺極嚴，爲歌計矣。即諸家傳奇，汗牛充棟，本爲登場之用，尚有使伶人之莫可置喙者多矣，况乎詞耶？歷觀名詞，未協宫商者，不可數計，不害其爲黄絹幼婦之詞。……然則填詞一道，果其詞采可取，格應稍寬？」對此，李文林的回答是較爲通融的，他認爲詞律如同規矩，是填詞必不可少的准繩，正所謂無有規矩不成方圓，但天下畢竟存在不少美觀、實用的「不甚方圓之器」，而前人也的確留下了不少未協宫商、偶違格律的名篇佳作。不過，作爲《詩餘協律》的編纂者，李文林還是更强調「協律」的必要性，因爲這是填詞之人尤其是初學填詞之人的基本要求，如果一味宣揚「詞采可取，格應稍寬」，則很容易産生弊病，最終有害詞道，因此他表示自己編纂《詩餘協律》的目的是「但以方圓之至告人，則不敢自我作古，而曰别有一規矩耳」。

就時間而言，《詩餘協律》一書編成於清朝乾隆中葉，其時萬樹《詞律》已行世近百年，詞家多奉爲圭臬，所謂「浙西名家，務求考訂精嚴，不敢出《詞律》範圍之外，誠以《詞律》爲確且善耳」（田同之《西圃詞話》）。但該書未免卷帙浩繁，分體過細，頗不便於初學。正是有鑒於此，李文林「爲初學者計」，參酌《詞律》編成此譜，而這也使得《詩餘協律》一書在選調、譜式等方面呈現出以下幾個特點。

首先在詞調選擇上，《詩餘協律》並不貪多炫繁，而是採取少而精的原則。全書共列八十調，不及《詞律》的八分之一，也少於目前所見的多數清代詞譜。李氏在《發凡》中解釋了這樣做的原因：「詞調甚夥，名作如林，是集所登，毋乃太簡。然爲初學者計，欲其少而便於記憶，易於精研。」也是出於同樣的原因，《詩餘協律》所選的這八十調都是常見的詞調，其中字數最少者爲《南柯子》，最多者爲《望海潮》，其他如《清平樂》、《浣溪紗》、《蝶戀花》、《踏莎行》、《虞美人》、《水調歌頭》、《念奴嬌》、《鵲橋仙》、《青玉案》、《采桑子》等，也都屬於「調之明白顯易者」。此外，除《訴衷情》、《卜算子》、《雨中花》、《漁家傲》、《滿庭芳》、《念奴嬌》等少數詞調外，書中多數詞調下僅列一體，也即常見之體。

在詞調排列上，《詩餘協律》基本以《詞律》爲據，但由於《詩餘協律》往往每一詞調只選一體，所以不時出現詞調字數前多後少的情况。如《風流子》一調，《詞律》中原分單調三十四字與雙調一百一十字兩體，因其首列單調三十四字體，故而排序較前，《詩餘協律》依據《詞律》順序，將《風流子》調排於《天仙子》與《江城子》之間，但其所選體式，則爲雙調一百一十字體。同樣，如《南柯子》、《玉蝴蝶》、《燭影搖紅》、《望遠行》等皆是如此。此外，李文林偶爾將《詞律》中原本併爲一調的詞牌分調兩列，如《詞律》中將《醜奴兒》與《采桑子》併作一調，以《醜奴兒》爲正名，以和凝「蛸蠐領上訶梨子」詞爲例詞，《詩餘協律》則分作兩調，《采桑子》調以秦觀「夜來酒醒清無夢」詞爲例詞，《醜奴兒》以李煜「轆轤金井梧桐晚」詞爲例詞，但又於《采桑子》調下注「即《醜奴兒》」，於《醜奴兒》調下注「又名《羅敷媚》、《羅敷艷歌》、《采桑子》」。在調名上，《詩餘協律》大體上遵從《詞律》所定正名，但也偶有差異，如《詞律》以《南歌子》爲正名，《詩餘協律》則以《南柯子》爲正名，《詞律》以《人月圓》爲正名，《詩餘協律》則以《青衫濕》爲正名。

在詞譜的譜式上，《詩餘協律》沿襲了《詞律》簡明清朗的譜式宗旨，但又有所變通。萬樹曾在《詞律·發凡》中提出「句不破碎，聲可照填，開卷朗然，不至厖雜」的譜式原則，李文林同樣也反對過於複雜的譜式，以避免影響閱讀的效果：「對一絶妙好詞，正宜清白玩賞。虢國之面，只可淡粧；文君之眉，何容濃抹。」（《詩餘協律·發凡》）因此他參照《詞律》，對詞體平仄只注明可平可仄之處，而當平當仄處則不一一標注，並解釋道：「諸凡當平當仄之字則不復識，以見其字則知爲平仄，不必多贅。或謂字字指出，可省查核之勞。夫待查核者冷僻字耳。若字字待查，則敲句搜典，旋復問字，是直覓碎丸頹垣以修五鳳樓，勿爲可也。」不過，對於萬樹完全反對用各類黑白圈符標注平仄、句讀的觀點，李文林並没有採納，與《詞律》中用小字標識「可平」、「可仄」以及句、韻不同，《詩餘協律》依然採用了各類圈符，如於字左標「●」表示「可平」、「可仄」，於字右標「●」與「○」分别表示句、韻。此外，在《詩餘協律》中，李文林對不同詞調的格律也略加注解，或論字聲平仄，或論句法特點，或駁前人之説，但立説頗爲簡要，而且較多都是摘録或轉引《詞律》的觀點，雖然於詞律之學較少發明，但亦符合該書簡便實用的宗旨。

除以上特點外，《詩餘協律》還有一個極爲鮮明的特徵，即兼具「詞選」的性質，這也是出於「爲初學者計」的考慮。雖然《詩餘協律》一書是參酌《詞律》而編，並以「協律」爲名，但李文林編纂的目的與萬樹並不完全相同。萬樹《詞律》完全以訂律爲目的，並不考慮所選例詞的藝術水平，即所謂「略文崇法」，如清末俞樾即批評道：「蓋自萬紅友《詞律》一書出而詞之道固已尊矣。然萬氏之書以律爲主，而不論辭之工拙，故如黄山谷《望遠行》之俳體，石孝友《念奴嬌》之媟辭，亦具録之。非所以存大雅之遺音，示風騷之正軌也。」（《春在堂雜文》）而李文林則意識到，對於學詞之人而言，研學聲律與探究詞藝並不能完全割裂，而是應該同時進行，方能事半功倍。因此《詩餘協律》在選調選體之外，也兼顧「辭藻」，注重選詞。書中每每於一調之下大量選列同體之作，如《點絳唇》一調以宋人何籀「春雨濛濛」詞爲例詞，其後又選列林逋「金谷年年」詞、蘇軾「獨倚胡床」詞、秦觀「月轉烏啼」詞、汪藻「高柳蟬嘶」詞等作品。《菩薩蠻》一調，李文林以李白「平林漠漠烟如織」詞爲例詞，其後又選列張先、歐陽炯、朱淑真、秦觀、何籀、李清照、無名氏等八首詞作； 而《浣溪沙》一調在例詞之後，更選列了歐陽修、張先、蘇軾、黄庭堅、秦觀、晏幾道、李清照等人的十餘首同體作品。 又如《瑞鶴仙》一調，《詩餘協律》首列黄庭堅的「檃栝醉翁亭記」之作，之後再列《詞律》所稱「各家多從之」的雙調一百二字體及「杏烟嬌濕鬢」例詞。同時，李文林還在《發凡》中明確提出了自己的選詞標準，即「詞之清新俊逸」，這與其主張作詞應「字句自然，折轉流利，寫情寫景，饒有生趣」是一致的。

從清代詞學發展的大環境看，李文林的這種選詞標準與當時的浙西詞派存在較大的差異。 乾隆中葉正是浙西詞派最爲興盛的時期，詞派中人标榜醇雅，推尊南宋，在創作上尤以姜夔、張炎爲宗尚，而在《詩餘協律》所選的例詞及諸多同體之作中，却没有一首姜夔、張炎的作品，其所選入的絶大多數都是晏殊、歐陽修、張先、蘇軾、晏幾道、黄庭堅、秦觀、周邦彦、李清照等北宋詞家。 此外，浙西詞派由於推崇醇雅，在注重詞體格律的同時句琢字煉，再加上部分詞家好用僻典，追求「幽深孤峭」的意境，因此不免餖飣破碎，而李文林在《詩餘協律》中强調「字句自然」、「饒有生趣」，在選詞時側重「清新俊逸」的北宋詞家，則很可能是針對浙西詞派的流弊而爲。

秘象賢在《詩餘協律》序言中稱此書「較之紅友《詞律》一選，更極精約」，雖然不免含有延譽的成分，但這也符合《詩餘協律》作爲一部詞譜的基本面貌，而秘氏序言中所謂「豈徒紅樓夜月，惟收藻繢之章；香徑春風，第取淫哇之調」，則點出了《詩餘協律》一書所兼具的詞選特徵以及李文林的良苦用心。總之，《詩餘協律》是清代中期的一部頗具特色的詞譜，其便於初學的編纂宗旨、簡明精要的詞譜譜式、「清新俊逸」的選詞標準，以及「自然」、「生趣」的詞學主張，在清代衆多詞譜中別具一格。

整理說明

本書據清乾隆三十四年（一七六九）刻本進行整理，原書署「歷亭李文林季方甫選輯」，卷前有花村居士秘象賢乾隆己丑年（一七六九）中秋序，又有李文林乾隆己丑年（一七六九）初秋《自序》及《發凡》。該本是目前已知唯一版本，無他本可校，鑒於《詩餘協律》一書係參酌萬樹《詞律》編纂而成，今於每調校記中略注該調在《詞律》中的選録及分體情況。《詩餘協律》中對每調格律的解説，若轉引自《詞律》而又未予説明者，亦出校記説明，或有助於讀者瞭解該書的成書特點。另亦參列每調在《欽定詞譜》中的選録及分體情況，以備讀者參考。

原書於字右標「●」表句讀，標「○」表叶韻。另於字左標「●」表可平可仄，今一仍其舊。原書偶有數調未標可平可仄處，當係漏刻，今不予增補，惟於校記中據《詞律》所標略作説明。

古人詞作，互見、誤題者極多，歷代詞選、詞譜陳陳相因。本次整理，於原書中例詞署名保持原貌，凡誤題或互見之詞，據唐圭璋《全宋詞》、曾昭岷等《全唐五代詞》略以注明。

原書所選例詞，文字或與通行文本不同，凡屬流傳中之異文，不校改，不出校記。若係明顯誤刻，爲保存原貌，亦不校改，惟出校記説明。書中異體字、古今字等，原則上保留原貌，但少數常見如「畧」、「峯」、「窻」等則徑改爲通行規範字，不出校記。

原書上海圖書館藏本附有緑雪軒删本《詞韻略》一卷，係李文林據沈謙《詞韻略》删節編次而成，今作爲附録，置於書後。

序

倚聲之道，較之詩篇協律倍難，何者？詩有韻，詞有腔。詩不過四五七言而止；詞乃有四聲、五音、均拍、重輕、清濁之别。若言順律乖，律協言謬，俱非本色。故山陰吴公曰：詞爲曲所濫觴，寄情歌詠，既取丰神之蘊藉，尤貴音調之協和，然則非精於聲音節奏之微，不足與參其妙也。季方李先生詩宗唐賢，賦出漢苑，風雅一道，洵稱專家，而尤工絶者，倚律諧聲也。蓋詩餘莫盛大晟，先生沉酣於十二律、六十家、八十四調者，非朝夕之故。以故吟成芍藥，聲聲抒綿婉之思；擲碎珊瑚，字字發鏗鏘之韻。語其正，則漱玉、淮海；語其變，則稼軒、放翁。諸家之勝，無不畢臻。今欲廣其傳也，乃精擇舊本，嚴以聲律。疾徐長短，腔務取其適調；平仄陰陽，字必求其穩合。刻翠裁紅之外，别度金針；減字偷聲之中，獨示妙諦。彙爲斯集，名曰協律，較之紅友《詞律》一選，更極精約。豈徒紅樓夜月，惟收藻繢之章；香徑春風，第取淫哇之調云爾哉？賢本麓人，不工聲韻，然换羽移宫之妙，嘗側聞於西圃夫子，以所授之真訣，參兹集之微旨，絲絲相合，毫無偭背。視世之葫蘆張本，擯捧《嘯餘》，導人於迷途者，奚啻霾風晴日之辨？參仝有契，當競私爲帳秘云。

乾隆己丑中秋，同邑花村居士秘象賢題。

自序

《蘭畹》、《花間》，流香藝苑；梅溪、竹屋，樹幟詞壇。滴粉搓酥，潤縹囊而生色；雕瓊鏤玉，逐檀板以飛聲。緬才士之抒懷，並探學海；憶名流之對景，各墾情田。翡翠筆床，應集鴛鴦之句；琉璃研匣，時含冰雪之詞。月姊風姨，悉成佳話；雁奴魚婢，咸助清吟。何處紅樓，趁清光之未落；誰家香徑，挽淑景之少留。減字偷聲，與燕拍鶯笙而並奏；移宫换羽，叶鳳簫龍管以和鳴。顧而樂之，良有以也。至若逐臣怨婦，遷客騷人，去國懷鄉，感時悲事。山川滿目，聽鵑啼猿嘯以何堪；閨閣含情，對衾寒燈灺而奚語。一俯仰已爲陳跡，難成能於縮地補天；滿肚皮不合時宜，聊寄興於裁雲縫月。於是拈來犀管，雅欲消愁；披得鸞箋，唯圖寫怨。織心中之錦，縱横之情緒如絲；吐口吻之花，燦熳之辭葩似繪。嗟乎！石因無恨，石乃不言；天若有情，天應亦老。凡屬烟霞之總管，自愛清狂；果爲風月之主人，尤工放誕。南朝金粉，合香劑以流傳；北地胭脂，焚蘭膏而繕寫。試教唐宫鸜鵒，或亦協律而倚聲；倘來鄭氏櫻桃，自可淺斟而低唱耳。

乾隆己丑初秋，歷亭李文林書。

發凡

詞名詩餘，以詩中可賦之情景，而以長短句出之。詩之五言七言，學者咀嚼已慣，遽以字數之參差不齊者，操縱屈伸，易成掣肘。必選名作，潛玩吟詠，非第供挦撦，且熟口吻也。

自宮調失傳，詞中拍眼莫可詳究。作者但依腔填句，謂之填詞者，恪遵成格，以成句讀，如量坑穴之所容，而以物實之也。然須字句自然，折轉流利，寫情寫景，饒有生趣。不可徒事飣餖，致成呆相。

詞調拍眼雖失傳，而後人之可以摹倣者在四聲。詩賦等一平外，上去入皆仄，可以概用。詞之可概用者，一調之中，十之六七；不可概用者，十之三四。作者若求合拍，取唐宋名作之一調數闋，彼此對勘，其互易者，可概用者也；其一致者，不可概用者也。昔人有謂口中熟吟，可得其理。夫上去入之音，可以熟吟而知，至其調之宜振起者當在何處，謂亦可吟詠而得，是以子野、公瑾望人，吾恐牧笛信口之腔，不能自定律呂圖譜也。

萬紅友云，三聲之中，上入二者可以作平，去則獨異。去聲在調中激厲勁遠，其腔獨高，論聲雖以一平對三仄，論歌當以去聲對平上入也。當用去者，非去則激不起，用入且不可，斷斷勿用平上也。又云兩上兩去在所當避，當平平，當仄仄，固已。其非叶韻之字，亦有以上作平者，以其聲之近平也。以入作平者更多，以其尤近於平也。作者不可以其用仄，而概以去聲塡之。

當去不可用上入，固已。然余於此竊參末議。上聲有濁音，天然似去，又入聲之天然似去者更多，此亦或可代去。此等字在《司馬温公等韻圖》中，確乎不易者，請試撮其要於左。

按等韻中濁音上聲，群、定、澄、並、奉、從、床、邪、禪、匣諸字母下之上聲，似去也。疑、泥、孃、明、微、喻、來、日諸字母下之入聲，似去也。見、溪、端、透、知、澈、邦、滂、非、敷、精、清、照、穿、心、邪、審、禪、曉、匣、影諸字母下之入聲，似平也。此等字讀法，吾社友棘津杜子榮軒永發所輯《四聲韻譜》，明白指示，最爲簡括，今其書已付梓行世。

五言句有上二下三者，如「香墨灣灣畫」等句是也。有一字領下四字，上一下四者，如「向風前懊惱」等句是也。七言句有上四下三者，如「揉藍衫子杏黄裙」等句是也。有上三下四者，如「風淡淡楊柳池塘」等句，上三字作一豆是也。作者須斟酌句法，不得概以五言七言了事。

詞調甚夥，名作如林，是集所登，毋乃太簡。然爲初學者計，欲其少而便於記憶，易於精研，故取其詞之清新俊逸，調之明白顯易者若干。至若博問强記之士，則《詞綜》、《詞律》等書，成書具在，淮陰侯之將兵，寧以數拘哉？

一句爲句，半句爲讀，集中於句讀，則於字右作「●」，於叶韻，則於字右作「○」，於平可仄、仄可平者，則於字左作「●」，諸凡當平當仄之字則不復識，以見其字則知爲平仄，不必多贅。或謂字字指出，可省查核之勞。夫待查核者泠僻字耳。若字字待查，則敲句搜典，旋復問字，是直覓碎丸頹垣以修五鳳樓，勿爲可也。

調同無異者，識第一闋，體異者另識。

詞中點句讀，識叶韻，必不可省已，若再逐字塗注以平仄，或爲黑白圈以識，未免眩目。且此欲其開卷易識乎？抑掩卷可默識乎？謂開卷易識，是又欲不曉平仄人填詞矣。謂掩卷可識，以參差不齊之句，而曰平仄仄平，白黑黑白，做作句讀，數調可强識也。十百而千，雖過目不忘之人，吾不信其永矢弗諼也。惟識其詞藻，則萬億亦可，然則對一絶妙好詞，正宜清白玩賞。虢國之面，只可淡粧；文君之眉，何容濃抹。錦繡才人，以爲然否？

或曰：詞之繩尺極嚴，爲歌計矣。即諸家傳奇，汗牛充棟，本爲登場之用，尚有使伶人之莫可置喙者多矣，况乎詞耶？歷觀名詞，未協宫商者，不可數計，不害其爲黄絹幼婦之詞。且如蘇長公之才，今古有幾，當時謂其不諧音律，然實與柳、欧、周、辛，俎豆詞壇，千秋不祧。且「大江東」一闋，逸宕奇横，真可令關西大漢執鐵綽板唱之，較夫詞之僅宜於十七八女孩兒，按紅牙拍，歌「楊柳岸曉風殘月」者，不更咄咄逼人哉？然則填詞一道，果其詞采可取，格應稍寬？余曰：似也，譬之制器，以規矩爲方圓，其不甚方圓之器，儘可美觀適用。但以方圓之至告人，則不敢自我作古，而曰别有一規矩耳。

斐園主人竊論。

卷上

南柯子[一]

「柯」又作「歌」　雙調五十二字　又名《望秦川》、《風蝶令》

又一體二十六字，又名《碧窗夢》

閨怨　　　　秦　觀

●香墨灣灣[二]畫●胭脂淡淡匀○●揉藍●衫子杏黄裙○●獨倚●玉欄●無語●點檀唇○●人去空流水●花飛半掩門○●亂山●何處覓行雲○●又是　●一鉤●新月●照黄昏○[三]

又有入聲韻者，如石孝友作云：「春淺梅紅小，山寒嵐氣薄。斜風吹雨入簾幙。夢覺西樓嗚咽，數聲角。　歌酒工夫懶，別離情緒惡。舞衫寬盡不堪着。若比那回相見，更消削。」此與前調字句俱同，而用入聲爲叶，乃以入爲平，必不可謂是仄聲，而用上去爲韻脚也。[四]

【校】

[一]按：此調載《詞律》卷一，以《南歌子》爲正名，共分單調二十三字、單調二十六字、雙調五十二

字、雙調五十二字四體。又載《欽定詞譜》卷一，以《南歌子》爲正名，共分單調二十三字、單調二十六字、雙調五十二字、雙調五十二字、雙調五十三字、雙調五十四字、雙調五十二字七體。

〔二〕灣灣：原書誤刻，當作「彎彎」。

〔三〕此體《詞律》以歐陽修「鳳髻金泥帶」詞爲例詞，《欽定詞譜》以毛熙震「惹恨還添恨」詞爲例詞。

〔四〕按：李氏此説本於《詞律》。《詞律》卷一援石孝友詞爲例，以證入聲可作平：「有本是平韻，而以入代叶者，如《金谷》此篇之類，雖全用入聲，而實以入作平，必不可謂是仄聲，而用上去爲韻脚也。」

擣練子〔一〕　二十七字　又名《深院月》　李後主（一）

秋閨

深院靜●小庭空○●斷續寒碪●斷續風○●無奈●夜長人不寐●數聲●和月到簾櫳○〔二〕

（一）此首《尊前集》作馮延巳詞。《全唐五代詞》於李煜、馮延巳下俱收録。

【校】

[一]按：此調載《詞律》卷一，共分單調二十七字、雙調三十八字二體。又載《欽定詞譜》卷一，共分單調二十七字、雙調三十八字二體。

[二]此體《詞律》、《欽定詞譜》皆以本詞爲例詞。

前調　　前人(一)

閨情

雲鬟亂●晚粧殘○帶恨眉兒遠岫攢○斜托香腮春笋懶●爲誰和淚倚闌干○

前調　　秦觀(二)

秋閨

心耿耿●淚雙雙○皓月清風冷透窗○人去秋來宮漏永●夜深無語對銀釭○

(一)此首《花草粹編》卷一作無名氏詞。《全宋詞》録作無名氏詞。

(二)此首《草堂詩餘前集》卷下作無名氏詞，《全宋詞》斷爲無名氏詞。

南鄉子[一]　雙調五十六字　孫夫人(一)

閨情

●曉日壓重簷○●斗帳春寒起未忺○●天氣困人梳洗嬾●眉尖○●淡畫春山不許添○●閑把繡絲撏○●認得金針又倒拈○●陌上遊人歸也未●懨懨○●滿院楊花不捲簾○[二]忺，險平聲，意所欲也。撏，視占切。

【校】

[一]按：此調載《詞律》卷一，共分單調二十七字、單調二十八字、單調三十字、雙調五十六字四體。又載《欽定詞譜》卷一，共分單調二十七字、單調二十八字、單調二十八字、單調三十字、雙調五十四字、雙調五十六字、雙調五十六字、雙調五十八字、雙調五十八字九體。

[二]此體《詞律》以陸游「歸夢倚吴檣」詞爲例詞，《欽定詞譜》以馮延巳「細雨濕流光」詞爲例詞。

(一)此首《樂府雅詞拾遺》卷下作無名氏詞，《全宋詞》斷爲無名氏詞。

前調　蘇軾

重陽

霜降水痕收。淺碧鱗鱗露遠洲。酒力漸消風力軟●颼颼。破帽多情却戀頭。詩酒若爲酬。但把清尊斷送秋。萬事到頭都是夢●休休。明日黄花蝶也愁。

前調　晏叔原

西湖

緑水帶青潮。上下朱闌小渡橋。橋上女兒雙笑靨●妖嬈。倚著闌干弄柳條。月夜落花朝。減字偷聲按玉簫。柳外行人回首處●迢迢。若比銀河路更遥。

前調　秦觀（一）

冬夜

萬籟寂無聲。衾鐵稜稜近五更。香斷燈昏吟未穩●淒清。只有霜花伴月明。應是夜寒凝。

（一）此首《中興以來絶妙詞選》卷十作黄昇詞，《全宋詞》斷爲黄昇詞。

惱得梅花睡不成。我念梅花花念我●關情。起看清冰滿玉缾。

前調

冬曉　周邦彦

晨色動粧樓。短烛熒熒悄未收。自在開簾風不定●颼颼。池面冰澌趁水流。早起怯梳頭。欲綰雲鬟又却休。不會沈吟思底事●凝眸。兩點春山滿鏡愁。

前調

風情　前　人(一)

生怕倚闌干。閣下溪聲閣外山。惟有舊時山共水●依然。暮雨朝雲去不還。應是攝飛鸞。月下時時整佩環。月又漸低霜又下●更闌。折得梅花獨自看。

(一) 此首《中興以來絶妙詞選》卷九作潘牥詞,《全宋詞》斷爲潘牥詞。

浪淘沙[一]　雙調五十四字　又名《賣花聲》、《曲入冥》、《過龍門》　李後主

春閨

●簾外雨潺潺○●春意闌珊○●羅衾不耐五更寒○●夢裏不知身是客●●一餉貪歡○●獨自莫凭欄○●無限關山○●別時容易見時難○●流水落花春去也●●天上人間○[二]一餉，一食頃也。

【校】

[一]按：此調載《詞律》卷一，共分單調二十八字、雙調五十四字、雙調五十四字三體。又載《欽定詞譜》卷十，以《浪淘沙令》爲正名，共分雙調五十四字、雙調五十三字、雙調五十五字、雙調五十二字、雙調五十四字、雙調五十五字六體。

[二]此體《詞律》、《欽定詞譜》皆以本詞爲例詞。

前調　前人

感念

往事只堪哀○對景難排○秋風庭院蘚侵堦○一片珠簾閑不捲●終日誰來○金歛玉沉埋○

壯氣蒿萊○晚涼天靜月華開○想得玉樓瑤殿影●空照秦淮○

前調

春閨　康與之

蹙損遠山眉○幽怨誰知○羅衾滴盡淚胭脂○夜過春寒愁未起●門外鴉啼○惆悵阻佳期○人在天涯○東風頻動小桃枝○正是銷魂時候也●撩亂花飛○

前調

閨情　李清照(一)

素約小腰身○不奈傷春○踈梅影下晚粧新○裊裊娉婷何樣似●一縷輕雲○歌巧動朱唇○字字嬌嗔○桃花深逕一通津○悵望瑤臺清夜月●還送歸輪○

(一) 此首《花草粹編》卷五引作趙子發詞,《全宋詞》斷爲趙子發詞。

前調

閨情

歐陽修(一)

簾外五更風。吹夢無蹤。畫樓重上與誰同。記得金釵斜撥火●寶篆成空。

回首紫金峰。雨潤烟濃。一江春浪醉醒中。留得羅襟前日淚●彈與征鴻。

前調

感悼

前人

五嶺麥秋殘。荔子紅丹。絳紗囊裏水晶丸。可惜天教生處遠●不近長安。

往事憶開元。妃子偏憐。一從魂散馬嵬關。只有紅塵迷驛使●滿眼驪山。五嶺，廣東。

前調

楊花

張先

腸斷送韶華。爲惜楊花。雪毬搖曳逐風斜。容易著人容易去●飛過誰家。

聚散苦咨嗟。

(一) 此首楊金本《草堂詩餘前集》卷下作無名氏詞，《全宋詞》斷爲無名氏詞。

無計留他。行人洒淚滴流霞。今日畫堂歌舞地●明日天涯。流霞，酒也，仙人於月旁飲流霞。

前調

旅況　朱希真(一)

風約雨横江。秋滿篷窗。箇中物色儘凄涼。更是行人行未得●獨繫歸航。擁被換殘香。黄卷滿床。開愁展恨剪思量。伊似行雲儂是夢●休問家鄉。

前調

懷古　趙孟頫

今古幾齊州。華屋山丘。杖藜徐步立芳洲。無主桃花開又落●空使人愁。波上往來舟。萬事悠悠。春秋曾見昔人遊。只有石橋橋下水●依舊東流。

(一) 此首又見朱敦儒《樵歌》卷中，《全宋詞》斷爲朱敦儒詞。

前調　歐陽修

歡飲

今日北池遊○漾漾輕舟○波光瀲灧柳條柔○如此春來春又去●白了人頭○　好妓好歌喉○不醉無休○勸君滿滿酌金甌○縱使花前長病酒●也是風流○

憶王孫[一]

三十一字　又名《豆葉黃》、《憶君王》、《闌干萬里心》　秦觀《詞律》作李重元（一）

春景

萋萋芳草憶王孫○柳外樓高空斷魂○杜宇聲聲不忍聞○欲黃昏○雨打梨花深閉門○[二]

《詞林萬選》云：元人北曲《一半兒》即是此調，其末句云「一半兒○○一半兒○」，添「兒」字襯，即曲調矣。[三]

【校】

［一］按：此調載《詞律》卷二，共分單調三十一字、雙調五十四字二體。又載《欽定詞譜》卷二，共

（一）此首《唐宋諸賢絶妙詞選》卷七作李重元詞，《全宋詞》斷爲李重元詞。

分單調三十一字、單調三十一字、雙調五十四字三體。

[二] 此體《詞律》、《欽定詞譜》皆以本詞爲例詞。

[三] 按：李氏此説本於《詞律》。《詞律》卷二云：「《詞林萬選》云：『元人北曲《一半兒》即是此調，蓋其末句云『一半兒○○一半兒○』。添『兒』字襯，即曲調矣。』」

前調

夏景　周邦彦(一)

風蒲獵獵小池塘。雨過荷花滿院香。沈李浮瓜冰雪涼。竹方床。針線慵拈午夢長。

前調

冬景　歐陽修(二)

同雲風掃雪初晴。天外孤鴻三兩聲。獨擁寒衾不忍聽。月籠明。窗外梅花影瘦横。

(一) 此首《唐宋諸賢絶妙詞選》卷七作李重元詞，《全宋詞》斷爲李重元詞。

(二) 此首《唐宋諸賢絶妙詞選》卷七作李重元詞，《全宋詞》斷爲李重元詞。

如夢令[一]　三十三字　又名《憶仙姿》、《宴桃源》、《比梅》

春景　　　秦　觀(一)

●門外●緑陰千頃○●兩兩●黄鸝相應○●睡起不勝情●●行到碧梧金井○人靜○人靜○●風弄一枝花影○[二]

【校】

[一]按：此調載《詞律》卷二，共分單調三十三字、單調三十三字二體。又載《欽定詞譜》卷二，共分單調三十三字、單調三十三字、單調三十三字、單調三十三字、單調三十三字、雙調六十六字六體。

[二]此體《詞律》以秦觀「遥夜月明如水」詞爲例詞，《欽定詞譜》以李存勖「曾宴桃源深洞」詞爲例詞。

前調

春景　　　前　人(二)

鸚嘴啄花紅溜○燕尾剪波緑皺○指冷玉笙寒●吹徹小梅春透○依舊○依舊○人與緑楊瘦[一]○

(一)此首《樂府雅詞》卷下作曹組詞，《全宋詞》斷爲曹組詞。

(二)此首《草堂詩餘前集》卷上作無名氏詞，《全宋詞》斷爲無名氏詞。

曲名小梅花。

【校】

［一］人與緑楊瘦：原書闕「俱」字，當作「人與緑楊俱瘦」。

前調　　前人

冬景

冬夜月明如水○風緊驛亭深閉○夢破鼠窺灯●霜送曉寒侵被○無寐○無寐○門外馬嘶人起○

前調　　周邦彦［一］

春晚

池上春歸何處○滿目殘花飛絮○孤舘悄無人●夢斷月堤歸路○無緒○無緒○簾外五更風雨○

［一］此首又見秦觀《淮海居士長短句》卷中，《全宋詞》斷爲秦觀詞。

前調

春晚　　　　前　人㈠

花落鶯啼春暮。陌上緑楊飛絮。金鴨晚香寒●人在洞房深處。無語。無語。葉上數聲疎雨。

前調

春晚　　　　李清照

昨夜風疎雨驟。濃睡不消殘酒。試問捲簾人●却道海棠依舊。知否。知否。應是緑肥紅瘦。

前調

閨怨　　　　前　人㈡

誰伴明窗獨坐。和我影兒兩個。燈盡欲眠時●影也把人抛彈。無那。無那。好个恓惶的我。

㈠ 此首又見謝逸《溪堂詞》,《全宋詞》斷爲謝逸詞。

㈡ 此首又見向滈《樂齋詞》,《全宋詞》斷爲向滈詞。

前調　黃庭堅

春情

去歲迷藏花柳○恰似如今時候○心緒幾曾歡●贏得鏡中消瘦○生受○生受○更被養娘催繡○

元稹詩：「小樓前後捉迷藏。」

訴衷情[一]　雙調四十五字　歐陽修

畫眉

清晨簾幕捲輕霜○呵手試梅妝○都緣自有離恨●故畫作遠山長○思往事●惜流光○易成傷○擬歌先斂●欲笑還顰●最斷人腸○[二]

前結六字三字分豆，亦有六字不分豆者，亦有用五字者。

【校】

[一]此調載《詞律》卷二，共分單調三十三字、單調三十三字、單調三十七字、雙調四十一字、雙調

四十四字、雙調四十五字、雙調四十五字七體。又載《欽定詞譜》卷五，以《訴衷情令》爲正名，與《訴衷情》別，共分雙調四十四字、雙調四十五字、雙調四十五字三體。

［二］此體《詞律》、《欽定詞譜》皆以本詞爲例詞。

前調　四十四字　宋人皆用此體[一]　僧仲殊

寒食

湧金門外小瀛洲○寒食更風流○紅舡滿載歌吹●花外有高樓○　晴日暖●淡烟浮○咨[二]嬉遊○三千粉黛●十二闌干●一片雲頭○[三]湧金門，杭州。

【校】

［一］按：李氏此說本於《詞律》，《詞律》卷二云：「宋人皆用此體。」

［二］咨：原書誤刻，當作「恣」。

［三］此體《詞律》以王益「燒殘絳蠟淚成痕」詞爲例詞，《欽定詞譜》以晏殊「青梅煮酒鬭時新」詞爲例詞。

天仙子[一]　雙調六十八字　張先

送春

水調數聲持酒聽○午睡起來愁未醒○送春春去幾時回●臨晚鏡○中流景○往事後期空記省○沙上並禽池上暝○雲破月來花弄影○重重翠幕密遮燈●風不定○人初靜○明日落紅應滿徑○[二]

【校】

[一] 按：此調載《詞律》卷二，共分單調三十四字、單調三十四字、單調三十四字、雙調六十八字四體。又載《欽定詞譜》卷二，共分單調三十四字、單調三十四字、單調三十四字、單調三十四字、雙調六十八字五體。

[二] 此體《詞律》以沈會宗「景物因人成勝概」詞爲例詞，《欽定詞譜》以張先「醉笑相逢能幾度」詞爲例詞。

前調

水閣　　沈會宗

景物因人成勝概。滿目更無塵可礙。等閑簾幕小闌干，衣未解。心先快。明月清風如有待。　誰信門前車馬隘。別是人間閑世界。座中無物不清涼，山一帶。水一派。流水白雲長自在。

風流子[一]　雙調一百一十字　又名《内家嬌》

秋思　　張　耒

亭皋木葉下，重陽近，又是擣衣秋。奈愁入庾腸，老侵潘鬢，謾簪黄菊，花也應羞。楚天晚，白蘋烟盡處，紅蓼水邊頭。芳草有情，夕陽無語，雁横南浦，人倚西樓。玉作平容知安否，香箋共錦字，兩處悠悠。空恨碧雲離合，青鳥沉浮。向風前懊惱[二]，芳心一點，翠眉兩葉，禁甚離愁。情到不堪言處，分付東流。[三]

調中四字四句者，前二段、後一段，作者多用儷語，俱須於「庾」、「有」、「懊」三字，必用仄聲方妙。

換頭五字，上須四平，「楚天晚」之仄平仄，亦不可亂，如審齋之「淚盈盈」、友古之「粉墻低」，不可學也。「香箋」至「悠悠」句，語氣或作上三下六，或作上五下四，不拘，亦有作三字三句者，不宜從也。[四]

【校】

[一] 按：此調載《詞律》卷二，共分單調三十四字、雙調一百一十字二體。又載《欽定詞譜》卷二，共分單調三十四字、雙調一百十字、雙調一百十字、雙調一百十一字、雙調一百十字、雙調一百九字、雙調一百九字、雙調一百八字、雙調一百十一字九體。

[二] 原書此處無點讀，今補。

[三] 此體《詞律》、《欽定詞譜》皆以本詞爲例詞。

[四] 按：李氏此説本於《詞律》，《詞律》卷二云：「調中四字四句者，前二段、後一段，作者多用儷語，但須於『庾』、『有』、『懊』三字，必用仄聲方妙。名作皆然。換頭五字，上須四平要緊。『楚天晚』之仄平仄，亦不可亂，如審齋之『淚盈盈』、友古之『粉墻低』，不可學也。……『香箋』至『悠悠』句，語氣或作上三下六，或作上五下四，不拘。審齋作『塵埃盡，留白雪，長黄芽』，又云『空搔首，還是憶，舊青氈』，則竟作三字三句矣。雖不拘，不宜從也。」

江城子[一]　雙調七十字

謝　逸

春思

杏花村舘酒旗風。水溶溶。颺殘紅。野渡舟横●楊柳緑陰濃。望斷江南山色遠●人不見●草連空。夕陽樓外晚烟籠。粉香融。淡眉峰。記得年時●相見畫屏中。只有關山今夜月●千里外●素光同。[二]

「人不見」、「千里外」，俱平仄仄，如石林之前用「試攜手」，東坡之後用「便憔悴」，又如友古之後用「瑤臺路」，皆偶然之筆，不必從也。[三]

【校】

[一]按：此調載《詞律》卷二，共分單調三十五字、單調三十六字、單調三十七字、雙調七十字、雙調七十字五體。又載《欽定詞譜》卷二，共分單調三十五字、單調三十六字、單調三十七字、單調三十六字、雙調七十字五體。

[二]此體《詞律》以本詞爲例詞，《欽定詞譜》以蘇軾「鳳凰山下雨初晴」詞爲例詞。又此體爲三十五字體再加一疊，《詞律》前收三十五字體，故於此體未標可平可仄處，李氏襲之，亦未標。

［三］按：李氏此説本於《詞律》，《詞律》卷二云：「『人不見』、『千里外』，俱平仄仄，如石林之前用『試攜手』，東坡之後用『便憔悴』，又如友古之後用『瑤臺路』，皆偶然之筆，不必從也。」

前調　秦觀

離別

西城楊柳弄春柔○動離憂○淚難收○猶記多情●曾爲繫歸舟○碧野朱橋當日事●人不見●水空流○韶華不爲少年留○恨悠悠○幾時休○飛絮落花●時候一登樓○便做春江都是淚●流不盡●許多愁○

江城梅花引[一]　八十七字　康與之[一]

閨情

●娟娟霜月冷侵門○怕黄昏○又黄昏○手撚一枝獨自對芳尊○●酒●又不禁花又惱●漏聲遠●一

[一] 此首又見程垓《書舟詞》，《全宋詞》斷爲程垓詞。

更更●總斷魂○ 斷魂○疊二字 斷魂○疊 ●不堪聞○●被半温○●香半薰○睡也睡也●睡不穩●誰與温存○●惟有床前銀燭照啼痕○●一夜爲花憔悴損●人瘦也●比梅花●瘦幾分○[二]

【校】

[一]按：此調載《詞律》卷二，共分雙調八十七字、雙調八十七字、雙調八十六字、雙調八十七字四體。又載《欽定詞譜》卷二十一，共分雙調八十七字、雙調八十七字、雙調八十八字、雙調八十七字、雙調八十七字、雙調八十七字、雙調八十七字、雙調八十五字八體。

[二]此體《詞律》、《欽定詞譜》皆以本詞爲例詞。

相見歡[一]

三十六字　又名《烏夜啼》、《上西樓》、《憶真妃》、《西樓子》、《月上瓜州》、《秋夜月》

李後主(一)

離懷

●無言●獨上西樓○月如鉤○●寂寞●梧桐深院●鎖清秋○ ●剪●不斷○換仄 理還亂○叶仄 是離愁○叶平

(一)此首《花草粹編》卷一引《古今詞話》作孟昶詞，《全唐五代詞》於李煜、孟昶下俱收録。

●別是●一般滋味●在心頭○叶平[二]

「寂寞」至「清秋」，「別是」至「心頭」皆九字句，語氣亦可於第六字略斷。按此調本唐腔，薛昭藴一首，正名《相見歡》，宋人則名爲《烏夜啼》，而《錦堂春》亦名《烏夜啼》，因致傳訛不少。今斷以此調，從唐人爲《相見歡》，而《錦堂春》亦仍其名，俱不以《烏夜啼》亂之，庶幾爲畫一。《嘯餘》既收《相見歡》，復收《烏夜啼》，誤。《圖譜》既收《烏夜啼》，復收《上西樓》，且又收《憶真妃》，尤誤。[三]

【校】

[一] 按：此調載《詞律》卷二，僅此一體。又載《欽定詞譜》卷三，共分雙調三十六字、雙調三十六字、雙調三十六字、雙調三十六字五體。

[二] 此體《詞律》以本詞爲例詞，《欽定詞譜》以薛昭藴「羅襦繡袂香紅」詞爲例詞。

[三] 按：李氏此説本於《詞律》，《詞律》卷二云：「『寂寞』至『清秋』，『別是』至『心頭』，皆是九字句，語氣亦可於第四字略斷。……按此調本唐腔，薛昭藴一首，正名《相見歡》，宋人則名爲《烏夜啼》，而《錦堂春》亦名《烏夜啼》，因致傳訛不少。今斷以此調，從唐人爲《相見歡》，而《錦堂春》亦仍其名，俱不以《烏夜啼》亂之，庶爲畫一。《嘯餘》既收《相見歡》，復收《烏夜啼》，誤。《圖譜》既收《烏夜啼》，復收

《上西樓》，且又收《憶真妃》，尤誤。」

前調　朱希真〔一〕

感悼

東風吹盡江梅○橘花開○舊日吳王宮殿●鎖蒼苔○　今古事○英雄淚○老相佳〔二〕○長恨夕陽西去●晚潮回○

【校】

〔二〕佳：原書誤刻，當作「催」。

何滿子〔一〕　雙調七十四字　孫洙

秋怨

●悵望●浮生●急景●　●淒涼●寶琴餘音○　●楚客●多情偏怨別●　●碧山遠水登臨○　●目送連天●衰草●　夜闌●幾

〔一〕此首又見朱敦儒《樵歌》卷下，《全宋詞》斷爲朱敦儒詞。

處踈砧○　●黃葉●無風●自落●秋雲不雨長陰○●天若●有情天亦老●●搖搖●幽恨難禁○●惆悵舊歡●如
夢●●覺來●無處追尋○[二]

【校】

[一] 按：此調載《詞律》卷二，共分單調三十六字、單調三十七字、雙調七十四字三體。又載《欽定詞譜》卷三，共分單調三十六字、單調三十七字、雙調七十三字、雙調七十四字、雙調七十四字五體。

[二] 此體《詞律》以毛熙震「無語殘妝淡薄」詞爲例詞，《欽定詞譜》以毛熙震「寂寞芳菲暗度」詞爲例詞。

長相思[一]　三十六字　又名《雙紅豆》、《山漸青》、《憶多嬌》　白居易

錢塘

●汴水流○●泗●水流○●流到瓜州●古渡頭○●吳山●點點愁○　●思●悠悠○●恨●悠悠○●恨到歸時●方始休○●月
明●人倚樓○[二]

【校】

［一］按：此調載《詞律》卷二，共分雙調三十六字、雙調三十六字、雙調一百字、雙調一百三字四體。又載《欽定詞譜》卷二，共分雙調三十六字、雙調三十六字、雙調三十六字、雙調三十六字、雙調三十六字五體。

［二］此體《詞律》、《欽定詞譜》皆以本詞爲例詞。

前調　　前　人（一）

閨怨

深畫眉○淺畫眉○蟬鬢鬅鬙雲滿衣○陽臺行雨回○　巫山高●巫山低○暮雨瀟瀟郎不歸○空房獨守時○

後首句亦可不叶。［二］

【校】

［二］按：李氏此説本於《詞律》，《詞律》卷二云：「後首句可不叶韻。」《欽定詞譜》以此詞爲又一

（一）此首《吟窗雜録》、《古今詞統》等作吴二娘詞，《全唐五代詞》於白居易、吴二娘下俱收録。

體，並云：「此詞後段起句不用韻。」

前調

秋思　李後主(一)

一重山○兩重山○山遠天高烟水寒○相思楓葉丹○菊花開○菊花殘○塞雁高飛人未還○一簾風月間[一]○

【校】

[一]間：原書誤刻，當作「閒」。

前調　前人

佳人

雲一緺○玉一梭○淡淡衫兒薄薄羅○輕顰雙黛螺○秋風多○雨如和○簾外芭蕉三兩窠○夜

(一)此首見鄧肅《栟櫚先生文集》卷十一，《全宋詞》斷爲鄧肅詞。

長人奈何。

前調

春閨

馮延巳〔一〕

紅滿枝。緑滿枝。宿雨厭厭睡起遲。閑庭花影移。憶歸期。數歸期。夢見雖多相見稀。相逢知幾時。

前調

山驛

万俟〔二〕雅言

短長亭。古今情。樓外涼蟾一暈生。雨餘秋更清。暮雲平。暮山横。幾葉秋聲和雁聲。行人不要聽。

〔一〕此首《草堂詩餘前集》卷下作無名氏詞，《全宋詞》斷爲無名氏詞。

【校】

［一］俟：原書誤刻作「候」。

玉蝴蝶［一］　九十九字　柳永

遊春

漸覺東郊明媚●夜來膏雨●一洗塵埃○滿目淺桃深杏●露染烟裁○銀塘靜●魚鱗簟展●霧岫翠●龜甲屏開○陰晴雷○雨中鼓吹●遊遍蓬萊○　徘徊○隼旟前後●三千珠履●十二金釵○雅俗熙熙●下車成宴盡春臺○好雍容●東山妓女●堪笑傲●北海尊罍○且追陪○鳳池歸去●那更重來○［二］

「滿目」下十字，乃一氣貫下者，可上六下四，亦可上四下六，凡調中此等句法，可以類推。［三］

【校】

［一］按：此調載《詞律》卷三，共分雙調四十一字、雙調四十二字、雙調九十八字、雙調九十九字四

體。又載《欽定詞譜》卷四，共分雙調四十一字、雙調四十二字、雙調九十九字、雙調九十九字、雙調九十八字、雙調九十九字、雙調九十九字七體。

〔二〕此體《詞律》以史達祖「晚雨未摧宮樹」詞爲例詞，《欽定詞譜》以柳永「是處小街斜巷」詞爲例詞。

〔三〕按：李氏此說本於《詞律》，《詞律》卷三云：「『短景』下十字，乃一氣貫下者，可上四下六，亦可上六下四，觀此詞，及前詞『冉冉』下十字可見。凡詞中此種句法皆然，可以類推。」〔二〕

前調

晁沖之

春思

目斷江南千里●灞橋一望●烟水微茫○畫鎖重門人去●暗惜流光○雨輕輕●梨花院落●風淡淡●楊柳池塘○恨偏長○佩沈湘浦●雲散高唐○　清狂○重來一夢●手搓梅子●煮酒新嘗○寂寞經春●小橋依舊燕飛忙○玉鉤欄●凭多漸暖●金縷枕●別久猶香○最難忘○看花南陌●待月西廂○

太平時[一]　四十字　又名《賀聖朝影》

歐陽修

春景

●白雪梨花紅●粉桃○露華高○●垂楊●慢舞緑絲絛○草如袍○●風過小池輕浪起●似江皋○●千金●莫惜買香醪○且陶陶○[二]

【校】

[一]按：此調載《詞律》卷三，僅此一體。又載《欽定詞譜》卷三，以《添聲楊柳枝》爲正名，共分雙調四十字、雙調四十字、雙調四十四字三體。

[二]此體《詞律》、《欽定詞譜》皆以賀鑄「蜀錦塵香生襪羅」詞爲例詞。

生查子[一]　四十字

張先(一)

詠箏

●含羞整翠鬟●●得意頻相顧○雁柱十三絃●●一一春鶯語○●嬌雲容易飛●●夢斷知何處○●深院

(一)此首又見歐陽修《歐陽文忠公近體樂府》卷一，《全宋詞》斷爲歐陽修詞。

鎖黃昏●陣陣芭蕉雨○[二]

【校】

[一] 按：此調載《詞律》卷三，共分雙調四十字、雙調四十一字、雙調四十二字、雙調四十二字四體。又載《欽定詞譜》卷三，共分雙調四十字、雙調四十字、雙調四十一字、雙調四十二字、雙調四十二字五體。

[二] 此體《詞律》以魏承班「烟雨晚晴天」詞爲例詞，《欽定詞譜》以韓偓「侍女動粧奩」詞爲例詞。

前調

秦　觀[一]

元夜

去年元夜時●花市燈如晝○月在柳梢頭●人約黃昏後○　今年元夜時●月與燈依舊○不見去年人●淚滿春山[二]袖○

[一] 此首又見歐陽修《歐陽文忠公近體樂府》卷一，《全宋詞》斷爲歐陽修詞。

【校】

［一］山：原書誤刻，當作「衫」。

前調　　無名氏(一)

閨思

相思懶下床●春夢迷蝴蝶○入柳又穿花●去去輕如葉○　可堪歧路長●不道關山隔○無賴是黄鸝●唤起空愁絶○

前調　　無名氏(二)

別怨

郎如陌上塵●妾似堤邊絮○一別兩悠悠●踪迹無尋處○　粉面如青春●淚眼零紅雨○過了別離時●還解相思苦○

(一) 此首又見向子諲《酒邊集》，《全宋詞》斷爲向子諲詞。

(二) 此首又見姚寬《西溪樂府》，《全宋詞》斷爲姚寬詞。

前調

春夜　　秦觀[一]

眉黛遠山長●新柳開青眼○樓閣斷霞明●羅幙春寒殘○　杯嫌玉漏遲●燭厭金刀剪○月色忽飛來●花影和簾捲○

五言八句四韻，作者平仄多有參差，首句二字平，四字仄者爲多，亦有八句皆二字仄四字平者。[一]

【校】

[一] 按：李氏此説本於《詞律》，《詞律》卷三云：「五言八句四韻，作者平仄多有參差。……而前後首句第二字，用平者爲多，雖間有一二拗句者，然名流則如出一軌也。」

點絳唇[二]　四十一字

春閨　　何籀[二]

●春雨濛濛●淡烟深鎖垂楊院○暖風輕扇○落盡桃花片○　●薄倖不來●前事思量遍○無由見○

(一) 此首又見張孝祥《于湖居士文集》卷三十四，《全宋詞》斷爲張孝祥詞。

(二) 此首《草堂詩餘前集》卷下作無名氏詞，《全宋詞》斷爲無名氏詞。

淚痕如線○●界破殘粧面○[二]

【校】

[一] 按：此調載《詞律》卷三，僅此一體。又載《欽定詞譜》卷四，共分雙調四十一字、雙調四十一字、雙調四十三字三體。

[二] 此體《詞律》以趙長卿「雪霽山橫」詞爲例詞，《欽定詞譜》以馮延巳「蔭緑圍紅」詞爲例詞。

前調

春閨　　前　人(一)

鶯踏花翻●亂紅堆徑無人掃○杜鵑來了○梅子枝頭小○　撥盡琵琶●總是相思調○知音少○

暗傷懷抱○門掩青春老○

(一) 此首《草堂詩餘前集》卷下作無名氏詞，《全宋詞》斷爲無名氏詞。

前調　林逋

詠草

金谷年年●亂生春草誰爲主○餘花落處○滿地和烟雨○又是離歌●一闋長亭暮○王孫去○萋萋無數○南北東西路○

前調　無名氏

秋千

蹴罷鞦韆●起來整頓纖纖手○露濃花瘦○薄汗輕衣透○見客人來●襪剗金釵溜○和羞走○倚門回首○却把青梅嗅○

前調　蘇軾

秋思

獨倚胡床●庾公樓外峰千朵○與誰同坐○明月清風我○别乘一來●有偈終須和○還知麽○自從添个○風月平分破○乘，去聲。禪有淺深，小乘、大乘、最上乘。

前調　秦觀(一)

閨怨

月轉烏啼●畫堂宮徵生離恨○美人愁悶○不管羅衣褪○　清淚斑斑●揮斷柔腸寸○嗔人問○背燈偷拉○拭盡殘紅粉○

前調　汪藻

秋閨

高柳蟬嘶●采菱歌斷秋風起○晚雲如髻○湖上山横翠○　簾捲西樓●過雨涼生袂○天如水○畫欄十二○有個人同倚○

此調平仄以趙長卿一首爲式，趙作云：「雲鬟山横，翠濤擁起千重恨。砌成愁悶。那更梅花褪。鳳管雲笙，無不縈方寸。叮嚀問。淚痕羞揾。界破香腮粉。」萬紅友云：「『翠』字去聲，妙甚。『砌』字、『淚』字俱去，妙。名作皆然，作平則不起調。時人有於『翠』字用平，而『砌成』句用平平仄

(一) 此首又見蘇軾《東坡詞》卷下，《全宋詞》於蘇軾、秦觀下俱收録。

仄，是不深於詞也。」

浣溪沙[一]　四十二字　周邦彥(一)

春景

●水漲魚舡泊柳橋○●雲鳩拖雨過江皋○●一番春信入東郊○●閑碾●鳳團消短夢●●靜看●燕子壘新巢○●又移●日影上花梢○[二]龍鳳圖，茶名。

【校】

[一] 按：此調載《詞律》卷三，共分雙調四十二字、雙調四十二字二體。又載《欽定詞譜》卷四，共分雙調四十二字、雙調四十二字、雙調四十四字、雙調四十六字、雙調四十二字五體。

[二] 此體《詞律》以張曙「枕障熏爐冷繡帷」詞爲例詞，《欽定詞譜》以韓偓「宿醉離愁慢髻鬟」詞爲例詞。

(一) 此首《草堂詩餘前集》卷上作無名氏詞，《全宋詞》斷爲無名氏詞。

前調　春景　前　人(一)

小院閑窗春色深。重簾未捲影沉沉。倚樓無語理瑤琴。遠岫出雲催薄暮●細風吹雨弄輕陰。梨花欲謝恐難禁。

前調　春情　前　人

薄薄紗厨望似空。簟紋如水浸芙蓉。起來嬌眼未醒忪。强整羅衣擡皓腕●更將紈扇遮酥胸。羞郎何事面微紅。

前調　夏景　前　人

翠葆參差竹徑成。新荷跳雨淚珠傾。曲欄斜轉小池亭。風動簾衣歸燕急●水搖扇影戲魚

(一) 此首《樂府雅詞》卷下作李清照詞，《全宋詞》斷爲李清照詞。

驚○柳梢殘日弄微晴○ 葆，草木叢生貌。

前調　歐陽修

遊春

湖上朱橋響畫輪○溶溶春水侵[一]春雲○碧琉璃滑淨無塵○ 當路遊絲縈醉客●隔花啼鳥喚行人○日斜歸去奈何春○

【校】

[一] 侵：原書誤刻，當作「浸」。

前調　前　人(一)

春思

漠漠輕寒上小樓○曉陰無賴似窮秋○淡烟流水畫屏幽○ 自在飛花輕似夢●無邊絲雨細如

(一) 此首又見秦觀《淮海居士長短句》卷中，《全宋詞》斷爲秦觀詞。

愁○寶簾閑掛小銀鉤○

前調　　前人

遊湖

紅粉佳人白玉杯○木蘭舟穩棹歌催○緑荷風裏笑聲來○細雨輕烟籠草樹●斜橋曲水繞樓臺○夕陽高處畫屏開○

前調　　前人

秋千

雲曳香綿綵柱高○絳旗風颭出花梢○一梭紅帶往來抛○束素美人羞不打●却嫌裙幔褪纖腰○日斜深院影空搖○

前調　　張先

春閨

樓倚江邊百尺高○暮烟收處見歸橈○幾時期信似春潮○花片片飛風弄葉●柳陰陰下水平

橋。日長人去又今宵。

前調　春閨　秦　觀(一)

青杏園林煮酒香。佳人初試薄羅裳。柳絲搖曳燕飛忙。乍雨乍晴花易老●閑愁閑悶日偏長。爲誰消瘦減容光。

前調　春恨　李　璟(二)

一曲新詞酒一杯。去年天氣舊亭臺。夕陽西下幾時回。無可奈何花落去●似曾相識燕歸來。小園香徑獨徘徊。

(一) 此首又見晏殊《珠玉詞》，又見歐陽修《歐陽文忠公近體樂府》卷三，《全宋詞》於晏殊、歐陽修下俱收録。
(二) 此首又見晏殊《珠玉詞》，《全宋詞》斷爲晏殊詞。

前調

春恨　前　人㈠

風壓輕雲貼水飛○乍晴池館燕爭泥○沈郎多病不勝衣○沙上未聞鴻雁信●竹間時有鷓鴣啼○此情惟有落花知○

前調

春宴　晏叔原

家近旗亭酒易沽○花時常得醉工夫○伴人歌笑嬾妝梳○戶外綠楊春繫馬●牀前紅燭夜呼盧○相逢不解有情無○

㈠ 此首又見蘇軾《東坡詞》卷下，《全宋詞》斷爲蘇軾詞。

前調

春閨

蘇軾

道字嬌訛苦未成○未應春閣夢多情○朝來何事緑鬟傾○綵索身輕常趁燕●紅窗睡重不聞鶯○困人天氣近清明○

前調

閨情

李清照

髻子傷春慵更梳○晚風庭院落梅初○淡雲來往月疏疏○玉鴨薰爐閑瑞腦●朱櫻斗帳掩流蘇○遺犀還解辟寒無○

前調

漁父

黄庭堅

新婦磯頭眉黛愁○女兒浦口眼波秋○驚魚錯認月沈鉤○青篛笠前無限事●緑蓑衣底一時休○斜風細雨轉舡頭○新婦磯，女兒浦，在九江大江中，小孤山下。

前調

閨情　　歐陽修㈠

香靨凝羞一笑開。柳腰如醉暖相挨。日長人困下樓臺。照水有情聊整鬢●倚闌無語更兜鞋。眼邊牽恨嬾歸來。

攤破浣溪沙[一]　四十八字　又名《山花子》　李後主㈡

秋思

●菡萏香消翠葉殘。●西風愁起緑波間。●還與●韶光●共●憔悴●不堪看。●細雨●夢回雞塞遠●●小樓●吹徹玉笙寒。●多少●淚珠何限恨●倚闌干。[二]

【校】

[一]按：此調載《詞律》卷三，僅此一體。又載《欽定詞譜》卷七，以《山花子》爲正名，僅此一體。

㈠　此首又見秦觀《淮海居士長短句》卷中，《全宋詞》斷爲秦觀詞。

㈡　此首《南唐二主詞》作李璟詞，《全唐五代詞》斷爲李璟詞。

[二] 此體《詞律》、《欽定詞譜》皆以本詞爲例詞。

前調

春恨

李璟

手捲珠簾上玉鉤○依前春恨鎖重樓○風裏落花誰是主●思悠悠○　青鳥不傳雲外信●丁香空結雨中愁○回首緑波三峽暮●接天流○

此調本以《浣溪沙》原調結句破七字爲十字，故名《攤破浣溪沙》，後又另名《山花子》耳。按調名「沙」字與《浪淘沙》不同，義應作「紗」，或又作「浣沙溪」，則尤當爲「紗」，今姑仍諸刻。[一]

【校】

[一] 按：李氏此説本於《詞律》，《詞律》卷三云：「此調本以《浣溪沙》原調結句破七字爲十字，故名《攤破浣溪沙》，後又另名《山花子》耳。……按調名『沙』字與《浪淘沙》不同，義應作『紗』，或又作《浣沙溪》，則尤當爲『紗』，今姑仍諸刻。」

卜算子[一]　四十五字　又名《百尺樓》

春怨　徐俯

●胸中千種愁●●掛在斜陽樹。●緑葉陰陰自得春●●草滿鶯啼處。●不見凌波步。●空想如簧語。●門外重重疊疊山●遮不斷愁來路。[二]

調名，按山谷調「似扶着、賣卜算」，蓋取義於賣卜算命人也。[三]

【校】

[一]按：此調載《詞律》卷三，共分雙調四十四字、雙調四十四字、雙調四十五字、雙調四十五字、雙調四十六字、雙調四十六字、雙調四十六字七體。又載《欽定詞譜》卷五，共分雙調四十四字、雙調四十四字、雙調四十五字、雙調四十五字、雙調四十六字、雙調四十六字、雙調四十六字七體。

[二]此體《詞律》、《欽定詞譜》皆以本詞爲例詞。

[三]按：李氏此説本於《詞律》，《詞律》卷三云：「毛氏云：駱義烏詩用數名，人謂爲『卜算子』，故牌名取之。按山谷詞『似扶著、賣卜算』，蓋取義以今賣卜算命之人也。」

前調　四十四字　　僧皎如晦

送春

有意送春歸●無計留春住○畢竟年年用着來●何似休歸去○目送楚天遥●不見春歸路○風急桃花也似愁●點點飛紅雨○

前調　四十四字　　蘇　軾

孤鴻

缺月掛踈桐●漏斷人初靜○時見幽人獨往來●縹緲孤鴻影○驚起却回頭●有恨無人省○揀盡寒枝不肯栖●寂寞沙洲冷○[一]

徐作後起句叶，結六字。下二首後起不叶，結五字。

【校】

[一] 此體《詞律》、《欽定詞譜》皆以本詞爲例詞。

采桑子[一]　四十四字　即《醜奴兒》　秦　觀(一)

離恨

夜來酒醒清無夢●愁倚闌干○露滴輕寒○雨打芙蓉淚不乾○　佳人別後音塵悄●瘦盡難拚○明月無端○已過紅樓十二間○[二]

【校】

[一] 按：此調載《詞律》卷四，以《醜奴兒》爲正名，僅此一體。又載《欽定詞譜》卷五，共分雙調四十四字、雙調四十八字、雙調五十四字三體。

[二] 此體《詞律》、《欽定詞譜》皆以和凝「蝤蠐領上訶梨子」詞爲例詞。

(一) 此首互見秦觀、晏幾道、黃庭堅三家詞集，《全宋詞》於三人下俱收録。

卷下

醜奴兒[一]　四十四字　又名《羅敷媚》、《羅敷艷歌》、《采桑子》

李後主

秋怨

轆轤金井梧桐晚●幾樹驚秋○晝雨和愁○百尺蝦鬚上玉鉤○　瓊窗春斷雙蛾皺●回首邊頭○欲寄鱗遊○九曲寒波不泝流○

【校】

［一］按：此調即《采桑子》，已見卷上，《詞律》、《欽定詞譜》皆併作一調。

前調

康與之

冬雪

馮夷剪破澄溪練●飛下同雲○著地無痕○柳絮梅花處處春○　山陰此夜明如晝●月滿前村○

莫掩溪門。恐有扁舟乘興人。

菩薩蠻[一]　四十四字　又名《子夜歌》、《巫山一片雲》、《重疊金》

閨情　　李　白

平林漠漠烟如織。寒山一帶傷心碧。暝色入高樓。換平　有人樓上愁。叶平　闌干空佇立。三換仄　宿鳥歸飛急。叶三仄　何處是歸程。四換平　長亭連短亭。叶四平[二]

「連」字或作「更」字，然此字用平爲佳，此字平則此句首一字可仄。按青蓮此調與《憶秦娥》爲千古詞祖，寔亦千古絶唱，平仄悉宜從之。[三]

【校】

[一] 按：此調載《詞律》卷四，僅此一體。又見《欽定詞譜》卷五，共分雙調四十四字、雙調四十四字、雙調四十四字三體。

[二] 此體《詞律》、《欽定詞譜》皆以本詞爲例詞。又《詞律》於「平」、「漠」、「寒」、「一」、「暝」、「有」、「樓」、「玉」、「宿」、「何」、「長」、「連」諸字左，標可平或可仄，李氏於此體皆未標。

〔三〕按：李氏此說本於《詞律》，《詞律》卷四云：「兩句一韻，其易四韻。『連』字或作『更』字，然此一字用平爲佳，用平則此句首一字可用仄。按青蓮此調與《憶秦娥》爲千古詞祖，實亦千古絶唱，平仄悉宜從之。」

前調 張 先〔一〕

詠箏

哀箏一弄湘江曲。聲聲寫盡湘波緑。纖指十三弦。細將幽恨傳。當筵秋水慢。玉柱斜飛雁。彈到斷腸時。春山眉黛低。

前調 歐陽炯

冬宴

烘爐煖閣佳人睡。隔簾飛雪添香氣。小院奏笙歌。香風簇綺羅。酒傾金盞滿。銀燭重開

〔一〕此首又見晏幾道《小山詞》，《全宋詞》斷爲晏幾道詞。

宴。公子醉如泥。天街聞馬嘶。

前調　朱淑真(一)

詠梅

濕雲不度谿橋冷。嫩寒初透東風景。橋下水聲長。一枝和雪香。人憐花似舊。花比人應瘦。莫凭小闌干。夜深花正寒。

按：唐蘇鶚《杜陽襍編》云：宣宗大中初，蠻國人入貢，危髻全冠，瓔珞被體，故謂之「菩薩蠻」。當時倡優遂製《菩薩蠻》曲，文士往往聲其詞。又崔令欽《教坊記》載，兩院人歌曲名亦有《菩薩蠻》。《北夢瑣言》云宣宗好唱《菩薩蠻》詞，是原作「蠻」字，乃女蠻之蠻，不必易作「鬘」字也。見《詞律》

前調　秦觀

秋閨

蛩聲啼露驚秋枕。羅幃淚濕鴛鴦錦。獨臥玉肌涼。殘更與恨長。淒風翻翠幔。雨澀燈花

(一) 此首《全芳備祖前集》卷一作蘇軾詞，《全宋詞》於蘇軾、朱淑真下俱收録。

暗。畢竟不成眠。鴉啼金井寒。

前調 前　人(一)

秋閨

金風簌簌驚黄葉。高樓影轉銀蟾匝。夢斷繡簾垂。月明烏鵲飛。新秋知幾許。却似絲千縷。雁已不堪聞。砧聲何處村。

前調 何　籀(二)

春閨

南園滿地堆輕絮。愁聞一霎清明雨。雨後却斜陽。杏花零落香。無言匀睡臉。枕上屏山掩。時節欲黄昏。無聊獨倚門。

(一) 此首《草堂詩餘前集》卷下作無名氏詞,《全宋詞》斷爲無名氏詞。

(二) 此首《花間集》卷一作温庭筠詞,《全宋詞》斷爲温庭筠詞。

前調　　李清照[一]

閨情

緑雲鬢上飛金雀。愁眉翠斂輕烟薄。香閣掩芙蓉。畫屏山幾重。　窗寒天欲曙。猶結同心苣。啼粉污羅衣。問郎歸幾時。

前調　　無名氏

離思

有情潮落西陵浦。無情人向西陵去。去也不教知。怕人留戀伊。　憶了千千萬。恨了千千萬。畢竟憶時多。恨時無奈何。

更漏子[二]　四十六字　　温庭筠

秋思

玉爐香●紅蠟淚。偏照華堂秋思。眉翠薄●鬢雲殘。換平　夜長衾枕寒。叶平　梧桐樹。三換仄

[一] 此首《花間集》卷四作牛嶠詞，《全宋詞》斷爲牛嶠詞。

三更雨○叶三仄　不道離情正苦○叶三仄　一葉葉●　一聲聲○四换平　空堦滴到明○叶四平[一]

起句毛熙震用「烟月寒」，「烟」字平，「月」字仄。「梧桐樹」三字，毛用「人悄悄」，「悄」字仄。可不拘也。然自北宋以後，前起皆用仄平平，而後起竟與前同，不復如「樹」字、「悄」字用韻矣。[三]

【校】

[一] 按：此調載《詞律》卷四，共分雙調四十六字、雙調四十六字、雙調四十六字、雙調四十九字、雙調一百四字五體。又載《欽定詞譜》卷六，共分雙調四十六字、雙調四十六字、雙調四十五字、雙調四十六字、雙調四十五字、雙調四十九字、雙調一百四字八體。

[二] 此體《詞律》、《欽定詞譜》皆以本詞爲例詞。又《詞律》於「偏」、「華」、「秋」、「夜」、「桐」、「三」、「不」、「離」、「正」、「一」、「空」、「滴」諸處左標可平或可仄，李氏於此體皆未標。

[三] 按：李氏此説本於《詞律》，《詞律》卷四云：「起句毛熙震用『烟月寒』，『烟』字平，『月』字仄。『梧桐樹』三字，毛用『人悄悄』，『悄』字仄。可不拘也。然自北宋以後，前起皆用仄平平，而後起竟與前同，不復如『樹』字、『悄』字用韻矣。」

謁金門[一]　四十五字　又名《花自落》、《垂楊碧》、《出塞》　馮延巳

春閨

風●乍起。●吹皺●一池春水。●閑引●鴛鴦芳逕裏。●手扳[二]紅杏蕊。　●鬭鴨欄干●獨倚。●碧玉●搔頭●斜墜。●終日●望君君不至。●舉頭聞鵲喜。[三]陸龜蒙有「鬭鴨一欄」。武帝就取李夫人玉簪搔頭，宮人搔頭皆用玉。

【校】

[一]按：此調載《詞律》卷四，僅此一體。又載《欽定詞譜》卷五，共分雙調四十五字、雙調四十五字、雙調四十六字四體。

[二]扳：原書誤刻，當作「挼」。

[三]此體《詞律》、《欽定詞譜》皆以韋莊「空相憶」詞爲例詞。

前調　韋莊

春恨

空相憶。無計與傳消息。天上嫦娥人不識。寄書何處覓。　春睡覺來無力。不忍把伊書迹。

滿院落花春寂寂。斷腸芳草碧。

前調　　　　前　人(一)

春恨

春雨足。染就一溪新緑。柳外飛來雙羽玉。弄晴相對浴。樓外翠簾高軸。倚遍闌干幾曲。雲淡水平烟樹簇。寸心千里目。杜詩《白鷗》云："却思雙羽玉。"

憶秦娥〔一〕　四十六字　又名《秦樓月》、《碧雲深》、《雙荷葉》、《玉交枝》　　　　李　白

秋思

簫聲咽。秦娥夢斷秦樓月。秦樓月。疊三字　年年柳色。灞陵傷別。樂遊原上清秋節。咸陽古道音塵絶。音塵絶。疊三字　西風殘照。漢家陵闕。〔二〕

「灞」、「漢」二字必用仄聲去聲尤妙，今人竟有於「傷」字，及「陵闕」，「陵」字用仄者，大謬。沈選王

(一) 此首《草堂詩餘前集》卷下作無名氏詞，《全宋詞》斷爲無名氏詞。

修微竟於「年年西風」二句作仄仄平平，更奇。[三]

【校】

[一] 憶秦娥：原書誤刻作「憶秦城」。按：此調載《詞律》卷四，共分雙調四十六字、雙調四十六字、雙調三十七字、雙調三十八字、雙調四十一字六體。又載《欽定詞譜》卷五，共分雙調四十六字、雙調四十六字、雙調四十六字、雙調四十字、雙調三十八字、雙調四十一字、雙調三十七字、雙調四十六字、雙調四十六字、雙調四十字十一體。

[二] 此體《詞律》、《欽定詞譜》皆以本詞爲例詞。

[三] 按：李氏此説本於《詞律》，《詞律》卷四云：「『灞』、『漢』二字必用仄字得去聲尤妙，今人竟有於『傷』字，及『陵闕』，『陵』字用仄者，大謬。沈選王修微竟於『年年西風』二句作仄仄平平，更奇。」

前調

佳人　　蘇軾(一)

香馥馥○尊前有個人如玉○人如玉○翠翹金鳳●內家妝束○　嬌羞愛把眉兒蹙○逢人只唱

(一) 此首《草堂詩餘後集》卷下作無名氏詞，《全宋詞》斷爲無名氏詞。

相思曲。相思曲。一聲聲是●怨紅愁緑。

前調

閨情　　黄庭堅（一）

花深深。一鉤羅襪行花陰。行花陰。閑將柳帶●試結同心。　日邊消息空沉沉。畫眉樓上愁登臨。愁登臨。海棠開後●望到而今。

清平樂〔一〕　四十六字　又名《憶蘿月》

憶别　　李後主

别來春半。●觸目愁腸斷。●砌下落梅如雪亂。●拂了●一身還滿。　●雁●來音信無憑。●路遥●歸夢難成。●離恨却●如春草●●更行更遠還生。〔二〕

（一）此首《古杭雜記》作鄭文妻詞，《全宋詞》斷爲鄭文妻詞。

【校】

［一］按：此調載《詞律》卷四，僅此一體。又載《欽定詞譜》卷五，共分雙調四十六字、雙調四十六字、雙調四十六字三體。

［二］此體《詞律》、《欽定詞譜》皆以李白「禁闈清夜」詞爲例詞。

畫堂春［一］　四十七字　　徐俯(一)

春怨

●落紅●鋪徑水平池○●弄晴●小雨霏霏○●杏花●憔悴杜鵑啼○●無奈春歸○　柳外●畫樓●獨上●●凭欄●手撚花枝○●放花●無語對斜暉○●此恨誰知○［二］

【校】

［一］按：此調載《詞律》卷四，共分雙調四十七字、雙調四十八字、雙調四十九字三體。又載《欽定

(一) 此首又見秦觀《淮海居士長短句》卷中，《全宋詞》斷爲秦觀詞。

詞譜》卷六，共分雙調四十七字、雙調四十六字、雙調四十八字、雙調四十九字、雙調四十九字五體。

［二］此體《詞律》、《欽定詞譜》皆以本詞爲例詞。

前調　　秦　觀（一）

春怨

東風吹柳日初長○雨餘芳草斜陽○杏花零落燕泥香○睡損紅粧○　香篆暗消鸞鳳●畫屏縈繞瀟湘○暮寒輕透薄羅裳○無限思量○

阮郎歸［一］　四十七字　又名《醉桃源》、《碧桃春》　　李後主（二）

春景

●東風●吹水日啣山○●春來●長是閑○●落花●狼籍酒闌珊○●笙歌醉夢間○　春夢覺●晚粧殘○●無人

（一）此首又見黃庭堅《豫章黃先生詞》，《全宋詞》於秦觀、黃庭堅下俱收録。
（二）此首又見馮延巳《陽春集》，《全唐五代詞》於李煜、馮延巳下俱收録。

整翠鬟。●留●連光景惜朱顏。●黄●昏人倚闌。[二]

後起句，六一作「淺螺黛」，東坡作「雪肌冷」，俱用仄平仄，想亦偶爾。作者自當用平仄仄也。前第二句四句第三字俱以用平爲妙。[三]

【校】

[一] 按：此調載《詞律》卷四，僅此一體。又載《欽定詞譜》卷六，共分雙調四十七字、雙調四十七字二體。

[二] 此體《詞律》以吴文英「翠深濃合曉鶯隄」詞爲例詞，《欽定詞譜》以本詞爲例詞。

[三] 按：李氏此説本於《詞律》，《詞律》卷四云：「後起句，六一作『淺螺黛』，東坡作『雪肌冷』，俱用仄平仄，然此亦是偶爾。作者自當用平仄仄也。……『日』、『十』二字，夢窗必以入作平，蓋此等句法，以平仄平爲妙。作者不盡然，故旁注如此，然高明必能用平也。」

前調

春景　　　　　　　　　　　　　　　　　　歐陽修(一)

南園春半踏青時。風和聞馬嘶。青梅如豆柳如眉。日長蝴蝶飛。花露重●草烟低。人家簾幕垂。秋千慵困解羅衣。畫堂雙燕歸。

前調

春恨　　　　　　　　　　　　　　　　　　前　人(二)

落花流水樹臨池。年前心眼期。見來無事去還思。於今花又飛。淺螺黛●淡胭脂。開粧取次宜。隔簾風雨閉門時。此情風月知。

(一) 此首又見馮延巳《陽春集》,《全宋詞》斷爲馮延巳詞。

(二) 此首又見張先《張子野詞》卷一,《全宋詞》於歐陽修、張先下俱收録。

前調

春閨　秦觀(一)

春風吹雨遶殘枝○落花無可飛○小池寒緑欲生漪○雨晴還日西○簾半捲●燕雙歸○諱愁無奈眉○翻身整頓着殘棋○沈吟應劫遲○《棋經》云：「先投子曰拋，後投子曰劫。」劫，奪也。

前調

旅況　前人

湘天風雨破寒初○燈殘庭院虛○麗譙吹徹小單于○迢迢清夜徂○人意遠●旅情孤○崢嶸歲又除○衡陽猶有雁傳書○郴陽和雁無○麗譙，戰樓名，門上有高樓，可望者曰譙。《樂府》：「唐大角曲有《大單于》、《小單于》。」單，音蟬。

(一) 此首《樂府雅詞拾遺》卷下作無名氏詞，《全宋詞》斷爲無名氏詞。

前調　　蘇　軾

初夏

綠槐高柳咽新蟬。薰風初入紋[一]。碧紗窗下裊沈烟。棋聲驚晝眠。　微雨過●小荷翻。榴花開欲燃。玉盆纖手弄清泉。瓊珠碎又圓。

【校】

[一]紋：原書誤刻，當作「絃」。

賀聖朝[一]　四十八字　　葉清臣

春暮

●滿●斟綠醑留君住。莫匆匆歸去。三分春色●二分愁悶●一分風雨。　●花開●花謝●都來●幾日。且高歌休訴。知他來歲●牡丹時候●相逢何處。[二]綠醑，酒名。

後起又一本作「花無語」，與前段同。[三]

【校】

〔一〕按：此調載《詞律》卷五，共分雙調四十七字、雙調四十八字、雙調四十九字、雙調六十一字五體。又載《欽定詞譜》卷六，共分雙調四十七字、雙調四十七字、雙調四十九字、雙調四十九字、雙調四十八字、雙調四十八字、雙調四十七字、雙調四十七字、雙調四十九字、雙調五十字、雙調五十字十一體。

〔二〕此體《詞律》、《欽定詞譜》皆以本詞爲例詞。

〔三〕按：李氏此説本於《詞律》，《詞律》卷五云：「後起或作『花開花謝，都來幾日』，或作『都來幾許』，皆可。又一本作『花無語』，與前段相同。」

錦堂春〔一〕　四十八字　又名《烏夜啼》　趙令時

春怨

樓上●縈簾弱絮●●墻頭●礙月低花○●年年●春事關心事●腸斷欲棲鴉○●舞鏡●鸞衾翠減●●啼珠●鳳蠟紅斜○●重門●不鎖相思夢●●隨意遶天涯○〔二〕

前後同。坡公三句作「若見故人須細問」，後第三句作「更有鱸魚思切膾」，與此平仄異。按歐公有

《聖無憂》一詞，四十七字，與《錦堂春》同，只首句少一字，初謂是兩體，然觀李後主《烏夜啼》，首句亦五字，正與《聖無憂》同，蓋《錦堂春》原别名《烏夜啼》也。是則《錦堂春》本有五字起句之格，而《聖無憂》之五字起者，斷即是《錦堂春》耳。〔三〕

【校】

〔一〕按：此調載《詞律》卷五，共分雙調四十八字、雙調五十九字二體。又載《欽定詞譜》卷六，以《烏夜啼》爲正名，共分雙調四十七字、雙調四十八字、雙調五十字三體。

〔二〕此體《詞律》、《欽定詞譜》皆以本詞爲例詞。

〔三〕按：李氏此説本於《詞律》，《詞律》卷五云：「前後同。坡公前第三句作『若見故人須細問』，後第三句作『更有鱸魚堪切鱠』，與此平仄異。因字數同，不另録。按歐公有《聖無憂》一詞，四十七字，與《錦堂春》同，只首句少一字，初謂是兩體，然觀李後主《烏夜啼》一首，首句亦五字，正與《聖無憂》同，蓋《錦堂春》原别名《烏夜啼》也。是則《錦堂春》本有五字起句之格，而《聖無憂》之五字起者，斷即是《錦堂春》耳。」

青衫濕[一]　四十八字　又名《人月圓》　吴激

感舊

南朝千古傷心事●還唱後庭花○舊時王謝●堂前燕子●飛向誰家○　恍然一夢●仙肌勝雪●宫鬢堆鴉○江州司馬●青衫淚濕●同是天涯○[二]

【校】

[一] 按：此調載《詞律》卷五，以《人月圓》爲正名，共分雙調四十八字、雙調四十八字、雙調四十八字三體。又載《欽定詞譜》卷七，以《人月圓》爲正名，共分雙調四十八字、雙調四十八字、雙調四十八字三體。

[二] 此體《詞律》以本詞爲例詞。《欽定詞譜》以王詵「小桃枝上春來早」詞爲例詞。又《詞律》於「千」、「還」、「舊」、「飛」、「一」、「勝」、「宫」、「江」、「司」、「同」諸字左標可平或可仄。李氏於此體皆未標。

海棠春[一]　四十八字　　秦觀(一)

春曉

●流●鶯窗外啼聲巧○睡未足●●把●人驚覺○翠被曉寒輕●寶篆沉烟裊○●宿●醒未解宮娥報○道別院●●笙歌●會早○試問海棠花●昨夜開多少○[二]

前後段同。有於「解」字、「道」字斷句讀者，誤。[三]

【校】

[一] 按：此調載《詞律》卷五，僅此一體。又載《欽定詞譜》卷七，共分雙調四十八字、雙調四十八字、雙調四十六字三體。

[二] 此體《詞律》、《欽定詞譜》皆以本詞爲例詞。

[三] 按：李氏此説本於《詞律》，《詞律》卷五云：「前後段同。有於『解』字、『道』字斷句讀者，差。」

(一) 此首《草堂詩餘前集》卷上作無名氏詞，《全宋詞》斷爲無名氏詞。

桃源憶故人[一]　四十八字　又名《虞美人影》　朱希真(一)

春恨

●雨斜●風橫香成陣。●春去●空留春恨。●歡少●愁多因甚。●燕子渾難問。　●碧尖●蹙損眉慵暈。●淚濕●胭脂紅沁。●可惜●海棠吹盡。●又是黃昏近。[二]

【校】

[一]按：此調載《詞律》卷五，僅此一體。又載《欽定詞譜》卷七，共分雙調四十八字、雙調四十九字二體。

[二]此體《詞律》以王之道「逢人借問春歸處」詞爲例詞，《欽定詞譜》以歐陽修「梅梢弄粉香猶嫩」詞爲例詞。

(一)此首又見朱敦儒《樵歌》卷中，《全宋詞》斷爲朱敦儒詞。

前調　　　　秦　觀〔一〕

春閨

碧紗影弄春風曉。一夜海棠開了。枝上數聲啼鳥。粧點知多少。　妬雨恨雲腰肢小。眉黛不堪重掃。薄倖不來春老。羞帶宜男草。

眼兒媚[一]　四十八字　又名《秋波媚》　　　　王　雱〔二〕

春景

楊柳絲絲弄輕柔。烟縷織成愁。海棠未雨，梨花先雪，一半春休。　而今往事難重省，歸夢繞秦樓。相思只在，丁香枝上，荳蔻梢頭。[二]

【校】

[一] 按：此調載《詞律》卷五，僅此一體。又載《欽定詞譜》卷七，共分雙調四十八字、雙調四十八

〔一〕此首《全芳備祖前集》卷七作歐陽修詞，《全宋詞》斷爲歐陽修詞。
〔二〕此首《草堂詩餘前集》卷上作無名氏詞，《全宋詞》斷爲無名氏詞。

字、雙調四十八字三體。

［二］此體《詞律》以本詞爲例詞，《欽定詞譜》以左譽「樓上黄昏杏花寒」詞爲例詞。

前調

春景　　秦　觀(一)

樓上黄昏杏花寒○斜月小闌干○一雙燕子●兩行歸雁●畫角聲殘○　倚窗人在東風裏●無語對春閑○也應似舊●盈盈秋水●淡淡春山○

起四字平仄平平，惟此二詞。歷查宋人樂府，皆用「霏霏踈雨轉征鴻」句法，如下無名氏作是也。［一］

【校】

［一］按：李氏此説本於《詞律》，《詞律》卷五云：「起四字平仄平平，惟此詞及阮閲『樓上黄昏杏花寒』耳。歷查宋人樂府，皆用『霏霏踈雨轉征鴻』句法，只此註明，不復另録。」

(一)此首《苕溪漁隱叢話前集》卷十一作阮閲詞，《全宋詞》斷爲阮閲詞。

前調

無名氏〔一〕

有感

蕭蕭江上荻花秋○作弄許多愁○半竿落日●兩行新雁●一葉扁舟○　惜分長怕君先去●直待醉時休○今宵眼底●明朝心上●後日眉頭○

柳梢青〔一〕　四十九字　又名《早春怨》

秦　觀

春景

●岸草平沙○●吳王●故苑●●柳裊烟斜○●雨後寒輕●●風前●香軟●春在梨花○　●行人●一棹〔二〕天涯○酒醒處●殘陽亂鴉○●門外秋千●●墻頭●紅粉●●深院誰家○〔三〕

【校】

〔一〕按：此調載《詞律》卷五，共分雙調四十九字、雙調四十九字二體。又載《欽定詞譜》卷七，共

〔一〕此首又見張孝祥《于湖居士長短句》卷一，《全宋詞》斷爲張孝祥詞。

分雙調四十九字、雙調四十九字、雙調五十字、雙調四十九字、雙調四十九字、雙調四十九字、雙調五十字、雙調五十字八體。

［二］掉：原書誤刻，當作「棹」。

［三］此體《詞律》、《欽定詞譜》皆以本詞爲例詞。

前調　首句不起韻［一］　劉叔安

七夕

乾鵲收聲●濕蟲度影●庭院秋香○步月移陰●梳雲約翠●人在迴廊○醺醺宿酒殘粧○待付與●温柔醉鄉○却扇藏嬌●牽衣索笑●今夜差涼○鵲喜暗曰乾鵲，螢濕生曰濕蟲。

【校】

［一］《詞律》卷五云：「首句有用平聲不起韻者，……不能備録。」《欽定詞譜》以本詞爲例詞。

西江月[一]　五十字　前人兩韻體　黄庭堅

勸酒

斷送一生唯有●破除萬事無過○遠山橫黛蘸秋波○不飲傍人笑我○仄叶　花病等閑瘦弱●

春愁没處遮攔○換平　杯行到手莫留殘○叶二平　不道月斜人散○仄叶[二]

【校】

［一］按：此調載《詞律》卷六，共分雙調五十字、雙調五十字、雙調五十六字三體。又載《欽定詞譜》卷八，共分雙調五十字、雙調五十字、雙調五十字、雙調五十一字、雙調五十六字五體。

［二］此體《詞律》、《欽定詞譜》皆以吴文英「枝裊一痕雪在」詞爲例詞。

前調　平仄互叶體　又名《步虚詞》、《白蘋香》[一]　蘇　軾

佳人

聞道雙啣鳳帶●不妨單着鮫綃○夜香知與阿誰燒○悵望水沉烟裊○　雲鬟風前緑捲●玉顔醉

裏紅潮○莫教空度可憐宵○月與佳人共僚○李義山《代妓贈兩徒事》：「願得化爲紅綬帶，許教雙鳳一時啣。」

【校】

［一］此體《詞律》以史達祖「裙摺緑羅芳草」詞爲例詞，《欽定詞譜》以柳永「鳳額繡簾高卷」詞爲例詞。又《詞律》於史達祖詞「裙」、「緑」、「芳」、「冠」、「白」、「次」、「筵」、「紅」、「欲」、「雙」、「已」、「冰」、「約」、「更」、「玉」、「淩」、「襪」、「莫」、「彩」、「涼」諸字左標可平或可仄，李氏於此體皆未標。

前調　前人

重陽

點點樓前細雨●重重江外平湖○當年戲馬會東徐○今日凄涼南浦○莫恨黄花未吐●且教紅袖相扶○酒闌不必看茱萸○俯仰人間今古○

前調　前人

梅花

玉骨那堪瘴霧●冰肌自有仙風○海仙時遣探芳叢○倒掛緑毛么鳳○素面翻嫌粉涴●洗粧不褪唇紅○高情已逐曉雲空○不與梨花同夢○南海有珍禽名「倒掛子」，緑毛如鸚鵡而小。么鳳，小鳥名。

前調

司馬光

佳人

寶髻鬆鬆挽就●鉛華淡淡妝成○青烟紫霧罩輕盈○飛絮遊絲無定○　相見爭如不見●有情還似無情○笙歌散後酒微醒○深院月明人靜○

燭影搖紅[一]　九十六字

孫夫人(一)

閨情

乳燕穿簾●亂鶯啼樹清明近○隔簾時度柳花飛●猶覺寒成陣○長記眉峰偷隱○臉桃紅●難藏酒暈○背人微笑●半彈鸞釵●輕籠蟬鬢○　別久啼多●眼應不似當時俊○滿庭珠翠逞春嬌●没個他風韻○若見賓鴻試問○待相將●彩箋寄恨○幾時得見●鬬草歸來●雙鴛微潤○[二]

將前調加一疊，此則南宋以後俱用之。「亂」、「眼」二字須仄聲，至若「偷」、「酒」、「試」、「寄」，尤須用仄，得去聲更妙。蓋此字仄而末句用「蟬」、「微」字平聲，方得抑仰聲響。若前用平，後反用仄，便是

(一) 此首《草堂詩餘後集》卷下作無名氏詞，《全宋詞》斷爲無名氏詞。

落腔矣。《譜圖》[《圖譜》]亂注，莫從。[三]

【校】

[一] 按：此調載《詞律》卷六，僅此一體。又載《欽定詞譜》卷七，共分雙調四十八字、雙調五十字、雙調九十六字三體。

[二] 此體《詞律》以吴文英「秋入燈花」詞爲例詞，《欽定詞譜》以周邦彦「香臉輕勻」詞爲例詞。

[三] 按：李氏此説本於《詞律》，《詞律》卷六云：「將前調加一疊，此則南宋以後俱用之。『夜』、『海』二字須仄聲，至若『翠』、『舊』、『末』、『宴』，尤須用仄，得去聲更妙。蓋此字仄而末句用『林』字、『雲』字平聲，方得抑揚聲響。若前用平，後反用仄，便是落腔矣。《譜圖》[《圖譜》]亂注，莫從。」

雨中花[二]　五十四字　　無名氏《詞律》作程垓(一)

春暮

●聞説●海棠開盡了●　怎●生得●　夜來一笑○　●顰緑枝頭●　●落紅點裏●　●問有愁多少○　●小院●閉門春

(一) 此首又見程垓《書舟詞》，《全宋詞》斷爲程垓詞。

悄悄○禁●不得●●瘦腰如臬○●荳蔻濃時●●荼蘼●香處●●試把菱花照○[二]

起句七字如七言詩句，而前後整齊者。[三]

【校】

[一] 按：此調載《詞律》卷七，共分雙調五十一字、雙調五十二字、雙調五十四字、雙調五十四字、雙調五十六字、雙調五十六字六體。又載《欽定詞譜》卷九，以《雨中花令》爲正名，共分雙調五十一字、雙調五十一字、雙調五十二字、雙調五十二字、雙調五十二字、雙調五十四字、雙調五十五字、雙調五十四字、雙調五十三字、雙調五十六字、雙調六十一字、雙調七十字十二體。

[二] 此體《詞律》以本詞爲例詞，《欽定詞譜》以程垓「舊日愛花心未了」詞爲例詞。

[三] 按：李氏此説本於《詞律》，《詞律》卷七云：「起句七字如七言詩句，而前後整齊者。」

前調　又一體　五十六字　王　觀

夏景

百尺清泉聲陸續○映瀟灑●碧梧翠竹○面千步迴廊●重重簾幕●小枕欹寒玉○試展鮫綃

看畫軸。見一片●瀟湘凝緑。待玉漏穿花●銀河垂地●月上闌干曲。[一]

前後第三句俱五字整齊。[二]

【校】

[一] 此體《詞律》、《欽定詞譜》皆以本詞爲例詞。

[二] 按：李氏此説本於《詞律》,《詞律》卷七云：「前後第三句俱五字整齊。」

青門引[一]　五十三字

張　先

懷舊

乍暖還輕冷。風雨晚來方定。庭軒寂寞近清明●殘花中酒●又是去年春病。　樓頭畫角風吹醒。入夜重門靜。那堪更被明月●隔墻送過秋千影。[二]

「輕」字,《譜》作「乍」字,注可平,不知何據。《圖譜》合前結爲九字,無謂。「中」字本平聲。徐邈,中聖人,對魏武曰：「臣今時復一中之。」是。《圖譜》讀作去聲,反云可平,誤矣。[三]

【校】

[一] 按：此調載《詞律》卷七，僅此一體，然《詞律》所引張先例詞上闋末句作『又是去年病』，故調注「五十二字」。又載《欽定詞譜》卷九，僅此一體，亦注「五十二字」。

[二] 此體《詞律》、《欽定詞譜》皆以本詞爲例詞。

[三] 按：李氏此説本於《詞律》，《詞律》卷七云：「『輕』字，《譜》作『乍』字，注可平，不知何據。《圖譜》合前結爲九字，無謂。『中』字本平聲。徐邈，中聖人，對魏武曰：『臣今時復一中之。』是也。《圖譜》讀作去聲，反云可平，誤矣。」

玉樓春[一]　又名《木蘭花》、《惜春容》、《春曉曲》　五十六字　温庭筠(一)

春景

家臨長信往來道○乳燕雙雙拂烟草○油壁車輕金犢肥●流蘇帳曉春雞報○籠中嬌鳥暖猶睡●簾外落花閑不掃○衰桃一樹近前池●似惜容顔鏡中老○[二]

(一) 此首載温庭筠《温飛卿詩集》，題爲《春曉曲》，爲古詩。《全唐五代詞》斷爲古詩。

【校】

［一］按：此調載《詞律》卷七，以《木蘭花》爲正名，共分雙調五十二字、雙調五十四字、雙調五十五字、雙調五十六字、雙調五十六字五體。又載《欽定詞譜》卷十二，共分雙調五十六字、雙調五十六字、雙調五十六字、雙調五十六字四體。

［二］此體《詞律》以葉夢得「花殘却似春留戀」詞爲例詞，《欽定詞譜》以顧敻「月照玉樓春漏促」詞爲例詞。

前調

春睡　歐陽炯

日照玉樓花似錦○樓上醉和春色寢○緑楊風送小鶯聲●殘夢不成離玉枕○堪愛晚來韶景甚●寶柱秦箏方再品○青娥紅臉笑來迎●又向海棠花下飲○

前調

春思　晏殊

緑楊芳草長亭路○年少抛人容易去○樓頭殘夢五更鐘●花底離愁三月雨○無情不似多情

苦○一寸還成千萬縷○天涯地角有窮時●只有相思無盡處○

木蘭花[一]　五十六字　即《玉樓春》，又名《春曉曲》、《惜春容》　晏叔原(一)

元日

●一年●滴盡蓮花漏○●碧井●屠蘇沈凍酒○●曉寒●料峭尚欺人●●春意●苗條先到柳○●佳人●重勸千長壽○●柏葉●椒花芬翠袖○●醉鄉●深處少相知●●祇與●東君偏故舊○柏葉，酒。晋劉臻妻元日獻《椒花頌》。

【校】

[一]按：此調《詞律》與《玉樓春》調併爲一調，《欽定詞譜》以《玉樓春》爲正名，並另立《木蘭花令》調。

(一) 此首又見毛滂《東堂詞》，《全宋詞》斷爲毛滂詞。

前調　歐陽修

祖宴

春山斂黛低歌扇○暫解吴歌[一]登祖宴○畫樓鐘動已魂消●何況馬嘶芳草岸○青門柳色隨人遠○望欲斷時腸已斷○洛城春色待君來●莫到落花飛似霰○

【校】

［一］歌：原書誤刻，當作「鉤」。

前調　前人

游晏

西湖南北烟波濶○風裏絲簧聲韻咽○舞餘裙帶緑羅垂●酒入香腮紅一抹○杯深不覺琉璃滑○貪看六幺花十八○明朝車馬各西東●惆悵畫橋風與月○《六幺》，本名《録要》，曲名也。

前調

閨情　　歐陽修

湖邊柳外樓高處。望斷雲山多少路。闌干倚遍使人愁，又是天涯初日暮。　輕無拘管狂無數。水畔飛花風裏絮。算伊渾似薄情郎，去便不來來便去。

按唐《木蘭花》別有數體，其七字八句者名《玉樓春》。至宋則皆用七言，而或名之曰《玉樓春》，或名之曰《木蘭花》。又或加令字，兩體遂合爲一。[一]又《詞律》云：「按唐《玉樓春》如『家臨長信往來道』等句中，平仄不拘，顧敻、魏承斑爲有紀律，然不如宋人平仄整齊。蓋首句第二字用平，次句第二字用仄，三平四仄、五平六仄、七平八仄，是有定格可從也。其顧、魏詞唯於前後第三句第二字用平，餘六句第二字皆仄。而魏詞後起叶韻，顧詞後起用仄聲而不叶韻，又自不同。此調雖宋人合之曰《木蘭花》，而本譜不敢以唐之《玉樓春》改名《木蘭花》也。若欲作顧、魏唐腔，仍名爲《玉樓春》可耳。按《步蟾宫》亦五十六字八句，每句七字，然第二四六八句皆上三下四，不可爲《譜圖》[《圖譜》]等書混列所誤。」

【校】

［一］按：李氏此説本於《詞律》，《詞律》卷七云：「按唐詞《木蘭花》，如前所列四體是矣。其七字

八句者，名《玉樓春》，至宋則皆用七言，而或名之曰《玉樓春》，或名之曰《木蘭花》，又或加『令』字，兩體遂合爲一。」

減字木蘭花[一]　四十四字　歐陽修

曉景

樓臺向曉○淡月低雲天外[二]好○翠幕風微○換平　宛轉涼州入破時○叶平　香生舞袂○三換仄　楚女腰肢天與細○叶三仄　汗粉重匀○四換平　酒後輕寒不着人○叶四平[三]　唐天寶樂章多以邊地名曲，如《伊州》、《涼州》、《甘州》之類。曲終繁音名爲「入破」。

四段四換韻。[四]

【校】

[一] 按：此調載《詞律》卷七，僅此一體。又載《欽定詞譜》卷五，僅此一體。

[二] 外：原書誤刻，當作「氣」。

[三] 此體《詞律》以呂渭老「雨簾高卷」詞爲例詞，《欽定詞譜》以歐陽修「歌檀斂袂」詞爲例詞。又

《詞律》於呂渭老詞「雨」、「高」、「芳」、「陰」、「涼」、「蕉」、「各」、「前」、「夜」、「化」、「驚」、「愁」、「一」、「舊」諸字左標可平或可仄，李氏於此體皆未標。

［四］按：李氏此説本於《詞律》，《詞律》卷七云：「四段四换韻。」

望遠行[一]　一百六字　柳永

冬雪

長空降瑞寒風剪●淅淅瑤華初下○亂飄僧舍●密洒歌樓●迤邐漸迷鴛瓦○好是漁人披得●一作平簑歸去●江上晚來堪畫○滿長安高却●旗亭酒價○幽雅○乘興最宜訪戴●汎小棹●越溪瀟灑○皓鶴奪作平鮮●白鷴失素●千里廣鋪寒野○須信幽蘭歌斷●同雲收盡●别作平有●瑤臺瓊樹○放一作平輪明月●交光清夜○[二]

按「亂飄」二句，用鄭谷詩。「白鷴」二句，用謝靈運賦。此正前後相對處，其平仄自宜合轍，今前則先「舍」字仄，後則先「鮮」字平，此調通用仄音，玩其聲響，不應以平字居下，此必「密洒」句在上，或因周美成《女冠子》亦用此二語，遂相襲而訛刻耳。「上」字各譜訛「山」字、「樹」字，《汲古》、《嘯餘》、沈際飛

《草堂詞》及《填詞圖譜》等俱訛「樹」字，因使句拗韻失，而《圖譜》踵《嘯餘》之謬，前結則注九字，後結則注一五一四，皆未經讐勘，並不知較對前後相同處也。[三]

【校】

[一] 按：此調載《詞律》卷七，共分雙調五十三字、雙調五十五字、雙調六十字、雙調一百四字、雙調一百六字五體。又載《欽定詞譜》卷十一，共分雙調五十五字、雙調五十三字、雙調六十字、雙調七十八字、雙調一百七字、雙調一百六字、雙調一百六字七體。

[二] 此體《詞律》、《欽定詞譜》皆以本詞爲例詞。

[三] 按：李氏此説本於《詞律》，《詞律》卷七云：「按『亂飄』、『密灑』二句，用鄭谷詩。『皓鶴』、『白鷳』二句，用謝靈運賦。此正前後相對處，其平仄自宜合轍。今前則先『舍』字仄，後則先『鮮』字平，未知應何所從。余曰：此調通用仄音，玩其聲響，不應以平字居下，此必『密灑』句在上，或因美成《女冠子》亦用此二語，遂相襲而訛刻耳。上字各譜訛『山』字、『樹』字，汲古、《嘯餘》、沈際飛《草堂詞》及《填詞圖譜》等俱訛『樹』字，因使句拗韻失，而《圖譜》踵《嘯餘》之謬，前結則注九字，後結則注一五一四，皆未經讐勘，併不知較對前後相同處也。」

鷓鴣天[一]　五十五字　又名《思佳客》　晏叔原

咏酒

●彩袖殷勤●捧玉鍾○●當筵●拚却醉顔紅○●舞低●楊柳樓心月●歌盡桃花●扇底風○從別後●憶相逢○[二]●幾回●魂夢與君同○今宵剩把銀釭照●●猶恐相逢●是夢中○[三]

【校】

[一]按：此調載《詞律》卷八，僅此一體。又載《欽定詞譜》卷十一，僅此一體。

[二]○：原書誤作「●」，今改。

[三]此體《詞律》以秦觀「枕上流鶯和淚聞」詞爲例詞。《欽定詞譜》以本詞爲例詞。

前調　李元膺

春晴

寂寞秋千兩繡旗○日長花影轉堦遲○燕驚午夢周遮語●蝶困春遊落托飛○思往事●入顰

眉。柳梢陰重又當時。薄情風絮難拘束●飛過東墻不肯歸。

前調

佳人　無名氏

全似丹青揑染成。更將何物比輕盈。雪因舞態羞頻下●雲爲歌聲不忍行。螺髻小●鳳鞋輕。天邊斗柄又斜橫。水晶亭柱琉璃帳●客去誰同看月明。

前調

佳人琵琶　蘇軾

羅帶雙垂畫不成。殢人嬌態最輕盈。酥胸斜抱天邊月●玉手輕彈水面冰。無限事●許多情。四絃絲竹苦丁寧。饒君撥盡相思調●待聽梧桐葉落聲。

前調

重陽　黄庭堅

黄菊枝頭破曉寒。人生莫放酒杯寬。風前横笛斜吹雨●醉裏簪花倒著冠。身健在●且加

餐○舞裙歌板盡清歡○黃花白髮相牽挽●付與時人冷眼看○

前調

辛棄疾

東陽道中

撲面征塵去路遙○香篝漸覺水沈消○山無重數周遭碧●花不知名分外嬌○人歷歷●馬蕭蕭○旌旗又過小紅橋○愁邊剩有相思句●搖斷吟鞭碧玉梢○篝，熏籠也。

鵲橋仙[一]　五十六字　或加「令」字

秦觀

七夕

纖雲弄巧●飛星傳恨●銀漢迢迢暗度○金風玉露一相逢●便勝却●人間無數○柔情似水●佳期如夢●忍顧鵲橋歸路○兩情若是久長時●又豈在●朝朝暮暮○[二]

前後同。《酒邊詞》首句作「合巹風流」，平仄異，然不可從。坦菴第四句「摩孩羅，荷葉傘兒輕」，偶多一字，無此體也。「摩孩羅」即「摩合羅」，七夕之「耍孩兒」也。北曲《耍孩兒》調亦名《摩合羅》，劉因

前後首次句俱叶。餘同。[三]

【校】

[一] 按：此調載《詞律》卷八，共分雙調五十六字、雙調八十七字二體。又載《欽定詞譜》卷十二，共分雙調五十六字、雙調五十六字、雙調五十六字、雙調五十八字、雙調五十七字、雙調五十八字、雙調八十八字七體。

[二] 此體《詞律》以本詞爲例詞，《欽定詞譜》以歐陽修「月波清霽」詞爲例詞。

[三] 按：李氏此説本於《詞律》，《詞律》卷八云：「前後同。《酒邊詞》首句作『合疊風流』，平仄異，然不可從。坦庵第四句『摩孩羅，荷葉傘兒輕』，偶多一字，無此體也。『摩孩羅』即『摩合羅』，七夕之『耍孩兒』也。北曲《耍孩兒》調亦名《摩合羅》，劉因前後首次句俱叶。餘同。」

虞美人[一]　五十六字　李後主

感舊

●春花●秋月何時了○●往事知多少○●小樓●昨夜又東風○換平●故國●不堪回首●月明中○叶平●雕欄

●玉砌應猶在○三換仄　●只是朱顏改○叶三仄　●問君●都有幾多愁○四換平　●恰似●一江●春水●向東流○叶四平[二]

【校】

[一] 按：此調載《詞律》卷八，共分雙調五十六字、雙調五十八字二體。又載《欽定詞譜》卷十二，共分雙調五十六字、雙調五十六字、雙調五十六字、雙調五十八字、雙調五十八字、雙調五十八字、雙調五十八字七體。

[二] 此體《詞律》以蔣捷「絲絲楊柳絲絲雨」詞爲例詞，《欽定詞譜》以李煜「風迴小院庭蕪緑」詞爲例詞。

醉落魄[一]　五十七字　又名《一斛珠》　蘇軾

春思

●洛陽●春晚○　●垂楊●亂掩紅樓半○　●小池●輕浪紋如篆○　●燭下花前●　●曾醉●離歌宴○　●自惜●風流雲雨

散○●關山●有限情無限○●待君●重見尋芳伴○●爲説相思●●目斷●西樓燕○[二]

【校】

[一]按：此調載《詞律》卷八，以《一斛珠》爲正名，共分雙調五十七字、雙調五十七字、雙調五十七字、雙調五十七字四體。又載《欽定詞譜》卷十二，以《一斛珠》爲正名，共分雙調五十七字、雙調五十七字、雙調五十七字三體。

[二]此體《詞律》、《欽定詞譜》皆以李煜「曉粧初過」詞爲例詞。

前調

詠佳人吹笛　　張先

雲輕柳弱○内家髻子新梳掠○生香真色人難學○横管孤吹●月淡天垂幕○　朱唇淺破櫻桃萼○倚樓人在闌干角○夜寒指冷羅衣薄○聲入霜林●簌簌驚梅落○

梅花引[一]　五十七字

万俟雅言

冬景

曉風酸○曉霜乾○一雁南飛人度關○客衣單○客衣單○疊句　千里斷魂●空歌行路難○　寒梅驚破前村雪○換仄　寒雞啼破西樓月○叶仄　酒腸寬○叶平　酒腸寬○疊句　家在日邊●不堪頻倚欄○叶平[二]

「千」、「家」二字平，「斷」、「日」二字仄，「行」、「頻」二字平，何等起調，豈非名手。[三]

【校】

[一] 按：此調載《詞律》卷八，共分雙調五十七字、雙調五十七字、雙調一百十四字三體。又載《欽定詞譜》卷十二，共分雙調五十七字、雙調五十七字、雙調一百十四字、雙調一百十四字四體。

[二] 此體《詞律》、《欽定詞譜》皆以本詞爲例詞。

[三] 按：李氏此説本於《詞律》，《詞律》卷八云：「此《梅花》舊調也。詞隱此篇，允爲程式。觀其『千』、『家』二字平，『斷』、『日』二字仄，『行』、『頻』二字平，何等起調，豈非名手。」

踏莎行[一]　五十八字　又名《柳長春》　黃庭堅

賞春

臨水夭桃●倚墻繁李○長楊風掉青驄尾○坐中有酒可酬春●更尋何處無愁地○明日重來●落花如綺○芭蕉漸卷山公啟○欲箋心事寄天公●教人長對花前醉○[二]晋山簡嘗以芭蕉代柬。

【校】

[一] 踏莎行：原書誤刻作「踏沙行」。按：此調載《詞律》卷八，僅此一體。又載《欽定詞譜》卷十三，共分雙調五十八字、雙調六十六字、雙調六十四字三體。

[二] 此體《詞律》以吴文英「潤玉籠綃」詞爲例詞，《欽定詞譜》以晏殊「細草愁烟」詞爲例詞。

前調　寇準[一]

春閨

小徑紅稀●芳郊緑遍○高臺樹色陰陰見○東風不解禁楊花●濛濛亂撲行人面○翠葉藏鶯●

(一) 此首又見晏殊《珠玉詞》，《全宋詞》斷爲晏殊詞。

珠簾穿燕○爐香靜逐游絲轉○一場愁夢酒醒時●斜陽却照深深院○

前調　　歐陽修

離別

候舘梅殘●溪橋柳細○草芳風暖搖征轡○離愁漸遠漸無窮●迢迢不斷春如[一]水○寸寸柔腸●盈盈粉淚○樓高莫近危欄倚○平蕪盡處是春山●行人更在春山外○

【校】

[一]春如：原書誤刻，當作「如春」。

小重山[一]　五十八字　　趙德仁

春閨

●樓上和風玉漏遲○●秋千庭院靜●落花飛○●午窗●纔起暖金巵○勻●面了●●闌畔看春池○●何事

苦顰眉○碧雲春信斷●儘來時○鴛鴦游戲鎮相隨○雲霧斂●新月掛天西○[二]

【校】

[一]按：此調載《詞律》卷八，僅此一體。又載《欽定詞譜》卷十三，共分雙調五十八字、雙調六十字、雙調五十七字、雙調五十八字四體。

[二]此體《詞律》以蔣捷「晴浦溶溶明斷霞」詞爲例詞，《欽定詞譜》以薛昭藴「春到長門春草青」詞爲例詞。

前調

宮詞　韋莊

一閉昭陽春又春○夜寒宮漏永●夢君恩○臥思陳事暗銷魂○羅衣濕●紅袂有啼痕○歌吹隔重閽○繞庭芳草緑●倚長門○萬般惆悵向誰論○顒情立●宮殿欲黄昏○

前調　宮詞　和凝

春入神京萬木芳○禁林鶯語滑●燕飛忙○曉桃和露妬啼粧○紅日永●風暖百花香○烟鎖柳絲長○御溝澄碧水●轉池塘○時時微雨洗風光○天衢遠●到處引笙簧○

繫裙腰　又一體　六十一字[一]　張先

感懷

●濃●霜淡照夜雲天○朦●朧影●畫勾欄○●人●情縱似長晴[二]月●算一年年○●又●能得●幾時圓○●欲寄●西江題葉字●流●不到●五亭前○●東●池始有荷新綠●尚小如錢○●問●何日藕●幾時蓮○[三]

「問」字應係誤多者，宜與前結同○[四]

【校】

[一]按：此調載《詞律》卷九，共分雙調五十八字、雙調六十一字二體。又載《欽定詞譜》卷十三，共分雙調六十一字、雙調五十九字、雙調五十八字三體。

［二］晴：原書誤刻，當作「情」。

［三］此體《詞律》、《欽定詞譜》皆以本詞爲例詞。

［四］按：李氏此説本於《詞律》，《詞律》卷九云：「此前段多『算』字，後段多『尚』、『問』二字，但此『問』字係誤多者，此句宜與前『又能得』同。」

一剪梅[一]　五十九字　李清照

秋別

●紅藕香殘●玉簟秋○●輕解羅襦●●獨上蘭舟○●雲中誰寄錦書來●雁字回時月滿樓○●花自飄零●水自流○●一種相思●●兩處閑愁○●此情無計可消除●●纔下眉頭●●却上心頭○[二]

「月滿樓」或作「月滿西樓」，不知此調與他詞異。如「襦」、「思」、「來」、「除」等字皆不用韻，原與四段排比者不同。「雁」字句七字，自是古調，何必强其入俗，而添一「西」字以湊八字乎？若欲填排偶之句，自有另體在也。[三]

【校】

［一］按：此調載《詞律》卷九，共分雙調五十九字、雙調六十字、雙調六十字、雙調六十字、雙調六

十字五體。又載《欽定詞譜》卷十三，共分雙調六十字、雙調六十字、雙調六十字、雙調六十字、雙調六十字、雙調五十八字、雙調五十九字七體。

［二］此體《詞律》以本詞爲例詞，《欽定詞譜》以趙長卿「霽靄迷空曉未收」詞爲例詞。

［三］按：李氏此説本於《詞律》，《詞律》卷九云：「『月滿樓』或作『月滿西樓』，不知此調與他詞異。如『裳』、『思』、『來』、『除』等字皆不用韻，原與四段排比者不同。『雁』字句七字，自是古調，何必彊其入俗，而添一『西』字以湊八字乎？人若欲填排偶之句，自有别體在也。」

蝶戀花［一］

六十字　又名《一蘿金》、《黄金縷》、《鵲踏枝》、《鳳棲梧》、《明月生南浦》、《捲珠簾》、《魚水同歡》

秦　觀(一)

感舊

鐘送黄昏雞報曉。昏曉相催，世事何時了。萬古千秋人自老。春來依舊生芳草。忙處人多閑處少。閑處光陰，幾個人知道。獨上小樓雲杳杳。天涯一點青山小。［二］

(一) 此首《唐宋諸賢絶妙詞選》卷三作王詵詞，《全宋詞》斷爲王詵詞。

【校】

［一］按：此調載《詞律》卷九，共分雙調六十字、雙調六十字二體。又載《欽定詞譜》卷十三，共分雙調六十字、雙調六十字、雙調六十字三體。

［二］此體《詞律》、《欽定詞譜》皆以馮延巳（《詞律》誤作張泌）「六曲闌干偎碧樹」詞爲例詞。

前調

懷舊　俞克成（一）

海燕雙來歸畫棟。簾影無風●花影頻移動。半醉海棠春睡重。緑鬟堆枕香雲擁。　翠被雙盤金縷鳳。憶得前春●有個人人共。花裏鶯聲時一弄。日斜驚起相思夢。

前調

春恨　趙令時（二）

捲絮風頭寒欲盡。墜粉飄香●日日紅成陣。新酒又添殘酒困。今春不減前春恨。　蝶去鶯

（一）此首又見歐陽修《歐陽文忠公近體樂府》卷二，《全宋詞》斷爲歐陽修詞。

（二）此首又見晏幾道《小山詞》，《全宋詞》於趙令時、晏幾道下俱收録。

來無處問○隔水樓高●望斷雙魚信○惱亂橫秋波一寸○斜陽只與黄昏近○

前調　　　蘇軾

離别

春事闌珊芳草歇○客裏風光●又過清明節○小院黄昏人憶别○落紅處處聞啼鴂○咫尺江山分楚越○目斷魂消●應是音塵絶○夢破五更心欲折○角聲吹落梅花月○

前調　　　前人

春景

花褪殘紅青杏小○燕子來時●緑水人家遶○枝上柳綿吹又少○天涯何處無芳草○墻裏秋千墻外道○墻外行人●墻裏佳人笑○笑漸不聞聲漸悄○多情却被無情惱○

前調　　　馮延巳

春宴

芳草滿園花滿目○簾外微微●細雨籠庭竹○楊柳千條珠緑簌○碧池波皺鴛鴦浴○窈窕佳

人顏似玉。絃管泠泠●齊奏雲和曲。公子歡筵猶未足。斜陽不用相催促。

前調

春閨　歐陽修

簾幕東風寒料峭。雪裏香梅●先報春來早。紅臘[一]枝頭雙燕小。金刀剪綵呈纖巧。　旋煖金爐薰蕙藻。酒入横波●困不禁煩惱。繡被五更春睡好。羅幃不覺紗窗曉。

【校】

[一]臘：原書誤刻，當作「蠟」。

前調

閨情　朱淑真

樓外垂楊千萬縷。欲繫青春●少住春還去。猶自風前飄柳絮。隨春且看歸何處。　滿目山川聞杜宇。便做無情●莫也愁人意。把酒送春春不語。黄昏却下瀟瀟雨。

前調

秋懷　　王安石〔一〕

小院秋光濃欲滴○獨自鉤簾●細數歸鴻翼○鴻斷天高無處覓○矮窗催暝蛩催織○　涼月去人纔數尺○短髮蕭騷●醉傍西風立○愁眼望天收不得○露華衣上三更濕○

前調

深秋　　晏叔原

庭院碧苔紅葉遍○黄菊開時●已近重陽宴○日日露荷凋緑扇○粉塘烟水明如練○　試倚涼風醉酒面○雁字來時●恰向層樓見○幾點護霜雲影轉○誰家蘆管吟秋怨○

壽域「新月羞花影庭樹」，末三字仄平仄，此係偶然，不可從。又有一首前第四句「畫閣巢新燕聲喜」，後第四句「苒苒光陰似流水」。又一首前第四句「衰柳摇風尚柔軟」，後第四句「獨倚闌干暮山遠」，則全用仄平仄。或有此體，然作詞但從其多者可耳。又兩首後起句，一云「近來早是添顦顇」，一云「新翻歸翅雲間雁」，平仄全異，此則唐以後無此格。《詞統》收明詞二首，「人間玉簫」起者，悮

〔一〕此首又見程垓《書舟詞》，《全宋詞》斷爲程垓詞。

矣。《譜圖》[《圖譜》]既收《蝶戀花》，又收《一籮金》，悮。其起句云「武陵春色濃如酒」，平仄全反，初疑是另體而收之，及觀所圖，仍注「可平仄仄平平仄仄」，又曰「後段同」，是明知其與《蝶戀花》一樣矣，何又兩收之耶？[一]

【校】

[一] 按：李氏此説本於《詞律》，《詞律》卷九云：「壽域首句『新月羞花影庭樹』，末三字仄平仄，此係偶然，不可從。又有一首前第四句『畫閣巢新燕聲喜』，後第四句『苒苒光陰似流水』，又一首前第四句『衰柳摇風尚柔軟』，後第四句『獨倚闌干暮山遠』，則全用仄平仄。或有此體，然作詞但從其多者可耳。又兩首後起句，一云『近來早是添憔悴』，一云『新翻歸翅雲間雁』，平仄全異，此則唐以後無此格。《詞統》收明詞二首，『人間玉簫』起者，誤矣。《譜圖》[《圖譜》]既收《蝶戀花》，又收《一籮金》，誤。其起句云『武陵春色濃如酒』，平仄全反。初謂因其全反，故疑是另體而收之也，及觀所圖，則仍注『可平仄仄平平仄仄』，又曰『後段同』，是亦明知其與《蝶戀花》一樣矣，何又兩收之耶？」

漁家傲[一]　六十二字　王安石

春景

平岸小橋千嶂抱。揉藍一水縈花草。茅屋數間窗窈窕。塵不到。時時自有春風掃。午枕覺來聞語鳥。欹眠似聽朝雞早。忽憶故人今已老。貪夢好。茫茫忘却邯鄲道。[二]

【校】

[一]按：此調載《詞律》卷九，共分雙調六十二字、雙調六十二字二體。又載《欽定詞譜》卷十四，共分雙調六十二字、雙調六十二字、雙調六十二字、雙調六十六字四體。

[二]此體《詞律》以周邦彥「灰暖香融銷永晝」詞爲例詞，《欽定詞譜》以晏殊「畫鼓聲中昏又曉」詞爲例詞。

前調　范仲淹

秋思

塞下秋來風景異。衡陽雁去無留意。四面邊聲連角起。千嶂裏。長烟落日孤城閉。濁酒一杯家萬里。燕然未勒歸無計。羌笛悠悠霜滿地。人不寐。將軍白髮征夫淚。漢竇憲登燕然山，刻石紀功。

前調

漁父　　謝　逸

秋水無痕清見底。蓼花汀上西風起。一葉小舟烟霧裏。蘭棹艤。柳條帶雨穿雙鯉。自嘆直鉤無處使。笛聲吹徹雲山翠。鱠落霜刀紅縷細。新酒美。醉來獨枕簑衣睡。

前調　又一體　　杜安世

秋晚

踈雨纔收淡苧天。微雲綻處月娟娟。寒雁一聲人正遠。換仄　添幽怨。叶仄　那堪往事思量遍。叶仄　誰道綢繆兩意堅。叶平　水萍風絮不相緣。叶平　舞鑑鸞腸虛寸斷。叶仄　芳容變。叶仄　好將憔悴教伊見。叶仄[一]

前後首次句俱平韻，餘用仄叶。此調亦平仄通叶者。[二]

【校】

[一] 此體《詞律》、《欽定詞譜》皆以此詞爲例詞。

[二] 按：李氏此說本於《詞律》，《詞律》卷九云：「前後首次句俱平韻，餘用仄叶。此調亦平仄通叶者。」

前調　歐陽修

冬景

十月小春梅蕊綻○紅爐煖閣新烟遍○錦帳美人貪睡暖○羞起嬾○玉壺一夜冰澌滿○　樓上四垂簾不捲○天寒山色偏宜遠○風急雁行吹字斷○紅日晚○江天雪意雲撩亂○

蘇幕遮[一]　六十二字　又名《鬢雲鬆令》　周邦彥(一)

風情

隴雲沉●新月小○●楊柳梢頭●●能有春多少○●試着羅裳寒尚悄○●簾捲青樓●占得東風早○　翠

(一) 此首《草堂詩餘後集》卷下作無名氏詞，《全宋詞》斷爲無名氏詞。

屏深●香篆裊○●流水落花●●不管劉郎到○●三疊陽關聲漸杳○●斷雨殘雲●只怕巫山曉○[二]

此調美成又有「鬢雲鬆」一闋，故名《鬢雲鬆令》。[三]

【校】

[一]按：此調載《詞律》卷九，僅此一體。又載《欽定詞譜》卷十四，僅此一體。

[二]此體《詞律》以周邦彥「鬢雲鬆」詞爲例詞，《欽定詞譜》以「碧雲天」詞爲例詞。

[三]按：李氏此説本於《詞律》，《詞律》卷九云：「因此詞故又名《鬢雲鬆》。」

前調　范仲淹

懷舊

碧雲天●黃葉地○秋色連波●波上寒烟翠○山映斜陽天接水○芳草無情●更在斜陽外○黯

鄉魂●追旅思○夜夜除非●好夢留人睡○明月樓高休獨倚○酒入愁腸●化作相思淚○

醉春風[一]　六十四字　又名《怨東風》　趙德仁(一)

春閨

陌上清明近○行人難借問○風流何處不歸來●悶○悶○疊悶○疊回雁峰前●戲魚波上●試尋芳信○夜永蘭膏燼○春睡何曾穩○枕邊珠淚幾時乾●恨○恨○疊恨○疊唯有窗前●過來明月●照人方寸○[二]

《譜圖》[《圖譜》]注平仄，謂後段與前段同，不知「春睡」句「睡」字去，「曾」字平，與前「行」句相反，只可云不拘，不可云相同也。又或謂兩段宜同，非俱照前，即俱照後，亦是。[三]

【校】

[一]按：此調載《詞律》卷九，僅此一體。又載《欽定詞譜》卷十四，僅此一體。

[二]此體《詞律》、《欽定詞譜》皆以本詞爲例詞。

[三]按：李氏此説本於《詞律》，《詞律》卷九云：「《譜圖》[《圖譜》]注平仄，謂後段與前段同。不

(一)此首《樂府雅詞拾遺》卷下作無名氏詞，《全宋詞》斷爲無名氏詞。

知「春睡」句「睡」字去，「曾」字平，與前「行人」句相反，只可云不拘，不可云相同也。又或謂兩段宜同，非俱照前，即俱照後，亦是。」

行香子[一]　六十六字

蘇軾

述懷

清夜無塵○●月色如銀○酒斟時●●須滿十分○●浮名●浮利●●休苦勞神○似隙中駒●●石●中火●夢中身○●雖抱文章●●開口誰親○且陶陶●●樂取天真○●幾時●歸去●●作個閑人○背[二]一張琴●●一●壺酒●一溪雲○[三]

【校】

[一] 按：此調載《詞律》卷九，共分雙調六十四字、雙調六十六字、雙調六十六字、雙調六十六字、雙調六十六字、雙調六十八字六體。又載《欽定詞譜》卷十四，共分雙調六十六字、雙調六十六字、雙調六十六字、雙調六十六字、雙調六十六字、雙調六十八字、雙調六十四字、雙調六十九字八體。

[二] 背：原書誤刻，當作「對」。

［三］此體《詞律》以蔣捷「紅了櫻桃」詞爲例詞，《欽定詞譜》以蘇軾「綺席纔終」詞爲例詞。

錦纏道［一］　六十六字　宋　祁（一）

春景

燕子呢喃●景色乍長春晝○覩園林●萬花如繡○海棠經雨胭脂透○柳展宫眉●翠拂行人首○向郊原踏青●恣歌攜手○醉醺醺●尚尋芳酒○問牧童遥指孤村道●杏花深處●那裏人家有○［二］

【校】

［一］按：此調載《詞律》卷十，僅此一體。又載《欽定詞譜》卷十四，共分雙調六十六字、雙調六十七字、雙調六十六字三體。

［二］此體《詞律》、《欽定詞譜》皆以本詞爲例詞。

（一）此首《草堂詩餘前集》卷上作無名氏詞，《全宋詞》斷爲無名氏詞。

青玉案[一]　六十七字　賀鑄

春暮

●凌波●不過橫塘路○但●目送芳塵去○●錦●瑟年華誰與度○●月樓花院●綺窗朱戶○●惟有春知處○

碧雲冉冉衡皋暮○彩筆空題腸斷句○●試問●閑愁知幾許○●一川烟草●滿城風絮○●梅子黃時雨○[二]

各調中惟此爲中正之則，人因此詞呼爲「賀梅子」。詞情、詞律高壓千秋，無怪一時推服。涪翁有云：「解道江南腸斷句，世間惟有賀方回。」信非虛言。[三]

【校】

[一] 按：此調載《詞律》卷十，共分雙調六十六字、雙調六十六字、雙調六十六字、雙調六十七字、雙調六十七字、雙調六十八字、雙調六十八字七體。又載《欽定詞譜》卷十五，共分雙調六十七字、雙調六十七字、雙調六十八字、雙調六十六字、雙調六十六字、雙調六十六字、雙調六十八字、雙調六十九字、雙調六十七字、雙調六十八字、雙調六十八字、雙調六十六字、雙調六十八字十三體。

[二] 此體《詞律》、《欽定詞譜》皆以本詞爲例詞。

［三］按：李氏此説本於《詞律》，《詞律》卷十云：「各調中惟此爲中正之則，人因此詞呼爲『賀梅子』。詞情、詞律高壓千秋，無怪一時推服。涪翁有云：『解道江南腸斷句，世間惟有賀方回。』信非虛言。」

前調 又一體 此同賀詞而「月」字、「候」字不叶韻者，此格作者最多［一］ 無名氏（一）

雪夜

凍雲封却颱岡路○有誰訪梅溪去○夢裏踈香風暗度○覺來惟見●一窗凉月●瘦影無尋處○

明朝畫筆江天暮○定向漁簑得奇句○試問簾前深幾許○兒童笑道●黄昏時候●猶是廉纖雨○［二］

【校】

［一］按：李氏此説本於《詞律》，《詞律》卷十云：「此同賀詞而『處』字、『在』字不叶韻者，此格作者

（一）此首《中州集》作完顔璹詞。

最多。」

〔二〕此體《詞律》以吳文英「東風客雁溪邊道」詞爲例詞，《欽定詞譜》以蘇軾「三年枕上吳中路」詞爲例詞。

鳳凰閣〔一〕　六十七字　葉清臣（一）

傷春

偏園林緑●暗●渾如翠幄○下無●一片是花萼○●可恨狂風横雨●忒殺情薄○盡●底把●韶華送却○　楊花無奈●是處穿簾透幕○豈知人意正蕭索○春去也●這般愁●没處安着○怎奈●何●黄昏院落○〔二〕

「殺」音晒，是去聲。「處」亦去聲也。「是花萼」，「是」字；「正肅〔三〕索」，「正」字，定格仄聲。「翠」、「横」、「送」、「透」、「院」皆去聲，是調中喫緊處，《譜》俱注「可平」，無理。〔四〕

（一）此首《草堂詩餘前集》卷上作無名氏詞，《全宋詞》斷爲無名氏詞。

【校】

[一] 按：此調載《詞律》卷十，共分雙調六十七字、雙調六十七字二體。又載《欽定詞譜》卷十五，共分雙調六十八字、雙調六十七字、雙調六十七字三體。

[二] 此體《詞律》、《欽定詞譜》皆以本詞爲例詞。

[三] 肅：原書誤刻，當作「蕭」。

[四] 按：李氏此説本於《詞律》，《詞律》卷十云：「『煞』音晒，是去聲。『處』亦去聲也。……『是花蕚』，『是』字；『正蕭索』，『正』字，與前詞『去』字、『晚』字，定格仄聲。又前詞『暑』、『浩』、『萬』、『寓』、『晝』，此詞『翠』、『横』、『送』、『透』、『院』，皆去聲，是調中喫緊處，《譜》俱注可平，豈有此理。」

千秋歲[二]　七十一字　只後起一句換五字，餘同　　歐陽修(一)

春恨

●柳●花飛盡○●魚鳥無音信○●杯減量●愁添鬢○●梅酸心未老●●藕斷絲猶嫩○歡●笑地●●轉頭●都作

(一) 此首見楊基《眉庵集》卷十二，《全宋詞》斷爲楊基詞。

江淹恨○●香冷灰消印○●燈暗煤生暈○●空自解●誰偢問○●夜長春夢短●●人遠天涯近○庭院晚●●一簾風雨寒成陣○[二]

【校】

[一]按：此調載《詞律》卷十，共分雙調七十一字、雙調七十一字、雙調七十二字三體。又《詞律》注云：「只後起一句換五字，餘同。」又載《欽定詞譜》卷十六，共分雙調七十一字、雙調七十一字、雙調七十一字、雙調七十一字、雙調七十一字、雙調七十二字、雙調七十二字、雙調七十二字八體。

[二]此體《詞律》以謝逸「楝花飄砌」詞爲例詞，《欽定詞譜》以秦觀「柳邊沙外」詞爲例詞。

前調

夏景　　謝逸

練花飄砌○蔌蔌清香細○梅雨過●荷風起○情隨湘水遠●夢遶吳峰翠○琴書倦●鷓鴣喚起南窗睡○密意無人寄○幽懷憑誰洗○修竹畔●踈簾裡○歌餘塵拂扇●舞罷風掀袂○人散

後●一鉤淡月天如水○

千秋歲引[一]　八十二字　與前調迴別，平仄宜悉遵之

王安石

秋思

別舘寒砧●孤城畫角○一派秋聲入寥廓○東歸燕從海上去●南來雁向沙頭落○楚臺風●庾樓月●宛如昨○無奈被些利名縛○無奈被他情擔閣○可惜風流總閑却○當初謾留華表語●而今誤我秦樓約○夢闌時●酒醒後●思量着○[二]

【校】

[一]按：此調載《詞律》卷十，僅此一體。又《詞律》注云：「與前詞迴別，其平仄宜悉遵之。」又載《欽定詞譜》卷十九，共分雙調八十二字、雙調八十四字、雙調八十五字、雙調八十七字四體。

[二]此體《詞律》、《欽定詞譜》皆以本詞爲例詞。

風入松[一]　七十三字　康與之

春晚

●一●宵風雨送春歸○●綠暗紅稀○●畫樓●鎮日無人到●●與誰●同撚花枝○●門外●薔微●開也●●枝頭●梅子酸時○●玉●人應是數歸期○●翠歛愁眉○●塞鴻不到雙魚遠●嘆●樓●前流水難西○●新恨●欲●題紅葉●●東●風滿院花飛○[二]

按：此調前後相同，不應互異。前第四句六字，後第四句七字，必無此體，定是前段少一字也。[三]

【校】

[一] 按：此調載《詞律》卷十一，共分雙調七十二字、雙調七十四字、雙調七十六字三體。李氏以康與之詞爲例詞，故標七十三字，然《詞律》於七十四字體下注云：「各譜所收伯可一首，第四句前云『與誰同撚花枝』六字，後云『歎樓前流水難西』七字，必無此體，斷是前段少一字也，故本譜不收七十三字一格。」又載《欽定詞譜》卷十七，共分雙調七十四字、雙調七十二字、雙調七十三字、雙調七十六字四體。

〔二〕此體《欽定詞譜》以本詞爲例詞。

〔三〕按：李氏此説本於《詞律》，參見本調注〔一〕。

御街行〔一〕　七十八字　又名《孤雁兒》

范仲淹

秋日懷舊

紛紛墜葉飄香砌。夜寂靜●寒聲碎。真珠簾捲玉樓空●天淡銀河垂地。年年今●夜●月●華如練●長是人千里。　愁腸已斷無由醉。酒●未到●先成淚。殘燈明滅枕頭欹●諳盡孤眠滋味。都●來此事●眉●間心上●無計相廻避。〔二〕

【校】

〔一〕按：此調載《詞律》卷十一，共分雙調七十六字、雙調七十六字、雙調七十八字、雙調八十二字四體。又載《欽定詞譜》卷十八，共分雙調七十六字、雙調七十六字、雙調七十七字、雙調七十八字、雙調八十一字、雙調八十字六體。

[二] 此體《詞律》、《欽定詞譜》皆以本詞爲例詞。

滿江紅[一]　九十三字　《冥音録》云：「原名《上江紅》。」　周邦彦

春閨

晝日移陰●攬衣起●春闈睡足○臨寶鑑●緑雲撩亂●未歛粧束○蝶粉蜂黄都過了●枕痕一綫紅生玉○背畫欄●脉脉悄無言●尋棋局○　重會面●何時卜○無限事●縈心曲○想秦箏依舊●尚鳴金屋○芳草連天迷遠望●寶香薰被成孤宿○最苦是●蝴蝶滿園飛●無心撲○[二]「蝶粉蜂黄」，宫粧也。「過」一作「褪」。

各家詞多從此體。[三]

【校】

[一] 按：此調載《詞律》卷十三，共分雙調八十九字、雙調九十一字、雙調九十三字、雙調九十三字、雙調九十三字、雙調九十七字六體。又載《欽定詞譜》卷二十二，共分雙調九十三字、雙調九十三

字、雙調九十三字、雙調九十一字、雙調八十九字、雙調九十四字、雙調九十四字、雙調九十四字、雙調九十七字、雙調九十四字、雙調九十一字、雙調九十一字、雙調九十二字、雙調九十三字十四體。

〔二〕此體《詞律》以程垓「門掩垂楊」詞爲例詞，《欽定詞譜》以柳永「暮雨初收」詞爲例詞。

〔三〕按：李氏此説本於《詞律》，《詞律》卷十三云：「各家詞多從此體。」

前調

晁補之〔一〕

春暮

東武南城●新堤固漣漪初溢○隱隱遍●長林高阜●臥紅堆碧○枝上殘花春盡也●與君試向江邊覓○問向前●猶有幾多春●三之一○　官裏事●何時畢○風雨外●無多日○相將從曲水●滿城爭出○君不見蘭亭修禊事●當時座上皆豪逸○到如今修竹滿山陰●空陳迹○

舊本於「不見」上多一「君」字，應係誤傳，即當時偶筆，亦是差處，不可學也。〔二〕

〔一〕此首又見蘇軾《東坡詞》卷上，《全宋詞》斷爲蘇軾詞。

【校】

［一］按：李氏此説本於《詞律》，《詞律》卷十三云：「按前後段中，俱用七字兩句，多作對偶，萬無用八字而前後參差者。惟坡公二首，於後段上句兩用『君不見』，多一『君』字。孏窟前段亦用『君不見』，文溪後段下句，多一『望』字，稼軒於『羅衣』句，多一『見』字，皆係誤傳，即當時偶筆，亦是差處，不可學也。」

意難忘［一］　九十二字　周邦彦

佳人

衣染鶯黄○愛停歌駐拍●勸酒持觴○低鬟蟬影動●私語口脂香○簷露滴●竹松涼○拚劇飲淋浪○夜漸深●籠燈就月●子細端相○知音見説無雙○解移宫换羽●未怕周郎○長顰知有恨●貪要不成粧○些個事●惱人腸○試説與何妨○又恐伊●尋消問息●瘦減容光○［二］

【校】

［一］按：此調載《詞律》卷十三，僅此一體。又載《欽定詞譜》卷二十二，僅此一體。

[二] 此體《詞律》以本詞爲例詞，《欽定詞譜》以蘇軾「花擁鴛房」詞爲例詞。

滿庭芳[一]　九十五字　又名《鏁陽臺》、《滿庭霜》　蘇　軾

佳人

香靉雕盤●寒生冰筯●畫堂別是風光○主人情重●開宴出紅粧○膩玉圓搓素頸●藕絲嫩●新織仙裳○雙歌罷●虛欄轉月●餘韻尚悠揚○

人間何處有●司空見慣●應謂尋常○座中有狂客●惱亂愁腸○報道金釵墜也●十指露●春笋纖長○親曾見●全勝宋玉●想像賦高唐○[二]

此通用體也，後起二字不用韻，「座中」五字句。[三]

【校】

[一] 按：此調載《詞律》卷十三，共分雙調九十三字、雙調九十五字、雙調九十五字三體。又載《欽定詞譜》卷二十四，共分雙調九十五字、雙調九十五字、雙調九十三字、雙調九十六字、雙調九十六字、雙調九十六字、雙調九十六字七體。

［二］此體《詞律》以程垓「南月驚烏」詞爲例詞。《欽定詞譜》以晏幾道「南苑吹花」詞爲例詞。

［三］按：李氏此説本於《詞律》，《詞律》卷十三云：「此通用體也，後起二字不用韻，『問故鄉』五字，亦與前異。」

前調　又一體　前人

警悟

蝸角虛名●蠅頭微利●算來著甚干忙○事皆前定●誰弱又誰强○且趁閑身未老●儘教我●些子疎狂○百年裡●渾教是醉●三萬六千場○　思量○能幾許●憂愁風雨●一半相妨○又何須抵死●説短論長○幸對清風皓月●苔茵展●雲幙高張○江南好●千鍾美酒●一曲滿庭芳○［一］

後起二字用韻體，前後結句第一字用平爲主，上、入亦不妨，切不可用去聲。［二］

【校】

［一］此體《詞律》以黄庭堅「修水柔藍」詞爲例詞。《欽定詞譜》以周邦彦「風老鶯雛」詞爲例詞。

［二］按：李氏此説本於《詞律》，《詞律》卷十三云：「『荷』字、『水』字、『山』字，以用平爲主，上、入亦不妨，切不可用去聲。」

前調

秋思　　秦　觀

碧水澄秋●黄雲凝暮●敗葉零亂空堦○洞房人靜●斜月照徘徊○又是重陽近也●幾處處●砧杵聲催○重門外●風搖翠竹●疑是故人來○情懷○增悵望●新歡易失●往事難猜○問籬邊黄菊●知爲誰開○謾道愁須殢酒●酒未醒●愁已先回○凭闌久●金波漸轉●白露點蒼苔○

前調

晚景　　前　人

山抹微雲●天連衰草●畫角聲斷譙門○暫停征掉［二］●聊共飲離樽○多少蓬萊舊事●空回首●烟靄紛紛○斜陽外●寒鴉數點●流水繞孤村○銷魂○當此際●香囊暗解●羅帶輕分○漫贏得●青樓薄倖名存○此去何時見也●襟袖上●空染啼痕○傷情處●高城望斷●燈火已黄昏○

「漫贏得」，三字豆。

【校】

［一］掉：原書誤刻，當作「棹」。

前調

漁舟　張先

紅蓼花繁●黄蘆葉亂●夜深玉露初零○霽天空濶●雲淡楚江清○獨棹孤篷小艇●悠悠過●烟渚沙汀○金鉤細●絲綸慢捲●牽動一潭星○　時時横短笛●清風皓月●相與忘形○任人笑●生涯泛梗飄萍○飲罷不妨醉臥●塵勞事●有耳誰聽○江風靜●日高未起●枕上酒微醒○

「任人笑」，三字豆。

水調歌頭［一］　九十五字　夢窗名《江南好》，白石名《花犯念奴》　蘇軾

中秋

●明月幾時有●●把酒問青天○●不知天●上宫●闕●今夕是何年○我欲乘風●歸去●●惟恐瓊樓●玉宇●●高

處不勝寒○起舞弄清影●何似在人間○轉朱閣●低綺戶●照無眠○不應有恨●何事長向別時圓○人有悲歡離合●月有陰晴圓缺●此事古難全○但願人長久●千里共嬋娟○[二]

「幾時有」、「弄清影」，用仄平仄絶妙。「人長久」之「人」字，若亦用仄聲尤妙。後人多用平平仄，全不起調矣。「不知」至「何年」十一字，語氣一貫，有於四字一頓者，有於六字一頓者，平仄亦稍有不同，但隨筆致所至，不必拘定，而「闕」字用仄，覺有調耳。起句「月」字有用平者，竟有作偶語如五言律者，不如此起爲妙。「舞」字或用平，「清」字、「長」字或用仄，亦皆不妥。「無」字有用仄者，縱入聲可代平，終是不響。至稼軒多用上、去字，雖或不妨，然不可學。[三]

【校】

[一]按：此調載《詞律》卷十四，僅此一體。又載《欽定詞譜》卷二十三，共分雙調九十五字、雙調九十五字、雙調九十五字、雙調九十五字、雙調九十七字、雙調九十七字、雙調九十六字、雙調九十四字八體。

[二]此體《詞律》、《欽定詞譜》皆以本詞爲例詞。

[三]按：李氏此説本於《詞律》，《詞律》卷十四云：『「幾時有」、「弄清影」，用仄平仄絶妙。『人長

久』之『人』字，若亦用仄聲尤妙。後人多用平平仄，全不起調矣。『不知』至『何年』十一字，語氣一貫，有於四字一頓者，有於六字一頓者，平仄亦稍有不同，但隨筆致所至，不必拘定，而『闕』字用仄，覺有調耳。起句『月』字有用平者，竟有作偶語如五言律者，不如此起爲妙。『舞』字或用平，『清』字、『長』字或用仄，亦皆不妥。『無』字有用仄者，縱入聲可代平，終是不響。至稼軒多用上、去字，雖或不妨，然不可學。」

慶清朝慢[一]　九十七字　王觀

遊春

●調雨爲酥●催冰作水●東風分付春還○何人便將輕煖●點破殘寒○●結伴踏青去好●●平頭鞵子小雙鸞○烟柳外●望中秀色●如有無間○　晴則箇●雨則箇●餖飣得作平天氣●有許多般○須教撩花撥柳●爭要先看○●不道吳綾繡襪●●香泥斜沁幾行斑○東風巧●盡收翠緑●吹在眉山○[二]

【校】

[一]按：此調載《詞律》卷十四，以《慶清朝》爲正名，共分雙調九十七字、雙調九十七字二體。又載《欽定詞譜》卷二十五，以《慶清朝》爲正名，共分雙調九十七字、雙調九十七字、雙調九十七字、雙調

九十七字四體。

[二] 此體《詞律》、《欽定詞譜》皆以本詞爲例詞。

醉蓬萊[一]　九十七字　柳　永

詠星

漸亭皋葉下●龍首雲飛●素秋新霽○華闕中天●鎖蔥蔥佳氣○嫩菊黃深●拒霜紅淺●近寶階香砌○玉宇無塵●金莖有露●碧天如水○正值昇平●萬機多暇●夜色澄鮮●漏聲迢遞○南極星中●有老人呈瑞○此際宸遊●鳳輦何處●度管絃聲脆○太液波翻●披香簾捲●月明風細○[二]披香，殿名。

此調凡五字句者，皆一字領下四字，不可上二下三，作五言詩句法，「漸」、「鎖」、「近」、「有」、「度」諸字，定用仄聲去聲尤妙。[三]

【校】

[一] 按：此調載《詞律》卷十五，僅此一體。又載《欽定詞譜》卷二十五，共分雙調九十七字、雙調

九十七字二體。

[二] 此體《詞律》以吕渭老「任落梅鋪綴」詞爲例詞，《欽定詞譜》以本詞爲例詞。

[三] 按：李氏此説本於《詞律》，《詞律》卷十五云：「『任』、『過』、『稱』、『問』、『向』諸字，定用仄聲，且須去聲方妙。歷覽古人作者，無不如此。蓋此一字領句，必去聲方唤得起下面也。……此調凡五字句者，皆一字領下四字，不可上二下三，作五言詩句法。」

金菊對芙蓉[一]　九十九字　僧仲殊(一)

桂花

花則一名，種分三色，嫩紅妖白嬌黄。正清秋佳景，雨霽風凉。郊墟十里飄蘭麝，瀟灑處、旖旎非常。自然風韻，開時不惹，蝶亂蜂狂。攜酒獨揖蟾光。問花神何處，離兑中央。引騷人乘興，廣賦詩章。幾多才子爭攀折，嫦娥道、三種清香。狀元紅是，黄爲榜眼，白探

(一) 此首《草堂詩餘後集》卷下作無名氏詞，《全宋詞》斷爲無名氏詞。

花郎○[二]離火紅，兑金白，中央土黄。

稼軒於「問花神何處」作「嘆年少胸襟」，平仄全異，想不拘。[三]

【校】

[一] 按：此調載《詞律》卷十六，僅此一體。又載《欽定詞譜》卷二十七，僅此一體。

[二] 此體《詞律》、《欽定詞譜》皆以康與之「梧葉飄黄」詞爲例詞。

[三] 按：李氏此説本於《詞律》，《詞律》卷十六云：「稼軒於『把枕前屬付』句作『嘆年少胸襟』，平仄全異，想不拘。」

念奴嬌[一]

一百字　又名《百字令》、《百字謡》、《淮甸春》、《大江東去》、《大江西上曲》、《壺中天》、《無俗念》、《酹江月》、《湘月》

李清照

春情

蕭條庭院●有斜風細雨●重門須閉○寵柳嬌花寒食近●種種惱人天氣○險韻詩成●扶頭酒醒●別是閑滋味○征鴻過盡●萬千心事難寄○

樓上幾日春寒●簾垂四面●玉闌干慵倚○被冷香

銷新夢覺●不許愁人不起○●清露晨流●●玉洞初引●●多少遊春意○●日高烟斂●更看今日晴未○[二]

此爲《念奴嬌》正格。[三]

【校】

[一]按：此調載《詞律》卷十六，共分雙調一百字、雙調一百字、雙調一百字三體。又載《欽定詞譜》卷二十八，共分雙調一百字、雙調一百字、雙調一百字、雙調一百字、雙調一百字、雙調一百一字、雙調一百二字、雙調一百字、雙調一百字、雙調一百字、雙調一百字十二體。

[二]此體《詞律》以辛棄疾「野棠花落」詞爲例詞，《欽定詞譜》以蘇軾「憑空遠眺」詞爲例詞。

[三]按：李氏此説本於《詞律》，《詞律》卷十六云：「此爲《念奴嬌》正格。」

前調

中秋　　蘇　軾

憑高眺遠●見長空萬里●雲無留迹○桂魄飛來光射處●冷浸一天秋碧○玉宇瓊樓●乘鸞來去●人在清涼國○江山如畫●望中烟樹歷歷○　我醉拍手狂歌●舉杯邀月●對影成三客○起

舞徘徊風露下●今夕不知何夕○便欲乘風●翩然歸去●何用騎鵬翼○水晶宫裏●一聲吹斷横笛○

前調　　　　　　　　　　　　　　　　前　人

赤壁懷古

大江東去●浪淘盡●千古風流人物○故壘西邊人道是●三國周郎赤壁○亂石穿空●驚濤拍岸●捲起千堆雪○江山如畫●一時多少豪傑○　遥想公瑾當年●小喬初嫁了●雄姿英發○羽扇綸巾談笑處●檣艣灰飛烟滅○故國神遊●多情應笑●我早生華髮○人生如夢●一樽還酹江月○

此爲《念奴嬌》别格。[一]

【校】

[一]按：李氏此説本於《詞律》，《詞律》卷十六云：「此爲《念奴嬌》别格。」

前調

自壽　鄭中卿

嗟來咄去●被天公●把做小兒調戲○踐雪龍庭歸未久●還促炎州行李○不半年間●北胡南粵●一萬三千里○征衫著破●著衫人可知矣○　休問海角天涯●黄蕉丹荔自足供甘旨○泛緑依紅無箇事●時舞斑衣而已○救蟻藤橋●養魚盆沼●是亦經綸事○伊周安在●且須學老萊子○

桂枝香[一]　一百一字　又名《疎簾淡月》

金陵懷古　王安石

登臨送目○正故國●晚秋●天氣初肅○●千里澄江似練●翠峰如簇○征帆去棹斜陽裏●[二]背西風●酒旗斜矗○彩舟雲淡●星河鷺起●圖畫難足○　念自昔●●豪華競逐○嘆門●外樓頭●悲●歡相續○千古憑高對此●謾嗟榮辱○六朝舊事隨流水●但寒烟●衰草凝緑○至今商女●時時猶唱●後庭遺曲○[三]

【校】

[一]按：此調載《詞律》卷十六，僅此一體。又載《欽定詞譜》卷二十九，共分雙調一百一字、雙調一百一字、雙調一百一字、雙調一百一字、雙調一百字、雙調一百一字六體。

[二]原書此處未點讀，今補。

[三]此體《詞律》、《欽定詞譜》皆以本詞爲例詞。

水龍吟[一]　一百二字　蘇　軾

咏笛

楚山●修竹如雲●●異材●秀出千林表○●龍鬚半剪●●鳳膺微漲●●玉肌勻繞○●木落淮南●●雨晴●雲夢●●月明風裊○自●中郎●不見●●桓伊●去後●知辜負●秋多少○●聞道嶺南●太守●後堂深●●緑珠嬌小○●綺窗學弄●●梁州初遍●●霓裳未了○●嚼徵含宮●泛商●流羽●●一聲雲杪○爲使君洗盡●●蠻風●障[二]雨●作霜天曉○[三]

篇中四字句前後各六，但上三句俱仄，下三句一平二仄，勿誤。「自中郎」五字句，「桓伊」四字句，

「知辜負」三字句，「秋多少」三字句，此一定鐵板也。後結則一五字句，兩四字句。[四]

【校】

[一] 按：此調載《詞律》卷十六，共分雙調一百一字、雙調一百二字、雙調一百二字三體。又載《欽定詞譜》卷三十，共分雙調一百二字、雙調一百二字、雙調一百一字、雙調一百二字、雙調一百二字、雙調一百二字、雙調一百四字、雙調一百六字、雙調一百二字、雙調一百二字、雙調一百二字、雙調一百二字、雙調一百二字、雙調一百二字、雙調一百四字、雙調一百六字、雙調一百二字、雙調一百二字、雙調一百一字、雙調一百二字、雙調一百二字、雙調一百二字、雙調一百二字二十五體。

[二] 障：原書誤刻，當作「瘴」。

[三] 此體《詞律》以辛棄疾「楚天千里清秋」詞爲例詞，《欽定詞譜》以黄機「清江滚滚東流」詞爲例詞。

[四] 按：李氏此説本於《詞律》，《詞律》卷十六云：「篇中四字句前後各六，但上三句俱仄，下三句一平二仄，勿誤。『把吴鉤』五字句，『闌干』四字句，『無人會』三字句，『登樓意』三字句，此一定鐵板

也。……後結『倩何人』五字句，『紅巾』四字句，『揾英雄淚』四字句，此一定鐵板也。」

瑞鶴仙[一]　　黃庭堅

檃括醉翁亭記

環滁皆山也○望蔚然深秀●瑯琊山也○山行六七里●有翼然泉上●醉翁亭也○翁之意也○得之心●寓之酒也○更野芳●佳木風高●月出景無窮也○遊也○山餚野蔌●酒洌泉香●沸觥籌也○太守醉也○喧譁衆賓歡也○況宴酣之樂●非絲非竹●太守樂其樂也○問當時●太守謂誰●醉翁是也○

【校】

[一]按：此調載《詞律》卷十七，共分雙調一百二字、雙調一百二字、雙調一百二字、雙調一百三字四體。又載《欽定詞譜》卷三十一，共分雙調一百二字、雙調一百二字、雙調一百二字、雙調一百二字、雙調一百字、雙調一百三字、雙調一百二字、雙調一百二字、雙調一百二字、雙調一百三字、雙調一百二字、雙調一百一字、雙調一百字、雙調九十字、雙調一百二字、雙調一百字十六體。

前調　録史達祖一闋爲式　一百二字　史達祖

杏烟嬌濕鬢○過杜若汀洲●楚衣香潤○回頭翠樓近○指鴛鴦沙上●暗藏春恨○歸鞭隱隱○便不念●芳痕未穩○自簫聲●吹落雲東●再數故園花信○誰問○聽歌窗罅●倚月鉤欄●舊家輕俊○芳心一寸○相思後●總灰盡○奈春風多事●吹花搖柳●也把幽情喚醒○對南溪●桃萼翻紅●又成瘦損○[一]

此體各家多從之，「指鴛鴦」九字，亦可上三下六。[二]

【校】

[一] 此體《詞律》、《欽定詞譜》皆以本詞爲例詞。

[二] 按：李氏此説本於《詞律》，《詞律》卷十七云：「此體各家多從之，『指鴛鴦』九字，可上三下六。」

瀟湘逢故人慢[一]　一百四字　王安禮

初夏

薰風微動●方榴花弄色●萱草成窩○翠帷敞輕羅○試冰簟初展作平●幾尺湘波○踈簾廣厦●

稱瀟湘●一枕南柯○引多少●夢魂歸緒●洞庭雨棹烟簑○　鶩回處●閑晝永●更時時●燕雛鶯友相過○正緑影婆娑○况庭有幽花●池有新荷○青梅煮酒●幸隨分●贏取高歌○功名事●到頭終在●歲華忍負清和○[二]

「翠帷敞」與後「正緑影」句同，「帷」字平，「緑」字仄，似不合，不知此句在三字略豆，其第二字平仄可不拘，况「緑」字入可作平。或曰「帷」字是「帳」字之訛，亦未可知也。此調凡叶韻句俱平平仄。「展」字亦以上作平，歌者不於此字住拍，故不拘耳。[三]

【校】

[一]按：此調載《詞律》卷十八，僅此一體。又載《欽定詞譜》卷三十三，共分雙調一百四字、雙調一百四字二體。

[二]此體《詞律》、《欽定詞譜》皆以本詞爲例詞。又《詞律》於「幾」、「湘」、「一」、「引」、「分」、「贏」、「功」諸字左標可平或可仄，李氏於此體皆未標。

[三]按：李氏此説本於《詞律》，《詞律》卷十八云：「『翠帷敞』下與後『正緑影』下同，『帷』字平，『緑』字仄，似不合，不知此句在三字略豆，其第二字平仄可不拘，况『緑』字入可作平。或曰『帷』字是

『帳』字之訛，亦未可知也。若《圖譜》云可作平平仄仄平，則無此理也。此調凡叶韻句俱平平住，豈有忽插一仄平住者乎？此亦理之最淺近者。『展』字亦以上作平。歌者不於此字住拍，故不拘耳。」

尉遲杯[一]　一百五字　周邦彥

離別

隨堤路○漸日晚●密靄生深樹○陰陰淡月籠沙●寒宿河橋深處○無情畫舸●都不管●烟波隔南浦○等行人●醉擁重衾●載將離恨歸去○因念舊客京華●長偎傍●疎林小檻歡聚○冶葉倡條俱相識●仍慣見●珠歌翠舞○如今向●漁村水驛●夜如歲●焚香獨自語○有何人●念我無憀●夢魂疑[二]想鴛侶○[三]

【校】

[一]按：此調載《詞律》卷十八，共分雙調一百五字、雙調一百五字、雙調一百六字三體。又載《欽定詞譜》卷三十三，共分雙調一百五字、雙調一百五字、雙調一百五字、雙調一百五字、雙調一百六字、

雙調一百四字、雙調一百六字七體。

［二］疑：原書誤刻，當作「凝」。

［三］此體《詞律》以吴文英「垂楊逕」詞爲例詞，《欽定詞譜》以本詞爲例詞。

望海潮[一]　一百七字　柳永

咏湖

東南形勝●三吴都會●錢塘自古繁華○烟柳畫橋●風簾翠幕●參差十萬人家○雲樹繞堤沙○

怒濤捲霜雪●天塹無涯○市利[二]珠璣●戶盈羅綺競豪奢○重湖疊巘清佳○有三秋桂子●

十里荷花○羌笛弄晴●[三]菱歌泛夜●嬉嬉釣叟蓮娃○千騎擁高牙○乘時聽簫鼓●吟賞烟霞○

異日圖將好景●歸去鳳池誇○[四]

「烟柳」以下，與「羌笛」以下同。「晝」字、「弄」字用去聲，是定格。其餘平仄除旁注外，亦不可亂用也。[五]

【校】

［一］按：此調載《詞律》卷十九，共分雙調一百七字、雙調一百七字二體。又載《欽定詞譜》卷三十

四，共分雙調一百七字、雙調一百七字、雙調一百七字三體。

［二］利：原書誤刻，當作「列」。

［三］原書此處未點讀，今補。

［四］此體《詞律》以秦觀「秦峰蒼翠」詞爲例詞，《欽定詞譜》以本詞爲例詞。

［五］按：李氏此説本於《詞律》，《詞律》卷十九云：「『金谷』以下，與後『蘭苑』以下同，『俊』字、『未』字用去聲，是定格。歌至此，要振得起，用不得平聲。……其餘平仄，除旁注外，亦不可亂用。」

詞韻略

沈謙去矜著　緑雪軒删本

毛先舒云：填詞之韻，平聲獨押，上、去通押，然間有三聲通押者，如《西江月》、《少年心》之類。故沈氏於每部韻俱總統三聲，而中又明分平仄，凡十四部。至於入聲，無與平、上、去通押者，故又別爲五部云。

東董韻平上去三聲

○平韻一東二冬通用

●東同桐中忠蟲終沖躬融絨宮風窮功櫳楓朦空聾工朧籠驄鴻紅聰篷逢蓬蝀筒鐘童曈日出 朣月出 瞳峒衷种狆忡崧崇淙雄戎茙嵩菘弓瀜熊穹芃馮窿霳琉充隆瓏懵公濛曨蒙幪讋叢洪葓虹葱怱翁蒃取魚器 樅椶菶烘髼

蓬，鬔亂也

●冬松鐘鬆鎔溶鍾儂容蓉封穠胸醲濃重縫筇蜂從峰鋒蹤茸蛩獸名 慵供琮宗瑢農龍憧舂衝榕葑庸雍壅跫丰烽縱恭攻蛬蟋蟀

○仄韻上聲一董二腫　去聲一送二宋通用

●董總孔動洞懂懞愡悾愡 汞水銀 滃雲起 嵸蓊菶唪大笑 籠空

●腫種踵寵擁捧重恐拱湧壟隴壅冗冢奉勇踴慂涌珙供踊竦恭也 悚懼也 蛬聳高也

●送鳳弄凍夢哢痛甕貢控鞚湅暴雨 蝀傯倥傯 糉鬨諷仲懜哄衆中衷羾貢 甕

●宋用縫綜頌訟供誦共俸從縱

江講韻平上去三聲

○平韻三江七陽通用

●江釭燈也 雙窗幢腔撞龐邦降艭扛舉也 樁淙水聲 摐撞也

●陽楊揚颺詳翔良梁鄉量涼商觴傷香房牀腸章湯防場湘鶬忘亡望將相徉長方廂裳妝娘墻狂塘浪筐檣霜裝鴦妨廊棠茫芳央堂傍鏘篁徨航

旁忙莊償常蹡蜋鐺泱蒼黃簧凰光惶遑藏行煌囊卬嘗蹌郎當頏潢糠
盲荒唐徉洋羊祥暘糧粱彰麞璋羌昌猖姜薑菖閶蜣倡疆張萇粻勷穰
禳攘瀼坊襄緗漿芒螿嬙戕匡筐螳剛岡綱桑瑲箱鎗彷鶬滄康鋼簹璜
皇倉洸水湧杭昂汪湯

○仄韻上聲三講二十二養　去聲三絳二十三漾通用

●講港項蚌

●養兩響想仰槳掌丈爽杖賞紡上蕩枉倣長往廣盪朗慷魍像象襁獎享敞
鷩繦鏹仗攘壤仿罔網惘榜莽沆嶸瀼潒曩儻黨盎泱髒恍幌書幄榥書床

●絳降巷撞戇愚直

●漾樣量讓狀向悵暢帳釀壯唱漲快訪舫相望嶂放謗浪誑況恙諒輛瀁颺
亮餉邑嚮傍匠障創養張髒藏償尚愴刱創妨醬將妄忘況寒水貺兄況王防
宕行桁衣竿伉傍亢纊傍湯曠當掠薌向、香同解

支紙韻平上去三聲

○平韻四支五微八齊十灰半通用

●支巵肢枝移爲麾垂吹窺披炊隨奇岐騎宜涯疲離籬兒醨鸝驪皮卑羈澌斯差漪知馳池脂師肌姿饑遲私伊藜帷追維惟楣湄遺悲眉誰之芝貽疑時期思司旗其絲基欺詩祠茲詞緇辭噫醫嬉癡持孜慈⿸广多蛇萎委陂縻陲虧琦曦欹祁衆多漓羈髭貲倚音衣篪姨螭施⿱雨斯小雨瀰巇雌危規夷彝茨比皮咨資墀坻薺尼蓍耆犁蕤緌絲葵綏纍麋萑丕頤推怡台音治，我也詒欺也飴颸罳萁嶷棋而姬箕熙嫠音犁，無夫禧嘻治持滋孳榰支氏支，西域離陴女墻恞悦也澬久雨錙洏而，漣洏剞居媸

●微薇暉輝霏菲幃違闈非飛緋扉肥稀希依衣欷歸徽揮韋圍妃威畿幾譏磯饑機晞希，盼也璣豨希，豕也巍溰沂，潔白

●齊黎萋凄隄低提啼題蹄蹊谿栖西犀嘶迷璃悽詆妻綈締笄稽，簪也雞嵇奚鷖鳧霓倪撕醯躋睽擠齏閨畦奎泥攜兮猊珪蹏隋禔齎圭梨

●灰徊枚梅罍杯回恢詼隈魁莓煤媒洄瑰圭雷傀裴催崔醅堆嵬陪培苔

○仄韻上聲四紙五尾八薺十賄　去聲四寘五未八霽九泰十一隊半通用

●紙是被技妓倚綺此徒屣蕊婢紫旨美視底指水履擬比否止沚趾己已巳似使耳紀以里理裏鯉李起始矣砥抵氏靡只毀彼髓委詭喜螘傀累泚邇瀰侈弛豕嵋鄙揣几否七姊秕晷簋雉軌矢揆壘圯唯巋恃姒市徵耜祀駛莒史珥俚峙士竢仕梓俟涘屺齒滓第恥椅爾俾芈米 机氿水厓

●尾幾斐匪篚菲鬼亹豈卉偉螘葦

●薺醴體邸抵啓洗禮濟泲柢詆弟米稽眯泚瀰

●賄悔罪浼每，污也 磊每儡蕾蓓蕾 餒嵬猥

●寘避荔爲寄臂易翅企議諉僞戲睡吹至媚穗醉類媿淚致寐縝翠次季地墜志思字試異置事侍意忌忮詈離利記豉侍積賜帔漬賁刺芰義跂騎智臂施瑞摯啻位遂魅粹篲邃祕費轡匱饋簣帥稅備喟嗜利膩棄莉莅吏，臨也輜躓質緻穉治遲治，待也 暨驥冀二悸貳洎寄 四肆泗駟恣器庇比萃瘁肄睢示自誌識植值嗣笥幟寺亟餌吏厠食薏出吹 孳乳化 其記 司憒忿也 畀飼弒

●未味謂畏慰諱既氣緯貴蝟彙魏渭沸鼻芾尉蔚餼毅溉計，清也 乞愾戲，太息

璣記　衣

●霽替細繫閉麗桂歲蔽袂憩齊和也 帝諦蒂帝 薙第遞締逮逓，及也 繼棣砌切砌
計壻妻髻薊埧女墻 詣契系係嫕意，柔順 慧謎蕙惠嘒儷戾唳際枘泥衛毳潎
銳贅脆綴幣弊帨薛稅篲說制誓逝裔藝曳囈滯揭例勵厲貰代也 勢碣芰 世
製

●泰沛霈會獪昧濊眛

●隊北佩背妹碎配對退內倍瑁晦誨妃沛，匹也 碓晬繢潰闠憒塊

魚語韻平上去三聲

○平韻六魚七虞通用

●魚漁初書舒居裾車輿余餘歔疎蔬梳虛噓除諸躇如墟紓据醵蕖渠璵蘧
妤歟苴胥鋤樗攄樞，舒也 徐淤於豬閭袪區，衣袂 儲驢且蜍挐如，持也 屠

●虞愚娛嵎竽無蕪吁誣劬儒鬚襦須蛛需株殊驅臾嶇軀珠區朱趨扶符鳧
雛夫蹰膚輸迂樞姝厨拘俱駒模餬乎湖壺姑沽孤辜途酤塗荼孥圖奴

呼吴梧鱸吾顱爐蘆蘇酥轤烏逋晡枯粗鋪都瑚芻巫毋于衢訏瞿癯濡誅銖逾俞愉覦瑜洙窬榆腴渝萸歈于，吴歌蚨諛鴣莩鏤苻瓿玞敷郛趺孚裯廚，帳也毹嫫蒱胡瓠蒲謨狐弧鶘菰箛徒觚鴑呱膴租盧菟墟鑪汙餔徂鋘

○仄韻上聲六語七麌　去聲六御七遇通用

●語侶旅與紵佇渚煮汝杵暑貯處楮拒女許阻炬楚敘舉咀緒嶼序詎鼠杼巨所沮吕禦予茹褚齬醑湑胥礎俎墅溆敉

●麌宇俯舞憮嫵撫廡聚輔主拄數矩麈取縷土覩魯古瞽午五部苦怒戶吐補雨譜努羽父甫禹脯黼府斧腑武鵡侮腐庾許煦愈釜乳姥杜莊鹵肚堵賭估蠱櫓鼓罟伍祖簿虎滸賈塢組弩扈祜普溥岵圃莽姆，宿草

●御慮據去覰恕著絮助倨庶翥遽醵疏淤箸與署預譽豫

●遇附注樹句炷霧浦籲騖懼鶩鷺具付註趣住暮度墓渡慕路兔露顧故悟誤晤訴愫素布惡鋪步措怖寓嫗鑄澍屨煦戍輸裕諭孺務赴仆僵也傅賦駐娶足屢募賂鍍斁妬，忌也吐蠹輅妬簬竹名痼固涸梧寤忤互酤瓠沍濩泝塑祚汙哺捕醋袴庫作呼護鏤捂

佳蟹韻平上去三聲

○平韻九佳十灰半通用佳、媧、蝸、騧等韻入六麻字韻内

●佳字不入 皆階偕喈楷諧街鞵涯乖懷霾埋柴釵差厓荄儕俳骸排揩齋豺淮櫰

●灰字不入 垓槐開薹哀駘埃苔財該垓才陔材裁來萊哉栽胎猜皚顋台鬛纔

○仄韻上聲九蟹十賄　去聲九泰十卦十一隊半通用

●蟹獬廌買解擺灑豸矮妳拐駭楷掛拐

●賄字不入 愷海醢鎧怠待逮殆改載乃亥鼐在采彩採倍綵欸靉茝采，春草

●泰藹靄帶奈害賴賚汰太艾丐蓋大瀨酹以酒沃地糲蔡籟嘅外

●卦字不入 懈邂賣隘稗債搤瘥曬噫哀，去聲怪粺廨邂搤蕢喝澮价瀣芥玠誡界介戒疥届薤拜湃憊邁夬壞獪快敗澮呰喟

●隊字不入 塊代黛袋岱隸再賽貸態愾概礙溉愛戴萊襶菜呔肺穢喙廢濊睫刈乂栽乂耐慨儗靉

真軫韻平上去三聲

○平韻十一真十二文十三元半通用

●真因姻辛新茵晨臣人神親身津秦嚬蘋頻顰巾春綸巡輪醇甄湮薪紳仁鄰申轔粼伸賓濱麟璘玉文鱗珍陳嗔寅銀垠狺民筠岷緡豳貧彬諄恂詢荀淳湑淪椿屯迍掄皴悛遵循勻旬徇榛鈞馴均臻蓁宸辰

●文紋聞氛雲焚分氳群裙熏曛醺君芬紛紜殷芹勤欣芸員云耘枌賁汾墳勳葷蟁雰斤軍沄焄熏，香氣

●元字不入魂崑渾昆門溫捫孫飧鐏敦存尊盆奔村論髡崙坤閽昏噴婚痕吞恩根賁

○仄韻上聲十一軫十二吻十三阮　去聲十二震十三問十四願半通用

●軫哂緊忍憫盡窘引敏準泯蠢矉昣牝靦笑貌蚓筍隕尹隼紾昬振賑

●吻粉憤忿蘊慍謹近緼槿殷隱巹

●本混袞壼忖墾穩很損悃

●震訊信迅認擯鬢慎陣僅襯進仞汛刃訒遴行難吝磷藎晉釁覲畯浚印駿

濬舜瞬俊閏潤順儁

●問紊韻分近訓員汶運暈聞僨郡靳斤察也

●頓嫩腝，弱也遜悶褪鈍艮論恨寸噴

寒阮韻平上去三聲即元阮韻，元止一半，故編入先字韻末

○平韻十四寒十五删一先十三元半通用

●寒安單鞍丹難餐灘嘆壇彈珊瀾蘭殘干玕乾竿闌看酸端鸞冠巒觀歡漫

灢寬韓翰簞鄲殫跚攤檀丸奸刊桓紈湍摶團漙慱團，憂勞鑾官繁盤瘢蟠潘

●删灣環關彎還寰班般顏鬟山間閒潺潸閑鐶頒扳菅鰥嫻綸艱攀斕頑

慳蠻

●先前躚千箋天濺堅戔肩絃弦賢舷烟胭鈿蓮田憐顛年邊妍牽編眠鵑僊

鮮懸筵遷煎然蟬纏翩篇連緜偏泉全穿川緣旋船娟鞭圓傳椽阡芊咽

湔錢禪延廛聯漣鐫員權捐鳶愆卷虔燕畋佃籩駢研韆淵玄蠲諓巧言氈

蜒邅氊單沿綖平甄便嬛鉛佺璿涎筌銓專悛荃竣乾搴焉鬈髮好嫣悁詮

嗎宣翾漩遄幰

●元原源垣園援猿諼煩翻旛鴛暄諠鵷喧萱冤軒轅袁媛爰繁蘩蕃番燔樊

反塤甗（言，甑也）晉掀藩鶱蹇

○仄韻上聲十三阮半十四旱十五潸十六銑　去聲十四願半十五翰十六諫十七霰通用

●阮遠綣苑晚反返婉宛偃蹇鍵謇畹輓琬飯

●旱但坦散袒瀚緩短管錧款纂煖滿伴悍誕侃嬾斷幹纘澣盥卵

●潸撰赧限柬簡眼綰晥（明也）産莞棧版

●銑典繭撚泫餞鮮踐展善淺剪遣件辯褊轉卷喘免勉輭辨腆殄跣靦沴顯

扁犬衍演蹇湎戩選孌蘚冕俛（俯也）洗錢

●願愿券怨蔓販萬曼勸楦獻憲健瑗

●翰汗旱閈嘆粲旦岸看炭爛漢散燦換惋渙逭喚玩亂漫半旰畔案按彈扞

憚諺贊璨難觀貫灌冠爨鍛段絆泮判伴

●諫澗雁慢幻慣辦綻瓣盼間晏訕贗丱宦綰

●霰先罥練殿宴燕片薦線囀絹院面箭串戀扇眷倦賤倩茜絢硯縣眩衒鈿

電佃甸鍊見戰嘸擅繕彥援媛釧禪煽弁變羨饌偏傳穿嬿

蕭篠韻平上去三聲

○平韻二蕭三肴四豪通用

●蕭簫瀟雕船雕刁鵰條迢髫撩貂凋苕調寥聊嘹宵綃霄銷消潮憔樵挑嬌朝驕焦蕉嬈橈蕘饒謠搖遙飄燒瑤昭招要腰邀橋喬妖漂飄翹恌標蜩澆驍遼寮徼料堯憀漻清深僚超儵枵囂椒繇陶姚颻韶瓢苗杓夭飂愮嘌軺噍傜

●肴殽教膠交郊巢茅包苞胞拋敲庖嘲匏爻泡鈔坳炮

●豪毫勞醪牢膏高蒿毛旄髦滔叨舠刀騷艘搔袍濤萄陶桃逃翱嗷遭遨操濠篙槔餻撓裯繅饕颾淘糟敖嘈槽鏖漕慅

○仄韻上聲十七篠十八巧十九皓　去聲十八嘯十九效二十號通用

●篠鳥裊繞皎蓼了曉杳小嫋窕沼掉擾少遶藐渺杪緲淼表皦瞭悄窅深遠蔦褭[illegible]皛兆趙照蹻嬈醥標紹矯

●巧姣攪爪飽撓稍鮑卯

●皓浩老抱道潦討掃惱禱倒擣島草蚤皁寶保好槁造棗褓襖藻縞暤明也
纛道腦燎瑙堡考媪

●嘯弔釣調叫料嘹笑照肖要召妙廟約叶去峭燒耀

●效較教覺貌校鬧鈔罩傚孝豹砲樂效，好也磽趠櫂淖效

●號到告悼帽勞傲操報噪躁秏導幬蹈瑁暴冒耄媢瀑漕竈澳鑿作

歌哿韻平上去三聲

○平韻五歌獨用

●歌哥柯蹉跎多迤佗，緩步蛾娥哦蘿荷何珂河過蓑戈莎摩魔梭螺波坡和窠窩頗猧犬子鵝莪峨磨羅那拖婆皤茄音可，芙蓉莖瑳駝磋佗美貌娑酡它難訶苛禾科挲他

○仄韻上聲二十哿　去聲二十一箇通用

●哿可嚲朵，垂下我果裹左娜朵妥瑣鎖坐簸頗夥火顆惰舸硪旎旖旎

●箇佐過那和大挫臥破唾課賀作些餓娑些，羅娑磨涴貨

麻馬韻平上去三聲

○平韻六麻獨用

●麻車賒斜笳遮嗟瓜華誇花加家葭霞葩鴉沙紗芽茶涯琶槎蛙牙洼奢蟆邪罝蛇媧拏蝸嘉蝦瑕遐叉差衙衺撾把爬杈些佳娃

○仄韻上聲二十一馬　去聲十卦二十二禡通用

●馬野也雅者竽下假瀉寫夏且捨寡把惹瓦打洒冶賈啞廈椵疋古雅字卦掛畫灺話

●禡罵架嫁罅婭夜暇謝乍詐榭射駕卸借舍怕跨罷亞稼迓砑訝價嚇詫咤蜡藉柘炙蔗赦麝貰壩稏霸化胯華

庚梗韻平上去三聲

○平韻八庚九青十蒸通用

●庚賡更橫枰鐺平驚鳴明盟笙兄卿生檠迎行萌鶯鸎箏清情晴精盈旌城晴成聲酲輕名并傾瓊程征貞楨呈誠羹璜觥彭亨霙雨雪相雜烹傖評京荆

苹兵榮瑩狌鼪衡珩桁氓蘅鏗耕宏硜莖閎丁嶸嚶櫻錚怦伻爭瀛菁晶
營嬰攖檉河柳細葉鯖令伶縈餳惸楹鶊琤併平
●青形庭廷蜓馨亭停玎酲娉丁婷星惺櫺靈齡鴒鈴泠零汀聽冥寧翎缾熒
屏扃萍聆醽渟行伶行苓玲溟銘螢刑經瓴舲坰廳
●蒸承陵綾澄凭鷹藤憑應繩乘冰升昇勝陞蠅徵矜凝興仍登燈稱增曾憎
僧嶒層朋曾嘗也肱能謄騰滕罾縢懲淩冰也烝丞膺夌越也轢菱芰也鷹繒兢塍
稜矰瞢目不明恒藤

○仄韻上聲二十三梗二十四迥　去聲二十四敬二十五徑通用

●梗影綆秉境哽景省警永艋冷耿幸靜倖靜屏餅整頸逞領請騁嶺井頃靖
鯁怲丙炳儆璟憬猛皿礦靚女容黽打頂郢潁
●迥冥茗鼎艇挺醒竝等酊烔莛拯綮謦，肯綮
●敬鏡竟映病柄詠勁硬政併泳性淨令姓清倩行諍競更孟慶橫迸命正鄭
聘聖盛檠
●徑佞定寧磬罄訂暝聽證媵乘應凭賸稱興甑鐙凳磴蹬經淩令，水也贈懵飣

瑩 庭去聲，徑庭 剩 勝 瞑

尤有韻平上去三聲

○平韻十一尤獨用

●尤憂留榴郵流秋楸悠由游遊啾修脩州羞抽洲柔酬舟收揉颼愁休邱儔籌求裘逑浮眸篌謳甌漚鷗樓偷謀侔投鉤勾頭溝篝幽耰遛麀飀劉攸油蝣卣猶猷牛瘳周賙鳩不讐搜麻蒐溲鎪篘幬帳也疇裯啁絿球仇涪牟矛猴歐慺悅也髏陬骰裒呦綢惆繆

○仄韻上聲二十五有　去聲二十六宥通用

●有友右柳負九久首手守否酉咎誘受厚後斗酒陡耦走藪偶藕口剖醜肘朽丑玖韭阜壽綬舅后某耈牡狗垢卣叟琇鈕狃忸帚婦缶臼揉矯揉莠牖母畝培瓿溲蚪苟取趣

●宥又救究晝袖岫獸臭漱舊縐就甃溜瘦秀繡驟僦鷲就，黑鳥柚授售逅候蔲豆懋茂竇透逗讀豆，句讀彀奏搆詬輳謬鏤幼構媾覯姤漏繆陋囿祐廄冑狩

宙籒胄富糗副覆宿留鼬狖柚復伏堠寇耨購肉簉右

侵寢韻平上去三聲

○平韻十二侵獨用

●侵霖臨斟鍼林尋紝心霪深砧禽琴襟衾吟禁金今陰森音岑歆沉簪愔參嶔箴淫任檎芩潯淋琳駸燖琛擒欽黔

○仄韻上聲二十六寢　去聲二十七沁通用

●寢枕恁沈審錦飲品禁稔荏葚瀋

●沁任蔭賃識圖識滲浸酖朕臨去聲衽深闖吟沈甚

覃感韻平上去三聲

○平韻十三覃十四鹽十五咸通用

●覃潭南參涵蠶男諳含函庵嵐簪耽探眈堪擔談甘柑甝儋藍三酣憨曇楠譚蟬驂貪婪勘戡湛毿龕弇甘

●鹽廉奩簾帘瞻霣纖籤占檐黏淹尖潛縑蒹添甜兼恬謙嚴拈檐銛阽砭僉
詹蟾炎霑覘湛漬也黔忺懕心安漸閹

●咸鹹喦緘喃讒巖巉高危銜杉芟帆凡諴衫椷喦鑱颿監渢

○仄韻上聲二十七感二十八琰二十九豏　去聲二十八勘二十九艷三十陷通用

●感慘坎撼覽敢膽淡啖淡闇攬萏歆頷霮欖槧糝黮雲黑

●琰剡灩歛險貶儉檢染冉苒魘掩，睡魘掩湆雲雨貌漸玷簟閃點忝陝諂瀲芡颭歉儼

●豏減檻艦範濫湛梵帆

●勘暗纜暫檐探三憾啗紺鑒

●艷驗塹占坫玷僭念劒贍歉忝墊

●陷賺鑑監懺泛颿蘸

入聲單分五部

○一屋二沃通用

●屋牘讀犢轂轂獨谷哭穀斛速祿碌鹿簏録族轆瀑僕樸卜木鶩沐霂輻福

腹複幅復伏覆馥服縮叔蹜蓼六逐陸菊掬軸淑熟匊手捧物育鬻祝叔倏竹
筑築蹴蹙肅郁燠宿目蓿牧睦蓄彧郁同讟瀆夙匵瀆餗鼎實㯉暴漉鏃蝠澓副
澳鞠塾粥肉菽竺穆

●沃篤督鵠酷告燭局玉勗旭屬蜀辱觸欲躅浴束録緑淥水清曲續促俗數促
鋦足粟贖毒纛矚縟褥慾溽趣促不亍觸，彳亍木柷簇聚也

○三覺十藥通用

●覺角桷較角樂嶽捉數朔朔琢卓剥啄爆朴確嗀渥濁濯喔握幄璞學齪确
涿稍駁埆邈莫珏樸

●藥躍鑰略掠酌灼嫋勺屩蒻蒲也弱若約却虐削嚼爵鵲雀攫著着縛莫鐸
謔度漠幙寞落洛樂恪珞託柝簙拓魄橐各錯諤作鍔愕閣蕚粕薄泊礴磅
礴箔惡索鶴貉昨鑿斲作涸搏酢博諾藿廓郭瀹斫彴矍格鶚堊濩穫澤度，水名
澤洛，永結飥昔錯，安也

○四質十一陌十二錫十三職十四緝通用

●質實秩驛日瑟膝帙悉漆匹暱七疋鎰吉逸佚溢詰乞慄凓寒貌篥窒疾嫉謐

必畢率帥，又音律帥蟀叱尺蜜乙筆茁芽也術述律橘出卒戌恤櫛一怵絀弼聿遂也失蹕必，止行人尼暱，止也唧密室佛葎朮崒蝨軼

●陌驀貊白帛戟百伯栢迫劇屐隙索色額窄逆拆客魄珀赫嚇宅擇麥脈獲格擘檗畫幗澤責幘册嘖鬲策膈核考也隔謫摘昔厄革惜脊積蹐踖迹益繹適易尺斥赤炙席汐夕擲籍役闢璧躃僻碧碩帟小幕耤射磧莫磔窄摵色翟澤，山雉檗䚍啞厄，笑也舄借襀石隻藉辟

●錫淅瀝拆激擊歷滴的敵滌惕績溺笛寂惄覓汨甓闃戚鼜礫小石轢櫪適檄霓逆，雌虹迪荻

●職直力織食飭息寔飾殖識拭式匿測極臆憶惻抑棘色亟弋翼即愎逼側得慝刻默特墨惑黑則北國革植尅塞德域仄昃嗇濇勅畫穡崱稷蜮幅逼，行縢洫愊逼，至誠副逼嶷逆，山高勒肋或億

●緝十拾執習急給級泣邑澀翕吸笠立入揖挹笈及輯隰什汁集濕裛香襲衣也葺襲粒縶廿入飄大風悒

○五物六月七曷八黠九屑十六葉通用

●物勿拂鬅弗鬱掘倔蔚(菀)崛迄吃屹乞佛沕(勿，潛藏)紼紱茀佛

●月越罰伐曰闕韈(襪同)髮發謁竭歇揭没骨汩(没也)滑突咄忽兀窟猝訥核筏卒樾碣悖勃笏惚崒

●曷怛褐鞨闥渴剌(辣)達葛割抹末潑鉢括聒豁活奪闊掇撥脫跋拔喝遏斡糲(辣)薩鱍(魚掉尾聲)撮

●黠札八察軋轄刹刷茁刮撒戞猾

●屑切竊結血闋節決玦鴂瓞鐵涅咽瞥挈褻泄列烈冽(寒也)哲傑洌(清也)折熱舌絶爇悦雪拙説輟啜劣別轍孑設截潔徹媟(慢狎)蘖(萌芽)浙閱掣惙蹩臬薛篾撆穴擷耋絜撤纈桀準(拙，鼻也)洩

●葉接楫攝睫涉獵捷帖協篋疊蝶挾浹怯浥愜鬣聶厭俠鋏牒躐拾艓堞燮業躞揲

○十五合十七洽通用

●合荅答閤踏遝沓匝雜拉臘袷卅納闔盍蠟榻塔颯榼荅闒搭

●洽恰插箑匣峽掐劄狎押鴨壓法乏狹甲胛霅劄、匣、撤、浙四音，又水聲、地名、衆言聲、雨貌、雪貌

按此本是括略，未暇條悉。然作者先具詩韻，而用此譜按之，亦可以無謬矣。但沈氏著譜，取證古詞，考據甚博，然詳而反約，惟以名手雅篇，灼然無弊者爲準。至於濫通取便者，古來自多，不爲訓也。

陰陽七聲略例附録

陰平聲　种該箋腰　　陽平聲　篷陪全潮

上聲無陰陽

陰去聲　貢玠霰釣　　陽去聲　鳳賣電廟

陰入聲　縠七妾鴨　　陽入聲　熟亦熱钀

自怡軒詞譜

〔清〕許寶善　編著
歐陽明亮　整理

目録

詞譜卷二 ……二四九

大石調 ……二四九

羽調 …… 三五八

附録 …… 三七一

前言

《自怡軒詞譜》六卷，清人許寶善所編。

許寶善，字敦虞，別字穆堂，自號硜硜子，江蘇青浦（今上海市青浦區）人。據許宗彦《浙江道監察御史許公墓誌銘》，許氏生於雍正九年（一七三一）十二月十四日，卒於嘉慶八年（一八〇三）十二月二十八日，年七十有三。乾隆二十五年（一七六〇），許寶善中二甲進士，授戶部陝西司主事，累官至監察御史，並兩充順天鄉試同考官，後因墜車傷足，乞假歸，晚年歷主鯤池、玉山、敬業書院講席。許氏早年曾客莊親王允祿府邸，爲名流所引重，因此交遊廣泛，其中如尹繼善、錢維喬、蔣士銓、王文治、吴省蘭、王昶、畢沅等，都是當時知名的官員、文士。

許寶善著述甚豐，今存者有《自怡軒詩》十二卷、《自怡軒詞稿》五卷、《自怡軒樂府》四卷、《杜詩注釋》二十四卷、《自怡軒古文選》十卷、《自怡軒詞選》八卷、《自怡軒詞譜》六卷、《自怡軒曲譜》一卷等。

許寶善在文學創作上涉獵多方，尤其是詞、曲方面的成就最爲人稱道。在詞學理論上，許寶善受浙西詞派影響，他在《自怡軒詞選·自序》中對朱彝尊所編《詞綜》推崇備至：「竹垞先生《詞綜》一書，兼收博采，含英咀華，可謂無美不臻矣。」而其編撰《自怡軒詞選》的目的，也是力圖在《詞綜》的基礎上精益求精，希望學詞之人不至「大負竹垞苦心」。這裏的竹垞苦心，即是指朱彝尊推崇南宋、標舉姜張的理論旗幟。許寶善在《自怡軒詞選・自序》中言：「粵稽小令始於李唐，慢詞盛於北宋，至南宋乃極其致。其時姜堯章最爲傑出，他若張玉田、史梅溪、高竹屋、王碧山、盧申之、吴夢窗、蔣竹山、陳西麓、周草窗諸人，無不各號名家，相與鼓吹一時。」許氏在《自怡軒詞選》中收録姜夔詞作三十五首，數量居所選各家之首，收張炎詞作二十六首，僅次於姜夔。不過，在實際創作中，許寶善並没有將眼光局限在南宋，而是「於古人無所不學」（王文治《自怡軒詞稿・序》），對北宋諸家皆有師法，因而能「不染時賢習氣」（蔣敦復《芬陀利室詞話》）。

許寶善的散曲創作亦爲時人所重，其「未第時曾爲莊邸書記，間製新聲，盛傳都下，特其稿隨手散去。兹所存者，僅友朋投贈、遊戲性情之作耳。作者絶不經意，而見者莫不激賞，抄寫日衆，幾於紙貴洛陽」（杜綱《自怡軒樂府・序》）。許寶善對昆曲曲律也極爲精通，他與吴門昆曲大家葉堂相交甚厚，二人「每見輒縱談曲譜，凡長短疾徐，抑揚抗墜，嘘翕微茫之間，無不曲盡其奥」（《納書楹西廂記譜・序》）。許寶善不但參預了葉堂所纂《納書楹曲譜》的編訂，還曾自編《自怡軒曲譜》一卷，而他之所以編纂《自怡軒詞譜》，也與其雅好聲腔曲律有着密切的關係。

從淵源上看，《自怡軒詞譜》基本上是輯自《新定九宫大成南北詞宫譜》，許寶善在自序中云：「辛卯歲公餘之暇，檢讀《九宮大成》，得唐宋元人詞若干首，分隸宮調，釐然炳然。因其與曲合譜，翻閱未便，摘而録之，稍事增訂，自成一編。」全書卷次以音律編排，卷一爲仙吕、中吕，卷二爲大石調、越調，卷三爲正宫、小石調，卷四爲高大石調、南吕宫，卷五爲商調、雙調，卷六爲黄鐘宫、羽調。六卷共計收録詞調一百六十二個，其中《漁家傲》、《賀聖朝》、《定風波》、《荔枝香》、《五綵結同心》、《一寸金》、《清商怨》、《芰荷香》、《孤鸞》、《惜紅衣》、《更漏子》、《柳梢青》調各設兩體，共計收詞一百七十四首，其中一百六十餘首詞作輯自《九宮大成》，另有數首自他處輯得。在譜式形制上，《自怡軒詞譜》與《九宮大成》基本一致，即於字右列工尺，並附板眼等標識。此外，書中於例詞文字不標平仄，惟於句下以小字注讀、句、韻等。

從清代詞譜發展史看，《自怡軒詞譜》具有一定的開創性意義，即以樂譜代替格律譜。詞體肇興之初本是音樂文學，唐宋詞家倚聲填詞，所據之譜即樂譜。自元代以降，曲樂大興，詞樂失傳，明人所撰詞譜如《嘯餘譜》、《詩餘圖譜》等都是以律設譜，即所謂格律譜，詞與音樂分離，終成案頭之學。清初萬樹編纂《詞律》，集格律譜之大成，王奕清等奉敕編成《欽定詞譜》，更成爲官修典範。隨着《詞律》、《欽定詞譜》先後問世，格律譜的形制已經極盡完熟，然而，格律譜的形制越是完熟，越是讓人容易發現這種形制所存在的不足與缺憾，即與音樂的割裂。如江順詒即稱：「萬紅友《詞律》雖校勘功深，實未探乎詞皆可歌之源。而於不可歌之詞，斤斤於上、去之必不可誤，平仄之必不可移，增一字爲一體，減一字又爲一體，並不知何調爲宫爲商。毋亦自昧其途，而示人以前路乎？」（《詞學集成》）可以説，格律譜的完熟，反而在一定程度上觸發了詞壇希望「將歷代名詞，盡被弦管」（謝元淮《填詞淺説》）的實踐，以期由此恢復古人的唱詞之法。

許寶善的《自怡軒詞譜》便是在這種背景下應運而生，許氏在《自序》中對詞不復能歌的現實深感遺憾：「金元以來，變詞爲曲，歌曲者遂不復歌詞，於是四聲二十八調，乃專屬之曲，而於詞罕傳。風雅之士，寄意辭章，亦不過敷揚文藻，藉以抒寫性情，而音節之間，每略焉弗講。日遠日踈，舊譜零飛。」而《新定九宫大成南北詞宫譜》的編成，則令許寶善看到了恢復詞樂的可能。雖然《九宫大成》中所注的工尺曲調並非舊時詞樂，但許氏認爲其或許淵源有自，「其於古人製譜之意，未知有合與不」，而他也希望通過《自怡軒詞譜》的編纂，引發人們對詞樂的研討，並由此復興詞樂：「竊願當世博雅君子，證以原譜，廣以新裁，庶幾斯道流傳，《廣陵散》猶未歇絶人間也。」

《自怡軒詞譜》以樂譜詞的實踐在清代詞壇産生了較大的反響，得到不少詞家的認同，「咀徵含商之士，咸奉爲香草」（諸聯《明齋小識》）。如謝元淮即云：「嘗讀《九宫大成譜》，見唐宋元人詞一百七十餘闋，分隸於各宫調下。每思摘録一帙，自爲科程。繼睹雲間許穆堂侍御《自怡軒詞譜》，則久已録出，可謂先獲我心。」（《碎金詞譜・自序》）而謝氏本人所編《碎金詞譜》便是在《自怡軒詞譜》的基礎上踵事增華，補録修訂而成。

不過，《自怡軒詞譜》以及後出的《碎金詞譜》雖然在體式上恢復了樂譜的形制，使得「歷代名詞，盡被弦管」，但其採用明清流行的昆曲譜字板眼爲詞訂樂，不免是以今範古，因此也引發了後世頗多批評，如清末鄭文焯即云：「古人謂詞以可歌者爲工，近世善言詞者，僉昧於律，知律者又不麗於詞，而一二懸解之士，如方成培（《詞麈》）、許穆堂（《自怡軒詞譜》）、謝默卿（《碎金詞譜》）輩，於聲歌遞變之由，漫無關究，徒沿明人沈伯英九宮十三調之陋説，率以俗工曲譜爲之彀梁，所謂聽遠音者，聞其疾不聞其舒，甚可閔笑也。」（《瘦碧詞·自序》）今人任半塘在《詞曲通義》中也説：「乾隆間，周祥鈺等編《九宮大成南北詞宮譜》，不但南北曲調各俱譜拍，並宋元詞調，亦羅列大半，演成昆腔，此可謂昆腔極盛之業矣。後來許寶善編《自怡軒詞譜》，謝元淮編《碎金詞譜》，即就《九宮大成譜》取材，而加以改訂者。惟以昆腔唱宋詞，在昆腔固無不可，在宋詞則終覺不倫不類，不足爲訓耳。」但隨著當今詞樂研究的深入，學界逐漸對此有了不同的看法，如劉崇德即認爲：「雖然這些樂譜並非是詞樂原譜，但其中大部分是元明以來『口口相傳』的詞樂歌曲。這些樂曲難免在流傳過程中被加進時腔，甚至曲化，但其中必有不少直接移自唐宋譜者，且其去古未遠，也必有接近唐宋詞樂或保留了唐宋詞樂特點之處。」（《碎金詞譜今譯》）劉先生的這種「歷史層積」説，或有符合古代音樂演進發展事實之處，而這也有助於我們更爲公正地看待包括《自怡軒詞譜》在内的諸清代詞樂譜的價值與意義。

總之，作爲清代第一部詞樂譜專書，《自怡軒詞譜》開創了以樂譜爲譜式的詞譜編纂範式，豐富了清代詞譜的類型。它的出現是清代詞學觀念與詞律研究發展的必然結果，同時又給此後詞樂譜的編纂提供了借鑒，而書中所反映的詞體觀念與樂律思想，也足以給今人的詞樂研究帶來啟發。

整理説明

本書據清乾隆三十七年（一七七二）刻本《自怡軒詞譜》進行整理，原書署「雲間許寶善穆堂輯 弟鍾樸齋校」，朱墨套印，譜字及板眼符號皆用朱色，書前有吴省蘭序，時署「乾隆歲在元黓執徐如月」，即乾隆三十七年二月，又有許寶善乾隆辛卯年（一七七一）序及凡例。該本國家圖書館、上海圖書館皆有藏，然各有錯版、漫漶處，今相互比對，一一厘正、補足。另蘇州博物館藏有民國蓮勺廬主人張玉森抄本《自怡軒詞譜》六卷，即據乾隆本抄録，亦偶作參考。

原書板眼符號，今一仍其舊，即頭板用「、」、腰板用「L」、底板用「コ」、正眼用「□」、徹眼用「▯」。若爲南詞中襯板，則頭板用「〃」、腰板用「𝕃」。又原書譜字依《九宫大成》，分大、小譜字，其小譜字，即以小號字體標識，以示區别。

古人詞作，互見、誤題者甚多，歷代詞選、詞譜，陳陳相因。本次整理，於原書中例詞屬名皆保持原貌，凡誤題或互見之詞，則據唐圭璋《全宋詞》、曾昭岷等《全唐五代詞》略加注明。原書所選例詞，文字或與通行文本不同，凡屬版本異文者，不校改，亦不出校記，若係明顯誤刻，爲保存原貌，亦不校改，惟略加説明。另有例詞句讀、分闋與今已具共識者不同，亦保留原貌。書中異體字、古今字等，原則上保留原貌，但少數常見如「畧」、「峯」、「窻」等則徑改爲通行規範字，不出校記。

書末附録許寶善生平資料、前人相關評論以及許寶善本人所撰詞集序文，以供讀者參考。

序

《風》、《騷》以降，歌詠代興。樂府衍自齊梁；詩餘盛於唐宋。《花間》、《蘭畹》，綺麗居多；石帚、玉田，清新獨擅。迨金元倡爲度曲，詞學寖微；明初亦尚倚聲，專家絶少。裁雲鏤月，或各衒其才華；咀徵含商，不盡諧於節奏。張南湖之《圖譜》，體製既淆；程明善之《嘯餘》，標題多舛。《紅情》、《緑意》，即是《暗香》、《踈影》之名；鐵撥桐槽，何如曉月殘風之製。《中州全韻》，孰採范溱；《宴樂新書》，未傳刘昺。升菴品藻，仍貽元瑞之譏彈；竹垞綜甄，却類虹亭之博辨。才工獺祭，誰能定厥指歸；吹叶鳳鳴，要貴求諸律呂。我穆堂農部，家承月旦，妙解宫商。山抹微雲，名齊學士；露華倒影，官是郎中。滴粉搓酥，大有緣情之作；鏘金戛玉，尤推協律之精。慨雅樂之失傳，爰尋篴譜，非新腔之自度，試寫琴音。采菱采蓮，實權輿於六季；南調北調，皆原本於九宫。去入亦辨陰陽，上下還分句讀。審徐疾於句裏，板異頭腰；按輕重於吟邊，音分四上。格原一定，何妨换字换韻之差；詞取能填，勿沿可仄可平之陋。斯則聲音之道，通以性情；清濁之微，本乎天籟。應黄鍾於地下，牛鐸先鳴；得方響於池中，蕤賓遂躍。抑揚抗墜，如隨車子之喉；宛轉匀圓，不待周郎之顧。是宜雕之梨棗，被諸筦絃，淺斟低唱，依然大晟之元音；依永諧聲，恍聽鈞天之廣樂。君真名士，應賭「黄河遠上」之詞，世有才人，好翻《白雪》、《陽春》之調。

乾隆歲在元黓執徐如月南滙愚弟吴省蘭謹序。

自序

蓋自詩歌廢而詞作焉。詞之律非古也，然而聲音之道，本於天籟，以今之器，求今之律，雖無當於黄鍾之宫，而四聲二十八調，清濁高下，宛轉旋生。居今日而考雅音，舍詞律其誰與歸？方詞之作也，六朝江南《採蓮》諸曲，寔爲之權輿。唐元宗《好時光》，李太白《菩薩蠻》、《清平樂》、《憶秦娥》等篇出，而詞之名始著，顧如《生查子》、《玉樓春》，猶去近體詩未遠。厥後西蜀、南唐，駸駸日廣，至有宋而其變始極，作者日盛，述者彌工。其時學士大夫，精研音律，往往擘箋分韻，各競新聲。或付清歌，或調絲竹，雅音四起，播滿旗亭。倚聲慧業，於此歎觀止矣。金元以來，變詞爲曲，歌曲者遂不復歌詞，於是四聲二十八調，乃專屬之曲，而於詞罕傳。風雅之士，寄意辭章，亦不過敷揚文藻，藉以抒寫性情，而音節之間，每略焉弗講。日遠日踈，舊譜零飛。明楊孟載、高青邱，劉伯温、李昌祺、王達善、瞿宗吉諸先生，差能咀宫含商，亦未聞有表而傳之者，宜乎楊用修、王元美諸公號稱作手，而竹垞猶訾其强作解事，未合樂章也。辛卯歲公餘之暇，檢讀《九宫大成》，得唐宋元人詞若干首，分隸宫調，釐然炳然。因其與曲合譜，翻閲未便，摘而録之，稍事增訂，自成一編，其於古人製譜之意，未知有合與不？竊願當世博雅君子，證以原譜，廣以新裁，庶幾斯道流傳，《廣陵散》猶未歇絶人間也。

乾隆辛卯嘉平月許寶善書。

凡例

一、詞家選本不下千百，圖譜者不載辭，選詞者不列譜。兹取合刻，亦翫辭審音之意。

一、詞家流弊，易至穢褻。宋人選詞，必以雅爲主，即《關雎》樂而不淫之旨也。

一、詞至宋爲最盛，故兹選宋詞爲多，金、元不及十之一二。至有明，雖不乏合作，集小不敢泛濫。

一、韻、句、讀分别注出，以醒眉目，使填詞家不致混淆。至一詞既分上下闋，空一字以别之，庶免段落不清。其中有上下闋可分歌者，則空一字處以硃圈標出。

一、詞中一字成句者，有注格、注韻、注句之不同。本體必應如是者，或换字、或换韻，均注爲格。本體不必如是者，用韻則注爲韻，不用韻，則注爲句。蓋格者，一定而不移。注韻、注句者，變動而不拘也。

一、詞韻與曲韻不同，填詞家自應以詞韻爲正，而曲韻亦不可不知。今於專用詞韻處則書「韵」，詞韻曲韻俱有者則書「韻」，詞韻所無而曲韻所有者則書「叶」。詞韻、曲韻俱無而雜用他韻者則書「押」。庶使製詞者一目瞭然。

一、工尺字譜四上競氣之語，見於楚辭《大招》，既非無本。況宮調名目，宋趙肅彥謂《鹿鳴》等六詩爲黄鍾清宫，即今正宫，《關雎》等六詩爲無射清商，即今越調。雖未必盡合，亦見其與雅樂相爲表裏也。

一、板眼定而後節奏和。今頭板用「、」，即實板；腰板用「L」，即掣板；底板用「﹂」，即截板。正眼用「□」，徹眼用「▯」，此南北詞同者也。若南詞更有襯板，頭板用「〃」、腰板用「𝕃」，以別於正板，易識認也。

一、作詞本旨，原未必有南北調之分，然既付歌喉，即不得不分宮調，既分宮調，即不得不分南北。觀者勿訝其攔入曲調。

一、唐宋人詞絶少集調，後人創立新聲，乃有之。妃青儷白，去真素遠矣。然有其舉之，亦所不廢。

一、引向來不定工尺，今俱譜出。

詞譜卷一

仙呂

疎簾淡月 一名《桂枝香》 南引

張輯

梧(上)桐(上)雨(上尺)細(五六工—)韻漸(工)滴(尺)做(工)秋(尺工)聲(尺)句被(工)風(尺)驚(尺上四合)碎(上四—)韻潤(工)逼(尺)衣(尺工)篝(尺—)句線(工)裊(上)蕙(工)爐(上)沉(上尺上四)水(合工合四—)韻悠(工)悠(工)歲(尺上)月(四)天(尺)涯(上尺)醉(五六工—)韻一(尺)分(尺工)秋(尺、)一(尺)分(尺)憔(上尺上四合)悴(上四四—)韻

紫(上)簫(尺)吹(工)斷(工六工—)句素(工)箋(尺)恨(尺上四)切(四—)句夜(工)寒(上)鴻(上尺上四)起(合四—)韻又(工)何(上)苦(上)淒(尺)涼(上)客(尺上)裏(四上尺工—)韻負(工)草(尺上)堂(上)春(尺工尺)綠(上、)讀竹(尺)溪(尺)空(尺上四合)翠(上四四—)韻落(四)葉(上)西(尺工)風(尺—)句吹(尺)老(四)幾(上)番(尺)塵(上尺)世(五六工—)韻從(上)前(上)諳(尺)盡(工)江(尺)湖(上尺上四合)味(四上四—)韻聽(工)商(尺)歌(尺)歸(工)興(尺工)千(尺上)里(四上尺工—)韻露(工)侵(尺)

尺上四 四 五 六 五仩五六工尺 上 工 上 上尺上四合 四上四四

宿酒句踈簾淡月句照人無寐韻

八聲甘州　一名《瀟瀟雨》　南引

柳永

工 尺 尺上 四上尺工 上四 尺 尺、 工 工 上 尺上四合 四 工五 工 工 尺上四 四上尺工

對瀟瀟暮雨句灑江天讀一番洗清秋韻漸霜風淒緊句

尺 上 上尺上四 合四 上尺 五六 工 尺工 工六 工尺 上 尺 上尺上四 四 上尺 四 上 上尺

關河冷落句殘照當樓韻是處紅衰綠減句苒苒物華

工 上 尺上 上 尺上四 四 上 上 尺上四 合四 尺 上尺 工 工 上尺上四 四上尺工 工五

休韻惟有長江水句無語東流韻不忍登高臨遠句望

工 尺 四 上、 尺 工尺 合四上四 四 工 上 上 尺工 尺 上 工 上 尺上四 合四 六 五

故鄉渺渺句歸思難收韻歎年來蹤跡句何事苦淹留韻想佳

六 五 六 六五 五仩五六 工 尺上 上、 尺 工 尺 尺上四合 四 尺 尺 上 尺上 上 尺

人粧樓長望句誤幾回讀天際識歸舟韻爭知我倚欄杆

五六工 六 上尺 合四上四 合四

處句正恁凝愁韻

謁金門 南引

韋莊(一)

六 五仩 五六工 四上 五六工 四 四 四尺上四 尺上四四 四上 上工尺上 合 四 工六 五六

空相憶韻無計得傳消息韻天上嫦娥人不

四上尺工 上工尺 上 合 四尺上四 尺上四 六工 五 六 工六 上尺上 四 合 四 上四 四

識韻寄書何處覓韻新睡覺來無力韻不忍看伊

四尺上四 尺上四 六 工 六 六 工 六五 仩五六工 上四 四 四 上四尺上四 尺上四

書迹韻滿院落花春寂寂韻斷腸芳草碧韻

憶王孫 北

秦觀(二)

六五 六 工尺 上 上尺工 六五 六 六五 仩 六五 六 尺 上一四 上 工 尺工 六五 六 工尺

萋萋芳草憶王孫韻柳外樓高空斷魂韻杜宇聲聲不

上尺工 六 五六 五仩乙五 六 上 上工 尺 上 尺 上一四 上

忍聞韻欲黃昏韻雨打梨花深閉門韻

(一) 原書漏標作者名。

(二) 此首《唐宋諸賢絶妙詞選》卷七作李重元詞，《全宋詞》斷爲李重元詞。

法曲獻仙音　北

吳文英

落葉霞翻句敗窗風咽句草色凄涼深院韻瘦
尺工 尺 一四合四 一 尺上 一尺工 六凡六 凡工尺 工尺上一 合 六五 六 五仜五六 凡工尺 六

不關秋句淚緣生別句情銷鬢霜千點韻恨翠
尺凡工 尺上一四 合 工尺 一 六五 六 五仜乙 五仜 伬 五仜五六 尺六 凡工尺 尺工 六尺工

冷搔頭燕句那能語恩怨韻紫簫遠韻記桃枝讀向隨
尺上一 尺上 一四 合 六五 六 上 尺六 五六 尺 尺六 工尺上 伬 仜伬 仜五 六 六

春渡句愁未洗讀鉛水又將恨染韻粉縞澀離箱句
五仜五六 凡工尺 一工 尺上 合 六仜 乙五 六五 六 工尺上 尺工六 工六 上尺 工 尺上一合 一

忍重拈讀燈夜裁剪韻望極藍橋句綵雲飛讀羅
工上尺工 六五 六 五 伬仜乙五 六五 六凡工 上尺 合四 合四上一四 上尺 上尺 工六 工尺 上

扇歌斷韻料鸚籠玉鎖夢裏句隔花時見韻
上尺上 四上 四合 尺 合 四 尺 尺 工 尺上一 乙五六 尺工六 五仜五六 凡工尺

杏園芳　北

尹鶚

嚴粧嫩臉花明韻教人見了關情韻含羞舉步越羅輕韻
一 尺 六 尺六 凡工 尺 工 尺 工尺 一尺工 六五 六 六 六 尺六 凡工尺 一四合 一四 合

稱（五六）娉（乙五）婷（六）韻 ○ 終（六）朝（六）咫（尺一）尺（尺）窺（六）香（工尺）閣（一）句 迢（六）遙（六）似（五六）隔（凡六）層（凡工）城（尺）韻 何（一）時（二工）休（尺上）

遺（一尺）夢（工尺）相（六凡）縈（工）韻 入（五六）雲（乙五）屏（六）韻

桂枝香 北

張炎

琴（六五）書（六）半（工）室（尺工六）韻 向（五六五）桂（伬仩乙五）邊（六）讀 偶（上尺工）然（六）一（凡工）見（凡工尺）秋（工六工尺）色（上尺）叶 老（上尺工）樹（六）

香（凡六凡工）遲（尺）句 清（六）露（工）綴（尺上一四）花（尺）凝（上尺上一四）滴（合四一）韻 山（六）翁（六五）翻（伬）笑（仩乙五）如（六五）泥（六）醉（凡工尺）句 笑（工尺）

平（工）生（尺）讀 無（一）此（尺工）狂（六五）逸（六）韻 晉（工尺）人（一）遊（尺工六）處（凡工尺）句 幽（六）情（六）付（工尺）與（一）句 酒（尺工）樽（六）吟（尺工尺上）筆（一）韻

任（工尺）蕭（工）散（上尺工）讀 披（六五）襟（六）岸（尺上一）幘（合）叶 歎（六）千（工尺）古（一尺工）猶（六五）今（六）句 休（工）問（尺上一）何（四上一）夕（四合）韻 髮（合）

短（合四）霜（尺工尺上）濃（一）句 知（工尺）恐（一尺）浩（工尺工）歌（六五）消（乙伬乙五）得（六）韻 明（六五）年（六）野（上）客（上尺工）重（六五）來（六）此（尺工六）句

探(五六)枝(五)頭讀(六)幾(尺工)分(六五)消(乙五)息韻(六凡工)望(工尺)西(工)樓(尺)遠句(合四)西(工)湖(尺)更(工)遠句(尺工六)也(合四)尋(一)梅(尺工尺上)驛韻(一)

臨江仙　北

賀鑄

巧(一)剪(一尺)合(工六凡)歡(工)羅(六)勝(工尺)子句(上)釵(工)頭(尺)春(工六)意(凡工尺)翩(六凡工)翩韻(六)艷(仩)歌(五六)淺(凡六)笑(凡工尺)拜(四合)嫣(尺上)然韻(一)願(工)郎(尺)宜(一尺)此(一四)酒句(合)行(合)樂(四)駐(四合四)華(尺上)年韻(一)未(五)至(五)文(六凡)園(工)多(六)病(工尺)客句(上)幽(工)襟(尺)凄(工六)斷(凡工尺)堪(工尺上)憐韻(一)舊(工)遊(一)夢(尺六)掛(凡工尺)碧(合四)雲(尺上)天韻(一)人(一)歸(尺)落(六)雁(六尺工)後句(尺上一)思(尺上)發(一)在(四合四)花(尺上)前韻(一)

鞓紅　北

無名氏

粉(上)香(工)猶(凡五)嫩句(六凡工)衾(工凡)寒(工上一)可(四一)慣韵(上)怎(上)奈(工)向讀(凡工)春(凡)心(工)已(上一)轉韻(四)玉(乙)容(五)別(六五)

是句一般閒婉韻悄不管讀桃紅杏淺韻月影簾櫳句金
六凡工 上 工凡 工尺 上一 四 四一 四 上 上凡 工尺上一 四 上 四一 上工尺 上 五乙

堤波面韻漸細細讀香風滿院韻一枝折寄句故人雖
五 乙五 六凡工一 工 五 五凡 工凡 工尺上一 上工 凡 上 工 尺工 凡工 工 上工凡 工上一

遠韻莫輒使讀江南信斷韵
四一 四 四 一上 工凡 工 凡工尺上 一四

鳳凰臺上憶吹簫 北

李清照

香冷金猊句被翻紅浪句起來慵自梳頭韻任寶奩塵
尺 上工 尺上一 四 工六 尺 四上 一四合 上 尺 尺工 六工 尺工尺 上 上 合 合上 合凡工

滿句日上簾鉤韻生怕別愁離苦句多少事讀欲説還休韻新
合四上 工 工尺工 六五 六 仩 仩 六五 六 上工尺 上尺一 工 上 尺 工 尺工 六五 六 六

來瘦韻非干病酒叶不是悲秋韻休休韻這回去也句
凡六 五六凡工一 工 尺工 尺上一四 合 合 四上 尺工尺 上 六五 六 六 尺 六工尺 上尺

千萬遍陽關句也則難留韻念武陵人遠句烟鎖秦樓韻
六 六 六尺工 尺工尺 上 合 四上 尺工尺 上 工 上 上尺 四上一四 合 工 上尺工 六五 六

惟(上)有(尺)門(上)前(上工)流(尺上一四)水句(上尺)應(尺)念(工)我讀(尺工)終(六)日(六工)凝(尺工尺)眸韻(上)凝(六)眸(凡六)處句(五六凡工)從(尺)今(工)又(六凡工)添句(尺)一(上)段(工六)新(尺工尺)愁韻(上)

中呂

好事近　一名《翠圓枝》　南引

陸游

客(六)路(五六)苦(上尺)思(工)歸句(工)愁(四上)似(尺上)藕(四合)絲(上)千(尺上四)緒韻(尺上四)夢(六)裏(工)鏡(五)湖(工六)烟(上尺上)雨韻(四)看(尺)山(上)無(四)重(四尺上四)數韻(尺上四四)樽(六)前(工)消(六)盡(五)少(五六)年(上工)狂句(尺工)慵(四上)著(工)送(工)春(尺上四)語韻(合工合四)花(六)落(工)燕(五)飛(六)庭(工六)戶韻(五六工)歎(尺上)年(四)光(上)如(四尺上四)許韻(合工合四)

漁家傲　南引

晏殊(一)

楚(六工)國(六五)纖(六)腰(六)原(工)自(六仩)瘦(五六工—)韻　文(四)君(上)膩(尺上)臉(四)誰(四)描(四尺上四)就(尺上四—)韻　日(工)夜(五)鼓(六工)聲(六)催(六五)箭(仩)漏(五六工—)韻　昏(上)復(四上尺)晝(工—)韻　紅(合)顏(四)豈(上四)得(上)常(四)如(四尺上四)舊(尺上四四—)韻　醉(五)折(六)嫩(六)房(工)和(工)蘂(工六)嗅(五六工—)韻　天(上)絲(上)不(上尺)斷(工)清(尺)香(尺上四)透(尺上四—)韻　却(六)傍(五)小(六工)闌(工)凝(工六)望(六仩五六)久(四上尺工—)韻　風(上)滿(四上)袖(上工—)韻　西(上)池(四)月(四上尺)上(工)人(四)歸(尺上四)後(尺上四—)韻

又一體　南引

蔡伸

烟(六)鎖(尺)池(工)塘(工)秋(六)欲(工六)暮(五六工—)韻　細(尺)細(尺上)荷(四)香(上、)句　真(四)到(工)雙(尺)棲(尺上四)處(尺上四—)韻　並(五)枕(工)東(六)窗(六)聽(六)夜(五六)雨(尺工—)韻　假(上)金(上尺上)縷(四—)韻　雲(四)深(上)不(上尺)見(工)來(四)時(四尺上四)路(尺上四—)韻　曉(六工)色(六)朦(工)朧(工)人(工六)去(仩)

(一) 此首又見歐陽修《歐陽文忠公近體樂府》卷二，《全宋詞》於晏殊、歐陽修下俱收録。

住（五六工_）韻香（上）覆（上）重（四）簾（四、）句密（合）密（四）聞（四）私（尺上四）語（合四_）韻目（工）斷（五）征（六）帆（工）歸（六）別（工六工）浦（尺工_）韻空（上）凝（四上）

竚（尺上_）韻苔（合）痕（四）綠（四上）映（工）金（尺）蓮（上尺上四）步（尺上四_）韻

尾犯引　一名《碧芙蓉》　南引

柳　永

夜（六）雨（工五六）滴（工）空（工）階（工_）句孤（六）館（工尺六）夢（五仩六工）回（尺工、）句情（四）緒（尺上）蕭（四）索（四_）韻一（六）片（五六）閒（上工）愁（尺工_）句想（四）丹（上）

青（上）難（四尺上四）貌（合四_）韻秋（六）漸（五六）老（四）讀蛩（四）聲（上）正（尺上）苦（四_）句夜（尺）將（上）闌（四）讀燈（上）花（上）旋（工尺上四合）落（四上四四_）韻最（六）

無（工）端（六）處（五六工_）句忍（四）把（上四）良（四）宵（上、）句只（上尺）恁（工）孤（尺）眠（上尺上四）却（上四四_）韻佳（六）人（工）應（六）怪（五六工）我（尺工_）句別（四）

後（上工）寡（上四）信（工尺上）輕（四）諾（合四_）韻記（仩）得（六五六）當（工）時（一_）句剪（四）香（上）雲（四）爲（四尺上四）約（上四四_）韻甚（五仩）時（工）向（五）讀幽（六）

閨（六）深（六）處（五六工_）句按（工六尺）新（上）詞（四）讀流（四）霞（四）共（工尺上四）酌（上四四_）韻再（六）同（工）歡（六）笑（五六工_）句肯（合）把（四）金（上）玉（四）珍（尺）

珠（尺上四）博（上四四_）韻

沁園春 一名《洞庭春色》 南引

李 劉(一)

玉(上尺)露(工五)迎(上工)寒(尺工—)句金(尺)風(尺)薦(尺上)冷(四—)句正(工)蘭(上)桂(工尺上四合)香(四—)韻覺(工)秋(尺)光(尺)過(五)半(五六工—)句日(上)
臨(上)三(尺上)九(四—)句葱(工)葱(工)佳(六)氣(五六工—)句靄(上)靄(上尺)琴(合四上四)堂(合四—)韻見(工)說(工)當(尺)年(上—)句申(尺)生(尺)穀(六)
旦(五六工—)句夢(工)叶(上)長(上)庚(尺)天(尺)降(工尺上四)祥(合四—)韻文(上)章(尺工)伯(尺—)句英(尺)聲(尺)早(上尺)著(工—)句騰(上)踏(上)飛(尺上四)
黃(合四—)韻雙(尺)鳧(上)暫(工五)駐(五六)東(工)陽(尺工—)韻已(上)種(工)得(尺、)讀春(尺)陰(尺)千(尺)樹(工尺上四)棠(合四—)韻有(尺上)無(上)邊(尺)
風(尺工尺)月(上—)句幾(上)多(尺)事(工五六工)業(尺工)句安(尺)排(上)青(尺上)瑣(四—)句入(上)與(上尺)平(合四上四)章(四—)韻百(尺)里(上)民(上尺)
歌(工—)句一(尺)樽(尺)春(尺上)酒(四—)句爭(尺)勸(工)慇(尺)勤(上)稱(尺)壽(工尺上四合)觴(四—)韻願(工)此(上尺)去(五六工)句龜(尺)齡(上)難(上尺上四)
老(四—)句長(上尺)侍(工)君(尺上四)王(合四—)韻

(一) 此首《翰墨大全》丁集卷三作無名氏詞,《全宋詞》斷爲無名氏詞。

賀聖朝　南引

葉清臣

滿(上尺)斟(工)緑(上)醑(尺上)留(上)君(尺)住韻(工六工—)莫(上)匆(尺)匆(尺)歸(尺上四合)去韻(上四—)三(工)分(工)春(工六)色(工)二(五六)分(工)愁句(尺工—)

更(工)一(尺)分(尺)風(尺上四)雨韻(合四—)花(工)開(工)花(六)謝句(五六工—)都(尺)來(上)幾(上尺上四)許韻(合四—)且(上)高(尺)歌(尺)休(尺上四合)

訴韻(上四—)不(尺)知(尺)來(上尺)歲(五六)牡(上尺)丹(工)時句(尺工—)再(工)相(尺工尺)逢(上)何(上尺上四合)處韻(上四—)

又一體　南引

趙彥端

一(六)江(六)風(六)月(工)同(工)君(六)住韻(五六工—)了(上四)不(上)知(上)秋(尺上四)去韻(尺上四—)賞(六工)心(六)亭(工六)下句(五六工—)過(上)帆(四)

如(四尺上四)馬讀(合四、)墮(尺)楓(上)如(上尺上四)雨韻(合工合四—)相(六)將(六)莫(工)問(五)興(六)亡(工六)事句(五六工—)舉(上四)離(四)觴(上)

誰(上尺上四)訴韻(尺上四—)垂(工)楊(工)指(工六)點句(尺工)但(工尺)歸(上)來讀(四、)有(四)溫(上)柔(四)佳(尺上四)處韻(尺上四四—)

剔銀燈　南引

柳永

何（工六）事（五仩）春（六）工（六）用（五仩）意（五六工—）韻繡（六）畫（尺）出（上、）讀萬（尺上）紅（四）千（尺上四）翠（尺上四—）韻艷（五仩）杏（五六）夭（工）桃（尺工—）句垂（合）
楊（四）芳（上尺上）草（四—）句各（上尺）鬪（五六工）雨（上四）膏（上）烟（尺上四）膩（尺上四四—）韻如（工）斯（六）佳（六五）致（仩五六工—）韻早（四合）晚（四）是（尺上、）讀
讀（四）書（上）天（尺上四）氣（尺上四四—）韻漸（六仩）漸（六）園（工）林（工）明（工六）媚（五六工—）韻便（尺上）好（四）安（上）排（四）歡（尺上四）計（尺上四四—）韻論（工）
籃（工六）買（上尺）花（工—）句盈（四）車（上）載（尺上四）酒（合四—）句百（上）琲（上工尺）千（上）金（上）邀（尺上四）妓（尺上四—）韻何（工）妨（六）沉（工六五）醉（仩五六工—）韻
有（上四）人（四）伴（上工、）讀日（四）高（上）春（尺上四）睡（尺上四四—）韻

青玉案　南引

賀鑄

凌（六）波（六）不（工六）過（五）橫（工）塘（六）路（五六工—）韻但（上）目（尺上）送（四）芳（尺）塵（尺上四）去（尺上四—）韻錦（六）瑟（五）年（工）華（六）誰（六）與（五六工）
度（尺工—）韻月（上）樓（四）花（上）院（上工—）句綺（上四）窗（四）朱（上尺上四）戶（合四—）韻惟（上四）有（上）春（四）知（尺上四）處（尺上四四—）韻碧（六工）雲（六）冉（六）冉（五）

蘅(六)皋(工六)暮(五六工)韻綵(上)筆(尺)空(上)題(四)斷(四)腸(尺上四)句(尺上四—)韻試(六工)問(五)閒(五)愁(工)知(六)幾(六)許(五六工—)韻一(上)川(上)烟(上)草(上工—)句滿(六工)城(工)飛(六)絮(五六工—)韻梅(四)子(上四)黃(尺)時(尺上四)雨(尺上四四—)韻

定風波　南引

陳允平

慵(工)拂(六五)粧(六)臺(工)懶(工六)畫(五六工)眉(尺工—)韻此(上四)情(四)惟(四)有(上四)落(四)花(尺上四)知(上四—)韻流(工)水(工尺)悠(六)悠(六)春(六)脈(工六工)脈(尺工—)句閒(四)倚(上四)繡(尺上)屏(四—)句猶(四)自(上)立(四上)多(尺上四合)時(四上四四—)韻有(六工)約(六)莫(工)教(六)鶯(六)解(五六工)語(尺工—)句多(上)愁(四)却(上尺)妒(工)燕(工)于(上尺上四)飛(上四—)韻一(六)笑(五六)薔(上工)薇(尺工)辜(六)舊(五六工)約(工—)句載(尺上)酒(四)尋(四)歡(上—)句因(上)甚(上五六工)懶(上四)支(尺上四)持(四上四—)韻

滿庭芳　南引

秦觀

山(六)抹(五六)微(工)雲(工—)句天(上)粘(尺)衰(上尺上四)草(合四—)句畫(尺工尺)角(上)聲(尺)斷(上尺)譙(四上四)門(合四—)韻暫(工)停(工)征(尺上四)棹(合四、)句

聊五 共五伬仩五六 引上 離上尺上四合 尊韻合四_ 多四 少上尺 蓬工 萊尺工 舊尺上四 事句合四_ 空工 回尺 首讀上、 烟尺 靄工尺 紛四上四
紛韻四_ 斜五 陽六五 外句伬仩五六工_ 寒工 鴉尺 數尺上四 點句合四_ 流尺 水工尺 遶上四 孤尺上四合 村韻四_ 消工 魂工 當尺 此上尺
際句工_ 香上 囊上 暗上尺 解句工五六工_ 羅上尺 帶工尺 輕合四上 分韻四_ 謾工 贏上尺 得句五六工_ 青上工 樓尺工 薄上 倖上尺 名四上四
存韻合四_ 此上尺 去工 何上 時上尺 見尺上四 也句合四_ 襟工 袖上 上讀尺、 空上尺 染工尺 啼合四上四 痕韻四_ 傷五 情六五
處句五伬仩五六工_ 高尺上 城尺 望尺上四 斷句合四_ 燈上尺 火工 已工 黄尺上四合 昏韻四_

定風波　又一體　南引

蘇軾

好六工 睡五 慵工 開六 莫工六 厭五六工 遲韻尺工_ 自尺上 憐四 冰上尺上 臉四 不尺 宜上尺上四合 時韻四上四四_ 偶工 作六 小六工 桃工
紅工六 杏五六工 色句工_ 閒上尺上四 雅句合四_ 尚尺上 餘四 孤六 瘦五六工 雪尺 霜尺上四 姿韻上四四_ 休六 把工 閒工 心六 隨工
物工六 態句五六工_ 何四上 事句上五六工_ 酒四合 生上 微四 暈上 沁尺 瑤上尺上四 肌韻上四_ 詩六 老工 不六 知六 梅工 格六 在句五六工_

四上 尺上四 尺 上 四 四 上四 尺上四 上四四—
吟詠句更看綠葉與青枝韻

醉春風　南引

趙德仁(一)

工 工 六 工六 五仩五六工— 四 四 四上 工尺上四 尺上四— 六 工 工六 仩五六 工 工
陌上清明近韻行人難借問韻風流何處不歸

尺工— 上六 工六 尺上四— 工六 五仩五六 工 尺工— 尺上 四 上 上工— 尺上 四 尺上四
來句悶韻悶疊悶疊回雁峰前句戲魚波上句試尋芳

尺上四— 五仩 工 工 六五 仩五六工— 上 上五六工 四 四尺上四 合四— 六工 六 六 五仩五
信韻夜永蘭膏燼韻春睡何曾穩韻枕邊珠淚

六工 尺上 工— 上六 工六 尺上四— 工 工五六 工 尺工— 尺上 四 四合 四— 尺上 四
幾時乾句恨韻恨疊恨疊惟有窗前句過來明月句照人

尺上四 尺上四四—
方寸韻

(一) 此首《樂府雅詞拾遺》卷下作無名氏詞，《全宋詞》斷爲無名氏詞。

江城子 南引

牛嶠

極(工)浦(工)烟(六)消(六)水(四)鳥(四上尺)飛(工—)〔韵〕離(四)筵(四)分(上尺上)手(合)時(四上—)〔韻〕送(工)金(尺上四)卮(上四—)〔韻〕渡(五)口(六工五六)楊(尺)花(工—)〔讀〕如(四)雪(上)任(工)風(尺上四)吹(上四四—)〔韵〕日(工)暮(五)空(六)江(六)波(六)浪(五六工)急(工—)〔句〕芳(上)草(四)岸(上工—)〔句〕雨(上)如(四尺上四)絲(上四四—)〔韻〕

西江月 南引

柳永

鳳(五)額(工)繡(五六)簾(工)高(六五六)捲(四上尺工—)〔句〕獸(上)環(四)珠(上)戶(上工尺上)頻(工四)搖(合四—)〔韻〕兩(六工)竿(六)紅(工尺)日(工六)上(上尺)花(工)梢(工—)〔韻〕春(上)睡(上五六工尺)慵(上)慵(上)難(四尺上四)覺(尺上四—)〔叶〕好(六工)夢(五)枉(六工)隨(工)飛(六)絮(五六工—)〔句〕閒(合)愁(四)濃(四上)勝(工尺上)香(四)醪(合四—)〔韻〕不(六)成(工)雨(工六)暮(五)與(六工)雲(尺)朝(工—)〔韻〕又(上工)是(尺上)韶(四)光(上)過(工尺上四)了(合工合四—)〔韻〕

太平年　南　無名氏

皇(工六五)州(六)春(五仩五六)滿(工六)群(工六五)芳(六五六工六)麗(五五六六)韻散(五六)異(工五六工)香(尺工尺)旖(尺工六工尺)旎(上尺)韻

鼇(工六五)宮(六)開(五仩)宴(伬仩五六)賞(工尺)佳(六五六工六)致(工尺)韻舉(上尺)笙(工六工尺)歌(尺工尺)鼎(尺工六工尺)沸(工尺)韻永(工六)

日(工六)遲(六五仩五六)遲(工六)和(工六五)風(六五六工六)媚(工尺上)韻柳(上尺工)色(尺)烟(尺工尺)凝(上尺上四上)翠(四合)韻合惟(工六五六)

恐(工尺)日(工六五)西(六工六工六)墜(工五六工尺)韻且(上尺工尺)樂(上尺)歡(工六五六工六)醉(工尺)韻

平湖樂　一名《採蓮詞》　南　王惲(一)

安(仩伬)仁(五上伬仩)雙(五仩)鬢(伬仩五六)已(工六)驚(五仩五六)秋(六五六六)韻更(伬仩)甚(五六)眉(工尺)頭(工六五六工六)皺(工尺)韻一(尺工)

(一) 惲：原書誤刻作「輝」。

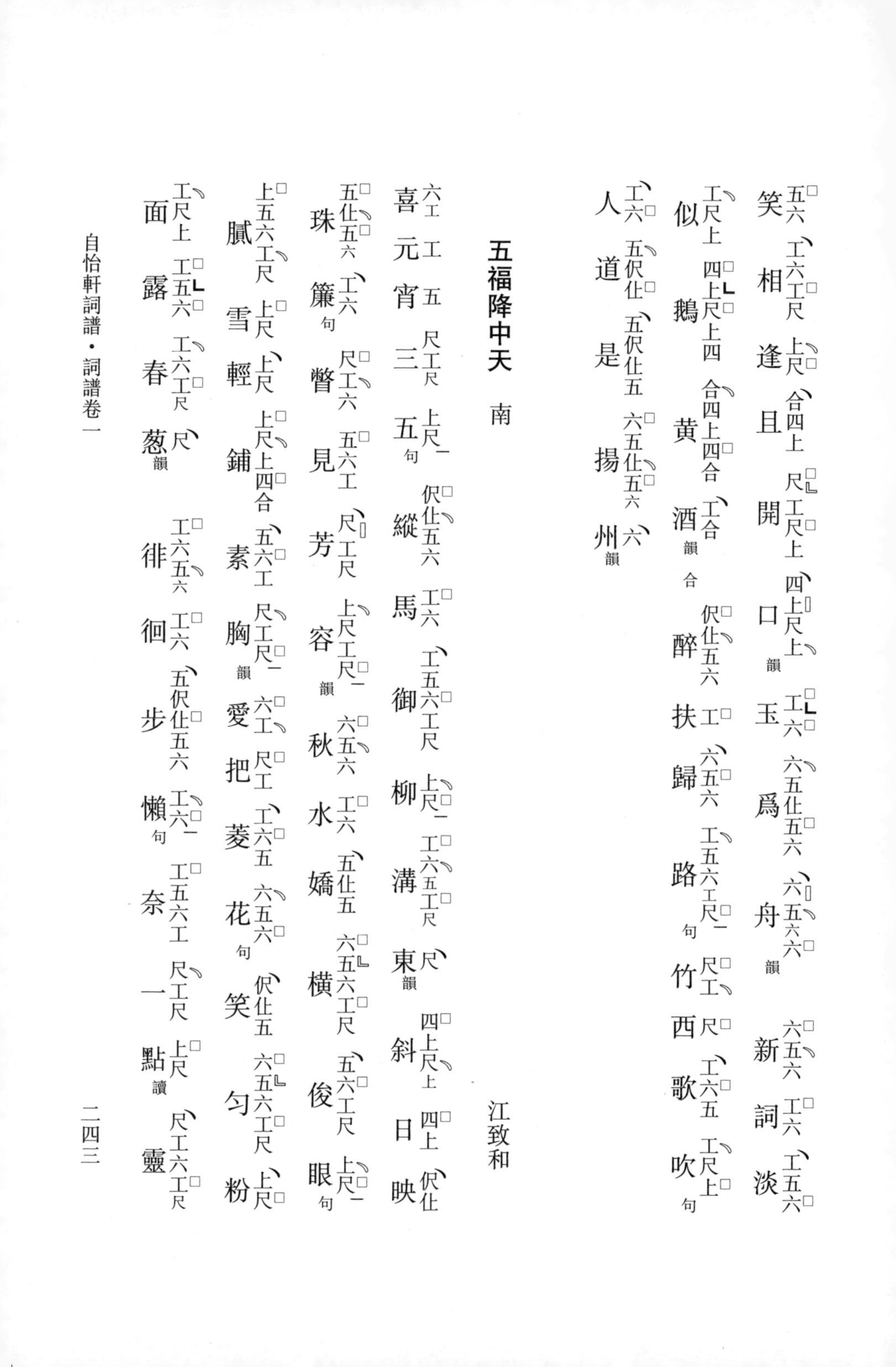

笑相逢且開口韻玉爲舟韻新詞淡似鵝黃酒韻合醉扶歸路句竹西歌吹句人道是揚州韻

五福降中天　南

江致和

喜元宵三五句縱馬御柳溝東韻斜日映珠簾句瞥見芳容韻秋水嬌橫俊眼句膩雪輕鋪素胸韻愛把菱花句笑勻粉面露春葱韻徘徊步懶句奈一點讀靈

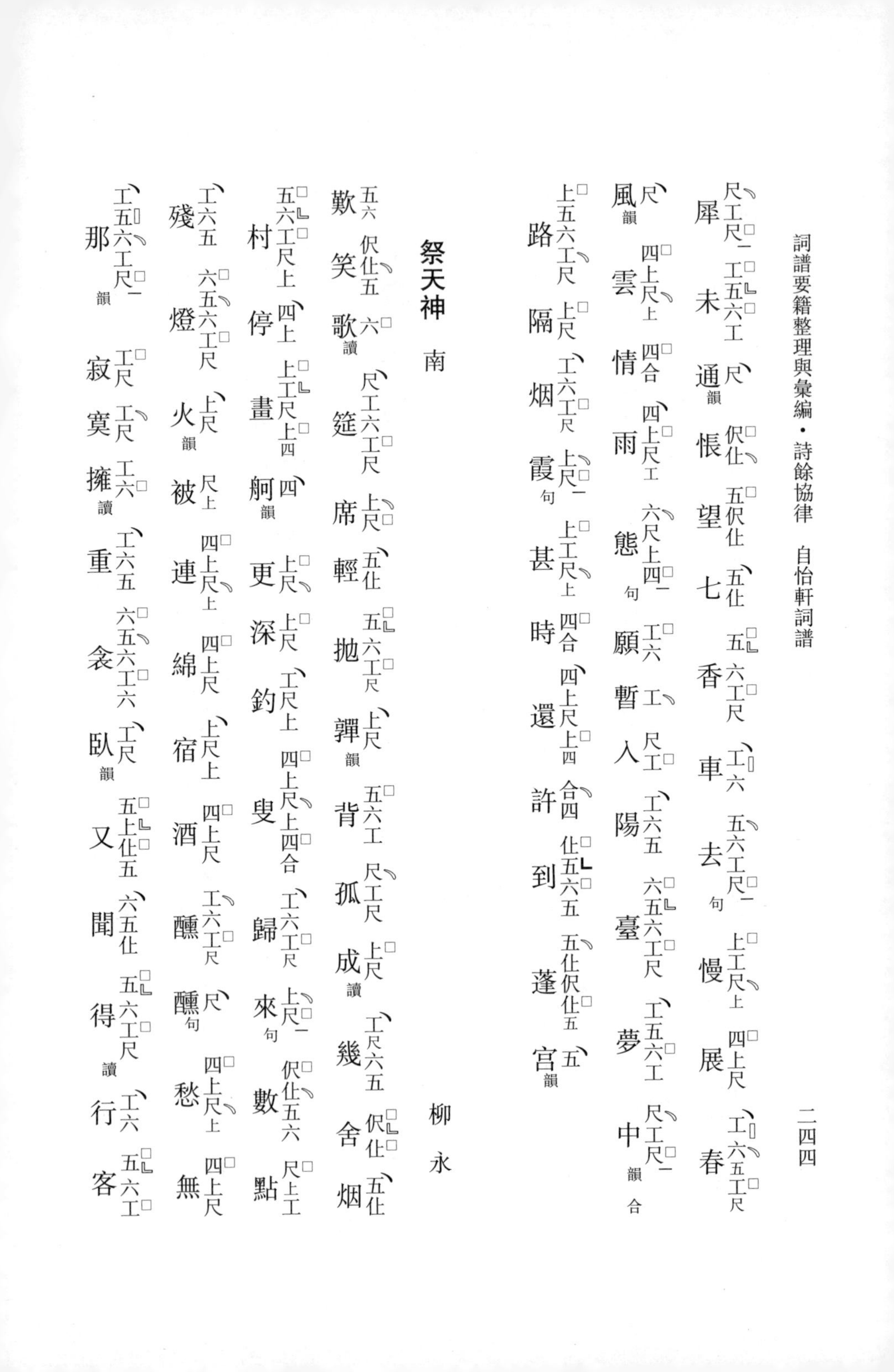

犀未通韻悵望七香車去句慢展春風韻雲情雨態句願暫入陽臺夢中韻合路隔烟霞句甚時還許到蓬宮韻

祭天神　南

柳永

歎笑歌讀筵席輕抛嚲韻背孤成讀幾舍烟村停晝舸韻更深釣叟歸來句數點殘燈火韻被連綿宿酒醺醺句愁無那韻寂寞擁讀重衾臥韻又聞得讀行客

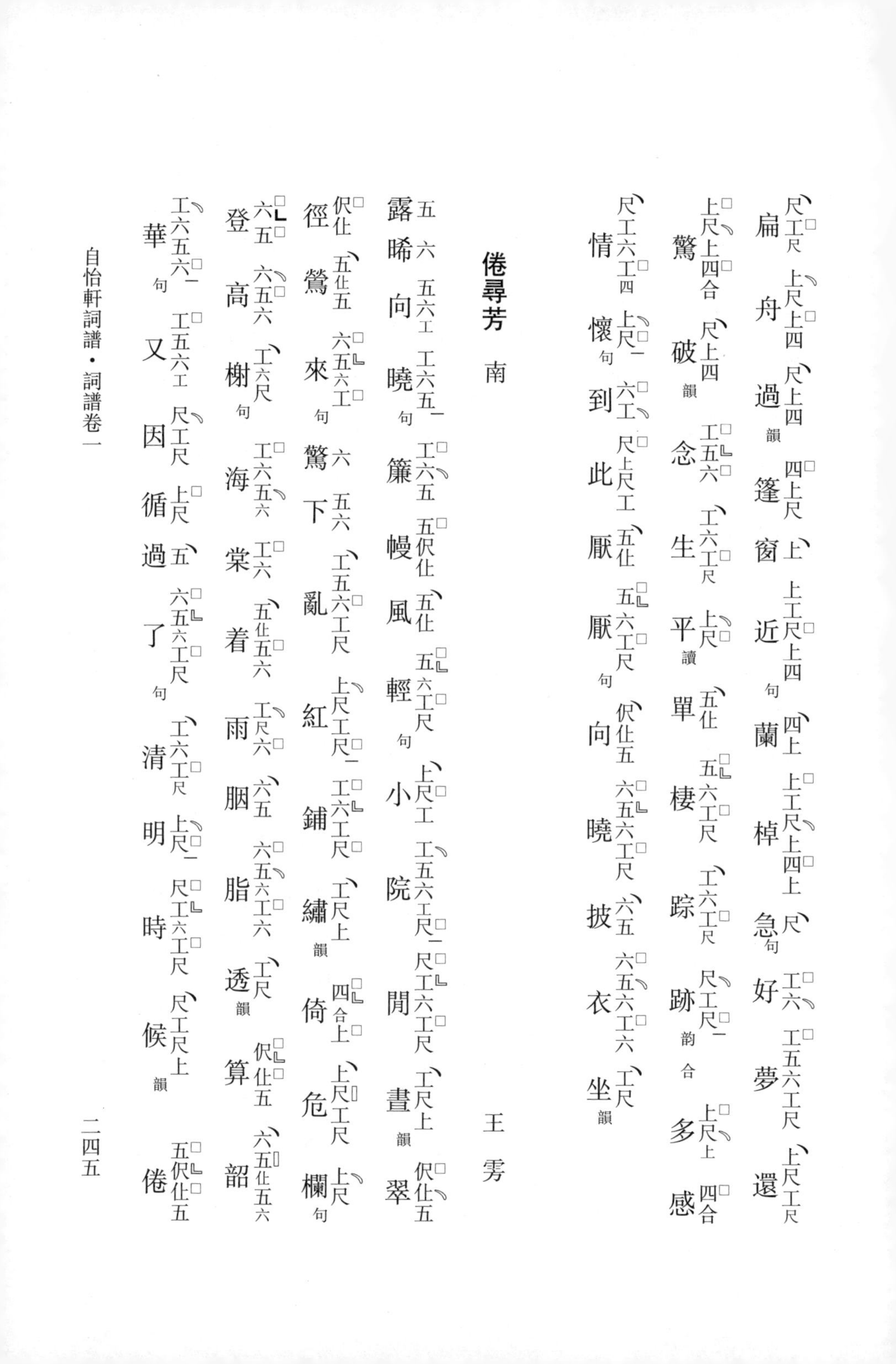

扁舟過（韻）篷窗近（句）蘭棹急（句）好夢還驚破（韻）念生平（讀）單棲蹤跡（韻合）多感情懷（句）到此厭厭（句）向曉披衣坐（韻）

倦尋芳　南

王雱

露晞向曉（句）簾幙風輕（句）小院閒晝（韻）翠徑鶯來（句）驚下亂紅鋪繡（韻）倚危欄（句）登高榭（句）海棠着雨胭脂透（韻）算韶華（句）又因循過了（句）清明時候（韻）倦

遊（六五仩）燕（五六工尺）讀 風（六五）光（六五六工）滿（尺工六工尺）目（上尺）句 好（四上尺上）景（四合）良（尺工六工尺）辰（上尺）句 誰（工六五六）共（工五六工尺）攜（尺工六工尺）手（上尺）韻 恨（五伬仩）被（五伬仩）榆（工六五六）錢（工六五六）句 買（上尺工）斷（工六工尺）兩（四合上）眉（上尺）長（尺工六工尺）鬪（工尺上）韻 憶（上尺）得（上尺）高（上尺上）陽（四上尺上四合）人（四上尺）散（工尺上四合）後（四尺上四）韻 落（尺工六）花（工）流（工六五六）水（上四工尺）仍（上尺工尺）依（上尺上四）舊（尺上四）韻合 這（五六工尺）情（上尺工尺）懷（上尺工尺）句 對（伬仩）東（五仩）風（五六工尺）句 盡（工五六工尺）成（上尺）消（工六工尺）瘦（工尺）韻

醉吟商　南

姜夔

正（五）是（五六）春（五六）歸（六）句 細（工尺）柳（上尺）暗（五工尺）黄（上尺）千（工六工尺）縷（上尺）韻 暮（工）鴉（尺上）啼（四上）處（四合）韻 夢（五仩）逐（工）金（六）鞍（六五六）去（工尺）韻合 一（六）點（工六）芳（五）心（五仩五六）休（六五六）訴（工尺）韻 琵（上尺）琶（上尺）解（工五工尺）語（上尺）韻

萬年歡 北

無名氏

禁籞初晴韻見萬年枝上句巧囀鶯聲韻藻殿連雲句萍曦高照簷楹韻好是簾開麗景句裊金爐讀香暖烟輕韻傳呼道讀天蹕來臨句兩行拱引簪纓韻看看筵敞三清韻洞寶玉杯中句滿酌犀觥韻爛熳芳葩句斜簪慶快春情韻更有簫韶九奏句簇魚龍讀百戲俱呈韻吾皇願讀永保洪圖句四方長樂昇平韻

擊梧桐　北

柳永

香靨深深（工尺凡工尺上尺上六五仕）姿姿媚媚（六五仕上六工尺上尺一四合上尺）雅格奇容天與（六工尺上尺工尺一四合上尺）自識（六凡工尺一工上一四合四上仕）

伊來（六工尺上尺工一四合）好好看承得（尺工一上尺）妖嬈心素（上尺六工尺）臨期再約（六五六凡工尺一工上仕）

同歡定是（上尺上六工尺工）都把平生相許（四合上四合合凡工上尺上四合四合凡）又恐恩情易破難（工上尺工六仕仸仕五六五六凡）

成（工四上四合工合四上）未免千般思慮（尺工合四上）近日書來寒暄而已（五工六五六凡工上上合四合凡工尺工）

苦沒忉忉（六工六仕五六）言語（工六工尺上）便認得聽人教當（尺工六上尺一四合上尺一四合）擬把前言（上尺工六工尺工六）

輕負（五五六凡工）見說蘭臺宋玉（上合四上尺工六工尺上尺一）多才多藝善詞賦試（尺上工上一四合尺上尺一五六凡工六）

與問（尺工六工尺）朝朝暮暮（上上合上一四合）行雲何處去（上上尺工六五六凡工）

詞譜卷二

大石調

燭影搖紅　南引

周邦彥

香(尺)臉(上尺)輕(工)勻(尺工—)句黛(工)眉(上)巧(上尺)畫(工)宮(尺)粧(尺上四)淺(合工合四—)韻風(尺)流(上)天(尺)付(工)與(上尺)精(工)神(尺工—)句全(上)在(工)

嬌(尺)波(尺上四)轉(合工合四—)韻早(尺上)是(工)縈(上)心(尺)可(上尺)慣(五六工—)韻那(上)更(工)堪(尺)讀頻(上)頻(上)顧(工尺上四合)盼(上四—)韻幾(尺上)回(上)

得(尺工)見(五六工—)句見(工)了(尺上—)還(上尺)休(工—)句爭(尺)如(上)不(尺上四合)見(上四四—)韻燭(工)影(尺上)搖(上工)紅(尺工—)句夜(工)闌(上)飲(上尺)散(工)

春(尺)宵(尺上四)短(合工合四—)韻當(尺)時(上)誰(上尺上四)解(四)唱(工)陽(上尺)關(工—)句離(上)恨(工)天(尺)涯(上尺上四)遠(合工合四—)韻無(上)奈(工)雲(上)

收(尺)雨(上尺)散(五六工—)韻凭(四)欄(上)杆(尺)讀東(尺)風(尺)淚(工尺上四)眼(合工合四—)韻海(尺上)棠(上)開(工)後(工六工—)句燕(工)子(尺)來(四)時(上—)句

黃(上)昏(尺)庭(上尺上四合)院(四上四四—)韻

夜合花　南引　　晁補之

百(上)紫(四上尺)千(工)紅(尺工—)句占(尺)春(上)多(上尺上)少(四—)句共(五)推(六)絕(工)世(五六)花(工)王(尺工—)韻西(上)都(上)萬(上工)戶(尺上四—)句擅(上)

名(四)不(上)爲(上工尺上)姚(工四)黃(合四—)韻漫(五)賜(工六)斷(五六)巫(上工)陽(尺工—)韻對(尺上)沉(四)香(上)亭(四)北(上尺上)新(四)粧(四—)韻記(五)清(六)

平(工六)調(五六工工—)句詞(合)成(四)進(尺上)了(四—)句一(上)夢(上工尺上)仙(四)鄉(四—)韻天(六)葩(六)秀(五)出(六五六)無(尺)雙(工—)韻倚(四)朝(上)

暉(上)句半(上)如(四)酣(上)醉(尺上)成(工四)狂(合四—)韻無(工)言(工六)自(五六)省(四上尺工)句檀(四)心(上)一(上)點(四上)偷(四)芳(四—)韻念(尺)往(上四)

事(尺上)情(尺)傷(工—)韻又(尺工)新(上)艷(上工)曾(四)說(上尺上)滁(工四)陽(合四—)韻縱(尺上)歸(四)來(合四合)晚(工合四—)句君(六)王(工六)殿(六仕)

後(五六工—)句別(四上)是(上工尺上)風(四)光(四—)韻

柳初新 南引

柳永

尺 尺 工 上 工 工 五六工— 工 工 上 尺 尺上四 合四— 尺上 上 尺上 四— 尺 上 工
東郊向晚星杓亞韻報帝里讀春來也韵柳擡烟眼句花匀露

尺上尺工— 工 尺 上 尺 上尺上四合 上四— 尺上 四 四 上尺 工 工六工— 工 上 尺 尺 尺
臉句漸覺綠嬌紅姹韻裝點層臺芳樹韵運神功讀丹青

上尺上四合 上四— 上 尺上 上 尺 五 五六工— 尺 上 尺 上 上 上尺上四合 四上四— 工 上
無價韻別有堯階試罷韻新郎君讀成行如畫韻杏園

工 五六工— 上 尺 尺上 四— 尺 四 尺上 尺 上尺上四合 上四— 工 尺上 上 工 工 上工
風細句桃花浪暖句競喜羽遷鱗化韻遍九陌讀相將遊

尺上尺工— 工 尺 上 尺上 尺 尺上四 合四—
冶韵驟香塵寶鞍驕馬韻

如夢令 南引

秦觀

工 五 工 工 工六 五六工— 上 尺上 四 四 尺上四 尺上四— 六 工六 四上尺 工 工— 尺 尺
遙夜月明如水韻風緊驛亭深閉韻夢破鼠窺燈句霜送

上 四 四尺上四 尺上四— 六五 仩五— 六 五六工— 四合 四 上 四 尺上四合 尺上四—
曉寒侵被韻無寐韻無寐疊門外馬嘶人起韻

荔枝香　南

柳永

甚（工五）處（五六）尋（工六五）芳（六）賞（尺工六）翠（五仩五六六）句　歸（上尺）去（工尺上四）晚（合四）韵　緩（尺工六）步（五五六）羅（工六）襪（六五六工尺）

生（工六工尺）塵（上尺工尺）句　來（四上尺上）繞（四合）瓊（四上）筵（上尺工尺上四）看（尺上四）韵　金（工六工）縷（尺上）霞（工六五）衣（六五五六）輕（工六）

裙（工尺上）句　似（上工尺）覺（上尺）春（上尺上）遊（四上尺上四合）倦（四尺上四）韵　遙（四上尺）認（工五六工尺）讀　衆（尺尺上）裏（四合）盈（四上四）盈（合四）

好（四上）身（尺工尺上四）段（尺上四）韻　擬（四四合）回（四上四）首（合四）句　又（六仩）竚（伬仩五）立（六五）讀　簾（工五五六）帷（工六）畔（五六工）韻

素（工尺上）臉（四合）翠（工尺上四）眉（合四）句　時（工六五）揭（六五）蓋（五六）頭（尺工尺上）微（四上尺）見（五六工尺）韵合　笑（工尺上）整（四上）金（工六工尺）

翹（上尺工尺）句　一（工六工）點（尺上）芳（五仩）心（五六工尺）在（工五）嬌（六五六工）眼（尺工）韵　王（四上尺）孫（上）空（上尺工）恁（上工尺上四）

腸（上尺工尺上四）斷（尺上四）韻

又一體 南

周邦彦

夜(五六)來(尺)寒(工)侵(六五六)酒(上尺)席(尺工尺)句露(上六尺上)微(四上)泫(尺上四)韻舄(上)履(四)初(上)會(上六工尺)句香(上尺上)澤(合四)芳(上尺上)薰(四)句無(工六)端(五)暗(伬仕)雨(尺工六)催(五)人(六五)句但(上六)怪(工尺)燈(上尺上)偏(四上四)簾(上尺工尺上四)捲(合四)韻回(上尺)顧(五六工尺)讀始(四)覺(尺)驚(上)鴻(四上)去(尺上四)遠(合四)韻大(上工尺)都(上)世(仕五)間(六五六)句最(五六工)苦(尺工)惟(上尺工尺)聚(上工)散(尺上)韻到(六)得(上)春(尺工尺)殘(上尺)句看(仕五)即(六五)是(六工)讀開(尺尺上)離(四上)宴(尺上四)韻合細(五)思(六)別(工六)後(五六工)句柳(尺)眼(工)花(六五)鬚(六)更(五六)誰(工五六工)剪(尺上工)韻此(四合)懷(四)何(四上)處(工尺)消(上尺上四)遣(合四)韻

夢還京 南

柳永

夜(五六)來(尺工)匆(六)匆(六)飲(工六)散(仕五)句欹(上尺上)枕(四上)背(工尺)燈(上尺上四合)睡(尺上四)韻酒(尺工六工)力(尺工)全(工五仕)輕(六五六工)句醉(工尺上)魂(四上)易(上工尺上四合)醒(四上尺)句風(六五)揭(六五六)簾(工六五六)櫳(尺工)句夢(上六)斷(上五六工尺)披(上尺上四)

衣(四上四)重(四上尺上四)起(合四)韻悄(尺工)無(工六)寐(五仩五)韻追(六五六)悔(工六五六)當(工六工)初(尺工尺)句繡(工尺)閣(上尺)
話(上工尺上四)別(合四)太(五五六)容(工六五六工六)易(五六工)韻日(上尺上)許(四合)時(四上)讀猶(四上四)阻(合四)歸(尺工尺上四)計(尺上四)韻
甚(上六)況(六五)味(尺上四)韻旅(四合)館(四上尺上四)虛(六)度(五仩五五六)殘(工六)歲(五六工)韻合想(四合四)嬌(上尺工)媚(尺上四)韻那(四合)
裏(四)獨(四上四)守(合四)鴛(六五五六)幃(工六)靜(五六)句永(尺工六)漏(五五六)迢(工六工)迢(尺工尺上)句也(四)應(上尺)暗(工尺上四)同(合四)
此(上尺工尺上四)意(尺上四)韻

還京樂　南

周邦彥

禁(五)烟(六五)近(五仩五)句觸(五六五)處(仩五六)浮(工六)香(五六工尺)讀秀(仩五)色(六五六工)相(尺工尺上)料(上工尺上四)理(合四)韻正(上)
泥(四上尺)花(上尺上)時(四上尺)候(工五六工尺)句奈(上工尺上)何(合四)客(上尺上四)裏(合四)叶光(六五)陰(六五)虛(六)費(五六工)韻望(上六五)

箭（六工）波（尺工尺上）無（四上尺上四合）際（尺上四）韻迎（四上尺）風（上尺）漾（上工尺尺上）日（四上）黃（上尺工尺上）雲（四上尺上四）委（合工四）韻

任（六仩五六）去（仩五六）遠（工六五六工）句中（六五六）有（工六）萬（五六工）點（尺工尺上）句相（尺工尺上四）思（四上四）清（尺工尺上四）

淚（四尺上四四）韻到（尺上）長（四合）淮（四上尺上四）底（合工四上四）韻過（五六）當（工六工）時（尺工尺上）樓（四上尺）下（上尺上四）句慇（六五六）

懃（工六五六工尺）爲（上五六工尺）說（上）句春（上尺上）來（四）羈（上尺上）旅（合四上）況（工）味（尺上四）韻堪（六五六工）嗟（工）悞（六仩五）約（六五）

乖（六五六工）期（尺工）叶向（尺）天（上）涯（四）讀自（上六工尺）看（上尺上）桃（合四合）李（四上）韻合想（尺）如（工）今（六）讀應（六五）恨（六仩五六）墨（工尺）

盈（工六五）箋（六五六工）句愁（四上尺）粧（上尺）照（工尺上四）水（合四）韻怎（尺）得（工）青（六五六）鸞（工六工）翼（尺工六五六工）句飛（六五）

歸（六五六工尺）教（上尺工）見（六尺上四）憔（上尺工尺上四）悴（尺上四）韻

受恩深　南

柳永

雅致裝庭宇韻黃花開淡泞韻細香明艷盡天與韻助秀色堪餐句向曉自有真珠露韻剛被金錢妬韻擬買斷秋天句容易獨步韻粉蝶無情蜂已去韻要上金樽句惟有詩人曾許韻待宴賞重陽句恁時盡把芳心吐韻陶令輕回顧韻免憔悴東籬句冷烟寒雨韻

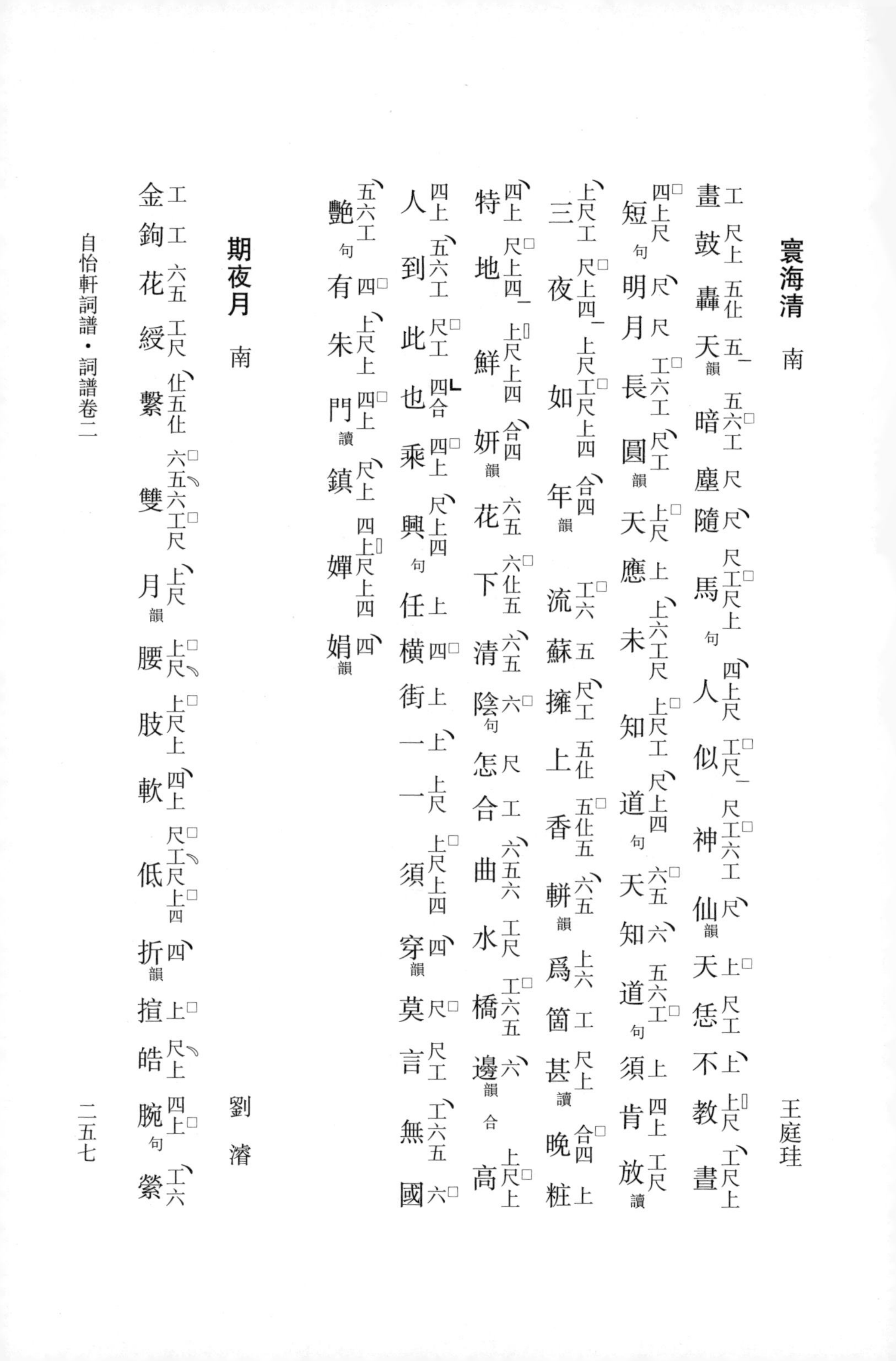

寰海清 南

王庭珪

畫鼓轟天韻暗塵隨馬句人似神仙韻天恁不教晝短句明月長圓韻天應未知道句天知道句須肯放讀三夜如年韻流蘇擁上香軿韻爲箇甚讀晚粧特地鮮妍韻花下清陰句怎合曲水橋邊韻合高人到此也乘興句任橫街一一須穿韻莫言無國艷句有朱門讀鎮嬋娟韻

期夜月 南

劉濬

金鉤花綬繫雙月韻腰肢軟低折韻揎皓腕句縈

繡(仩五仩六工)結(工)韻輕(尺工尺尺上)盈(四合)宛(四尺工尺上)轉(四上)句妙(五六工)若(尺工六五六)鳳(工五六工尺)鸞(上尺)飛(工六工尺)
越(上尺)韻無(四上尺上四上)別(尺工工尺尺)韻香(六五六)檀(工六五五六)急(工六)扣(五六工)轉(尺工六)清(五仩五六)切(六)韻翻(上尺)纖(上尺上)
手(四上)飄(上尺上)瞥(四上四上四)韻催(六五)畫(六工)鼓(尺工)句追(上尺)脆(上四)管(合四)句鏘(六五六)洋(工六五六工)雅(尺上工六)奏(五六)句尚(上)與(四上)
衆(工尺)音(上尺尺上)爲(四上尺上)節(四)韻當(六五六)時(工六)妙(尺工尺上)選(四上)舞(尺工六尺工)袖(尺上四)句慧(上工尺上)性(工尺上)
雅(四上)質(尺工尺)句名(工六)爲(六五六工尺)殊(尺工尺)絕(上尺工尺)韻滿(尺工)座(工六工尺工)傾(五仩)心(五六工尺)注(五五六)
目(工六五六工)句不(上尺)甚(工尺)窺(上尺上)回(四上尺上四)雪(四)韻纖(工六五工工尺)怯(尺工尺尺)韻逡(六五六)巡(工六五六工尺)一(六五)
曲(六五六工尺)霓(上尺工尺上)裳(四上尺上四)徹(四)韻汗(上六尺上)透(尺上四)鮫(六五)綃(六五六工)濕(工)韻合教(上尺上)人(四合)與(四上尺)句
傅(仩五)香(六五六工)粉(尺工)句媚(上工尺上)容(四上)秀(五六工尺)發(上)句宛(四上)降(尺上)蘂(工合)珠(四上四)宮(尺工尺上上四)闕(四)韻

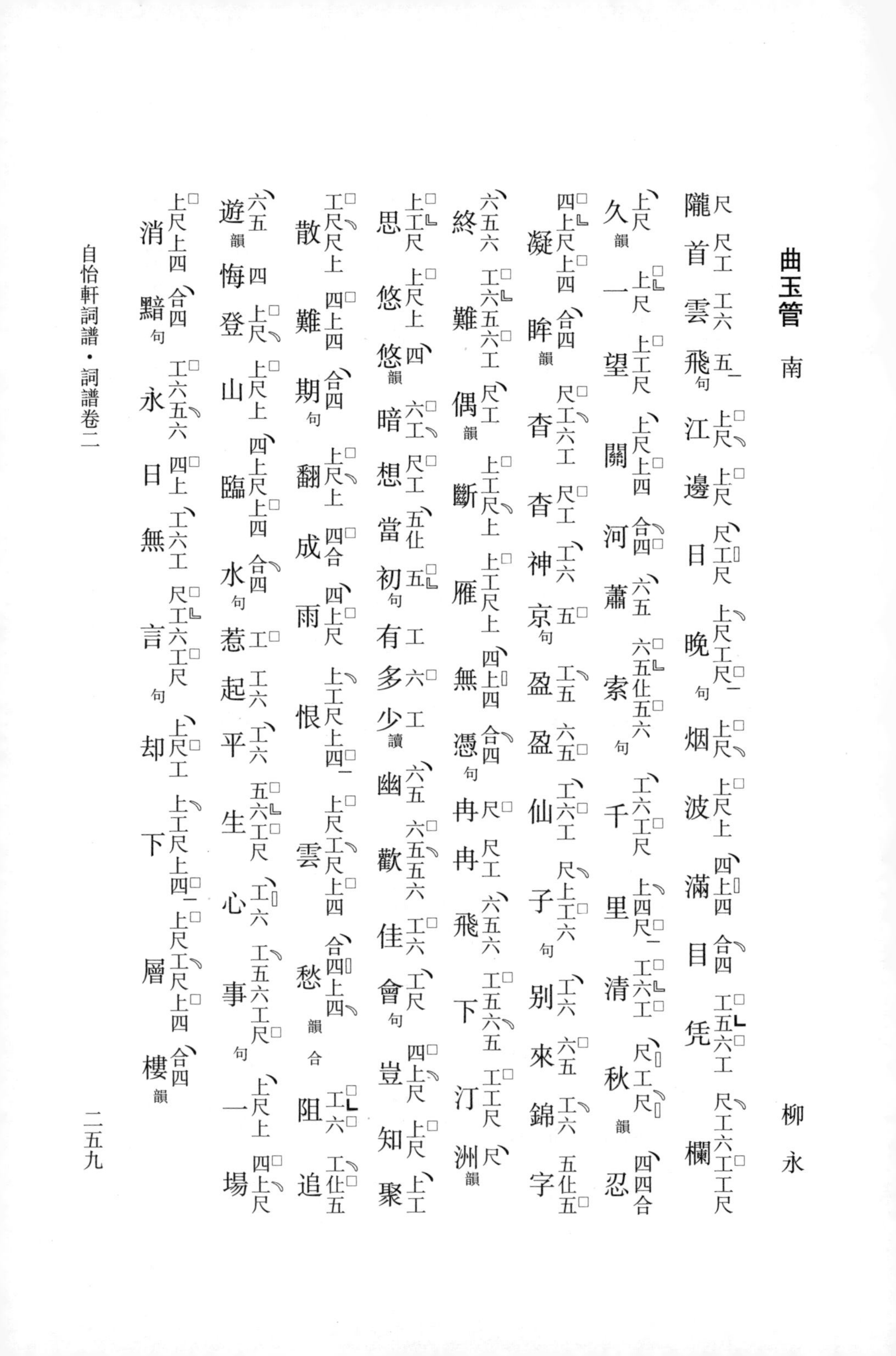

曲玉管 南

柳永

隴首雲飛句江邊日晚句烟波滿目凭欄久韻一望關河蕭索句千里清秋韻忍凝眸韻杳杳神京句盈盈仙子句別來錦字終難偶韻斷雁無憑句冉冉飛下汀洲韻思悠悠韻

暗想當初句有多少讀幽歡佳會句豈知聚散難期句翻成雨恨雲愁韻合阻追遊韻悔登山臨水句惹起平生心事句一場消黯句永日無言句却下層樓韻

遙天奉翠華引　南

侯寘

雪（六）消（六）樓（尺工）外（五仩）山（五一）韻正（五五六）秦（工）淮（工六）讀翠（五六工尺）溢（上尺工尺一）回（尺工六工尺）瀾（上尺工尺）韻香（上尺工）

梢（尺工尺）荳（上工）蔻（尺上四）句紅（四上尺）輕（上尺上）猶（四上尺）怕（五六工尺一）春（工六工尺）寒（上尺）韻曉（尺工六）光（工）浮（四上）

畫（上工尺上四）戟（四）句捲（尺工）繡（工六）簾（尺工）讀風（六五六）暖（工六）玉（工六五）鉤（六五六工）閒（尺工）韻紫（四上尺上）府（四合）

仙（上尺上四）人（合四）句花（六五六）圍（工六）羽（尺工）帔（工五六五）星（工六工尺）冠（尺）韵蓬（尺工六工）萊（尺工）閬（五仩五）苑（六五）句

意（五六）倦（工六）遊（尺工尺上）讀常（四上尺）戲（工尺上四一）世（工尺上尺上四）間（四）韻佩（工六工）麟（尺工）舊（五仩）都（五）句江（工）

左（尺工尺上）襦（四上尺）袴（五六工尺一）聲（工六工尺）歡（尺）韵合只（上尺上）恐（四上）催（六五）歸（六五六工六）覲（工尺）句宴（五）清（六五）

都（六）讀休（六五）訴（仩五六）酒（工六）杯（五仩五六）寬（六）韵明（工六五）歲（仩五）應（六五六）看（工）韻盛（尺工）鈞（上尺上）容（四）讀舞（四上尺）

袖（上工尺上四一）歌（尺工尺上四）鬟（合四）韻

昇平樂 南

吴奕

水閣層臺句竹亭深院句依稀萬木籠陰押
飛暑無涯句行雲有勢句晚來細雨
回晴韻庭槐轉影韻近紗幮讀兩兩
蟬鳴韻幽夢斷句枕金猊旋熱句蘭炷微
熏押堪命俊才儔侶句對華筵坐列句朱履
紅裙押檀板輕敲句金樽滿泛句從教畏
日西沉押金絲玉管句間歌喉讀時奏清

音 上尺上四 押　唐 工五六　虞 工六　世 五六工尺工尺上 句　儘 上　陶 四上尺上　陶 四　沉 四上　醉 工尺上四合 句　且 四上四合　樂 工合四

昇 上尺上四　平 合四 韻

迎新春　南　柳永

嶰 尺　管 工六　變 仩　青 五　律 六五 句　帝 工尺上　里 四合　陽 四上四　和 合四　新 尺工尺上四　布 尺上四 韻　晴 工六五六　景 四上　回 上尺工尺

輕 上尺上四　煦 合四 韻　慶 五仩　嘉 六五六　節 工 讀　當 尺工尺　三 上尺上四　五 合四 韻　列 尺工　華 尺工六　燈 工六 讀　千 五仩　門 六五六工尺

萬 工五六工　戶 工五六工尺 韻　遍 尺上　九 四合　陌 四 讀　羅 四上尺　綺 上尺　香 六五　風 六五六　微 工六　度 工尺 韻　十 工六五六　里 四上

燃 上尺工尺上　絳 工尺上四　樹 尺上四 韻　鼇 工六五　山 六　聳 四上 讀　喧 尺工尺上　喧 四上四　簫 尺工尺上四　鼓 合四 韻　漸 上六工尺　天 上

如 四上四　水 合四 句　素 六尺上　月 四上尺　當 上尺上四　午 合四 韻　香 六　徑 五六　裏 工六 句　絕 工六　纓 五六工尺　擲 尺工尺　果 上四尺

無（尺工六尺工）數（尺上四）韻更（上尺上）闌（四）燭（上尺上四）影（合四）花（六五六工尺）陰（上尺工）下（尺上四）句少（工尺上）年（四合）人（四上）讀往（工六工）往（尺工）奇（工五仩五六）遇（五六上）韻合太（六尺上）平（四合）時（四上）句朝（合）野（四）多（六五六工）歡（工尺上）民（四上尺）康（上尺上四合）阜（尺上四）押堪（上尺上）隨（四上）分（上工尺上）良（四上尺上四合）聚（尺上四）韻對（五六工）此（尺上）爭（工六工）忍（尺工尺上）句獨（四上四）醒（合四）歸（尺工尺上四）去（尺上四）韻

西河 「河」一作「湖」南

劉一止

山（工）驛（尺工六）晚（六五）句行（上尺工尺）人（上尺）乍（工五六工尺）停（上尺）征（工六工尺）轡（工尺上）韻白（四上尺）沙（上尺）翠（工尺上）竹（四）鎖（工六）柴（五仩五）門（六五）句亂（上工尺）峰（上尺）相（上尺上四）倚（合四）韻一（工六）番（工）急（五仩五）雨（六五）洗（尺工六）天（五仩五六）回（工六）句掃（四上尺上）雲（四）風（上尺工）定（工五六工尺）還（上尺工尺上四）起（合四）韻斷（上五五六）岸（工五六五）樹（工尺）句

上尺工尺上 四上尺上四 尺上四 上六工尺 上 上工尺上 四合 四上尺上四合 五六工尺 上尺上
愁無際韻念悽斷句誰與寄韻雙

四合 上尺工 六尺上四 上尺工尺上四 合四 四上尺 上 上工尺上 上工尺上四 六五 六五六工
魚尺素難委韻遙知洞戶隔烟

工 上工尺上 四 上尺上四 合四 上五六工尺 上 四上四 合四 六五 六五六工 尺工 四上尺
窗句簟橫秋水韻淡花明玉不勝寒句綠

上 上尺工 尺上四 上尺上四 合四 工六五 六五 仩五 六五六工 上六 尺工尺上 尺上四
樽初試冰蟻韻小歡細酌任歌(一)醉韻合

上尺上 四合 四上尺 工六工 尺工尺 工六尺工 尺上四 四 尺 上尺上 四 四上尺 五六工尺 工尺
撲流螢讀應卜心事叶誰記天涯憔悴韻對

上 上 尺上 合四 工六工 尺工 尺工尺上 四上 六仩五五六 工 六五六 四上 尺工尺
今宵讀皓月明河千里韻夢越空城踈

上尺上四 合四
烟裏韻

(一) 歌：原書誤刻，當作「歆」。

秋霽　即《春霽》　南

史達祖

江（尺工）水（五六）蒼（工六）蒼（五仩五）句望（四上）倦（四上尺）柳（工五六）愁（工六）荷（尺工六工尺上）句共（四上尺）感（五六工尺）秋（尺工六工）色（尺）韵
廢（上尺上）閣（四）先（上尺上四）涼（合四）句古（尺工六）簾（工尺）空（上尺上四）暮（合四）句雁（六仩）程（六尺上）最（合四合）嫌（四上尺上）風（尺工六尺上）
力（四上）韻古（尺上工六）園（五五六）信（工六五六）息（工六五六工）韻愛（四上尺）渠（上尺）入（上工尺上四）眼（合四）南（工六五）山（工六工）碧（尺工尺）韻
念（六五）上（六五六五六工）國（工尺）韻誰（上尺上）是（四上尺）讀鱠（尺工）鱸（尺工）江（六五）漢（六五六工）未（上工尺上四上）歸（上尺工尺上四）
客（合四上四）韵還（上尺）又（上尺工）歲（五）晚（工六五六工）讀瘦（尺工尺）骨（上尺上）臨（四上四）風（合四）句夜（六五）聞（六五六）秋（上尺工尺上）
聲（四上）句吹（六五六）動（工六五六）岑（工六工）寂（尺工六工）韻露（工六）蛩（五仩五六）悲（六）讀清（上尺）燈（上尺上）冷（工合）屋（四）句翻（六五）書（六）
愁（工六六工）上（尺工）鬢（五五六）毛（工六五仩五六）白（工六）韵年（四上尺）少（五六）俊（工尺上）遊（四上）渾（上尺工尺上）斷（上工尺上四）得（四）韻　合

但可憐處句無奈冉冉魂驚句採香南浦句剪梅烟驛韻

鷓鴣天　北

秦觀(一)

枕上流鶯和淚聞韻新啼痕間舊啼痕韻一春魚鳥無消息句千里關山勞夢魂韻無一語句對芳樽韻安排腸斷到黃昏韻甫能炙得燈兒了句雨打梨花深閉門韻

(一) 此首《草堂詩餘前集》卷上作無名氏詞，《全宋詞》斷爲無名氏詞。

越調

愛月夜眠遲慢　南引

無名氏

尺上 四上尺 工 工_ 上 四 上 尺上 四_ 上 四上 工合 四_ 工 六 工六 五六工_ 四 上 尺上
禁鼓初敲句覺六街夜悄句車馬人稀韻幕天澄淡句雲收霧

四_ 合 四 上 四上 工合 四_ 尺 上 尺上 尺 上尺 工_ 工 上 尺 上尺 合四上四 四_ 五六
卷句亭亭皎月如珪韻冰輪碾出遙空句照臨千里無私韻最

工 尺工、 上尺 工 工_ 工 尺 尺 工尺 四上四 合四_ 工 六 五 六五六 尺 尺工_ 上 四
堪憐讀有清風句送得丹桂香微韻惟願素魄長圓句把流

四 尺上 四_ 上四 尺上 四 四_ 六 工 工六 五六工 四上 上工_ 上尺上 四 上 上工、 四 四上
霞對飲句滿泛觥巵韻醉凭欄處賞翫句不忍辜負讀好景

工四 合四_ 六 六 五 工五六 上尺 工_ 上 四 上四 四上 工四 合四_ 六仕五六 工 尺工、 四上
良時韻清歌妙舞連宵句踟躕懶入羅幃韻任佳人讀儘

尺上四 合四_ 尺上 四 四上 尺上 工四 合四_
嗔我句愛月每夜眠遲韻

金人捧露盤　南　高觀國

念（工五）瑤（上尺工）姬（尺）韻飜（六五六）瑤（工六）珮（工五六）叶下（工）瑤（上尺工尺上）池（四上）韻冷（上尺工）香（尺）夢（工尺）讀吹（六）上（五仕五六）南（上尺工）
枝（尺）韻羅（四上尺上）浮（四上）路（工六工尺）杳（上尺）句憶（六五六）曾（工）清（六五六）曉（工六）見（伬仕）仙（五仕五）姿（六）韻天（尺）寒（上尺）翠（五六）袖（工尺）句
可（六工）憐（工六）是（五仕）讀倚（六工）竹（六五）依（六五六工尺）依（尺）韻溪（尺）痕（上）淺（上尺）句雪（六五六）痕（工六五）凍（工尺上）句月（上尺）痕（上尺）
淡（工尺）句粉（合四）痕（上尺工尺上）微（四上）韻江（尺工尺）樓（上尺工）怨（六工尺）讀一（六五六）笛（工六五仕五六）休（工六工尺）吹（尺）韻芳（上尺）音（上尺）
待（工五六）寄（工尺）叶玉（工）堂（工六）烟（五仕五六）驛（工六）兩（工六）凄（五仕五六）迷（工六）韻合新（尺）愁（上尺）萬（工五工尺）斛（上尺）句爲（五仕）春（五）
瘦（伬仕）讀却（六）怕（五仕五六）春（工六工尺）知（尺）韻

玉蝴蝶　南　温庭筠

秋（尺工）風（尺）凄（五）切（五仕五六）傷（工尺）離（上尺）韻行（上尺工）客（尺）未（工五六）歸（工六工尺）時（尺工）韻塞（伬仕伬）外（五仕五六工尺）草（上尺）

先（工六工尺）衰（工）韻江（尺工尺）南（上尺）雁（工五六工）到（六工尺上四）遲（上尺）韻芙（上尺工尺）蓉（上尺）凋（五仕）嫩（五六工尺）臉（上尺）句
楊（上尺工尺）柳（上尺）墮（工五六）新（工六工尺）眉（尺工）韻合搖（上尺工尺）落（上）使（上尺）人（尺工六工尺）悲（工）韻斷（工五工尺）腸（上）誰（上尺）
得（工六工尺上）知（尺）韻

五綵結同心 南

趙彥端

人（上）間（尺）塵（上尺）斷（上四）句雨（上尺工）外（工五六）風（工六工）回（尺工）句涼（六五仕）波（五六）自（工五六工）泛（五工尺上）仙（尺工尺上）槎（四上）韻
非（六五）郭（六五六）還（工六五）非（六五六工尺）野（上四上尺）句鬧（工六五）鶯（六五仕）燕（伬仕五六）讀時（工六）傍（五伬仕）笑（五六工尺）語（上尺）
清（工六工尺）佳（尺）韻銅（四上尺上）壺（四上）花（上）漏（上工尺上四合）長（四合）如（四上尺上四合）線（尺上四）句金（工六）鋪（工）碎（六工尺工）讀
香（五仕五）暖（六工六五仕五六工）簷（尺工六工尺）牙（上尺）韻誰（工六五）知（六）道（五伬仕）讀東（五）園（六五六工尺）五（尺工六工尺）畝（上尺）句

種〔工尺上〕成〔四合〕國〔上〕艷〔上工尺上四合〕天〔工六工尺〕葩(韻)〔尺工尺〕主〔工六五六〕人〔工六〕漢〔伬仕〕家〔五六工尺〕龍〔尺工六五工尺〕種(句)〔上尺〕

正〔五六工尺〕翩〔上尺〕翩〔上尺〕迴〔尺工六工尺〕立(句)〔上尺〕雪〔五仕〕紵〔五伬仕〕烏〔五仕五六〕紗(韻)〔六五六〕歌〔六五六〕舞〔工尺〕承〔工尺〕

平〔工六五六工六〕舊(句)〔工五六工尺〕圍〔上尺工尺〕紅〔上尺〕袖(讀)〔工尺上〕詩〔六〕興〔五六〕自〔工五工尺〕寫〔上尺〕春〔工六工尺〕華(韻)〔上尺〕合

未〔上五六工尺〕知〔上尺〕三〔上尺上〕斗〔四上尺上四合〕朝〔四上尺〕天〔上尺上四合〕去(句)〔工工尺尺〕定〔上工尺上〕何〔四上〕似(讀)〔上工尺上〕鴻〔四合〕

寶〔四上尺〕丹〔工六工尺〕砂(韻)〔尺〕且〔工六〕一〔五仕〕醉(讀)〔伬仕〕朱〔五仕五〕顏〔六五六工尺〕相〔工六〕慶(句)〔五六工尺〕共〔五伬仕〕看〔五六〕玉〔尺工六工尺〕

井〔上尺〕浮〔尺工六工尺〕花(韻)〔尺〕

又一體　南

無名氏

珠〔尺〕簾〔上〕垂〔上尺〕戶(韻)〔工尺上〕金〔尺〕索〔尺工〕懸〔上尺〕窗(句)〔工〕家〔尺工〕接〔尺〕浣〔工五六工〕紗〔尺〕溪〔工六〕路(韻)〔工尺〕相〔六〕見〔五〕桐〔工〕陰〔六五六〕

下句一鉤月讀恰在鳳凰棲處韻素瓊碾就宮腰小句花枝裊讀盈盈嬌步韻新粧淺讀滿腮紅雪句綽約片雲欲度韻塵寰豈能留住韻惟只愁化作句綵雲飛去韻蟬翼衫兒薄句冰肌瑩讀輕罩一團香霧韻合彩箋巧綴相思苦韻脈脈動讀憐才心緒韻好作箇讀秦樓活計句要待吹簫伴侶韻

一寸金 南

柳永

井絡天開句劍嶺橫雲控西夏韻地勝異讀

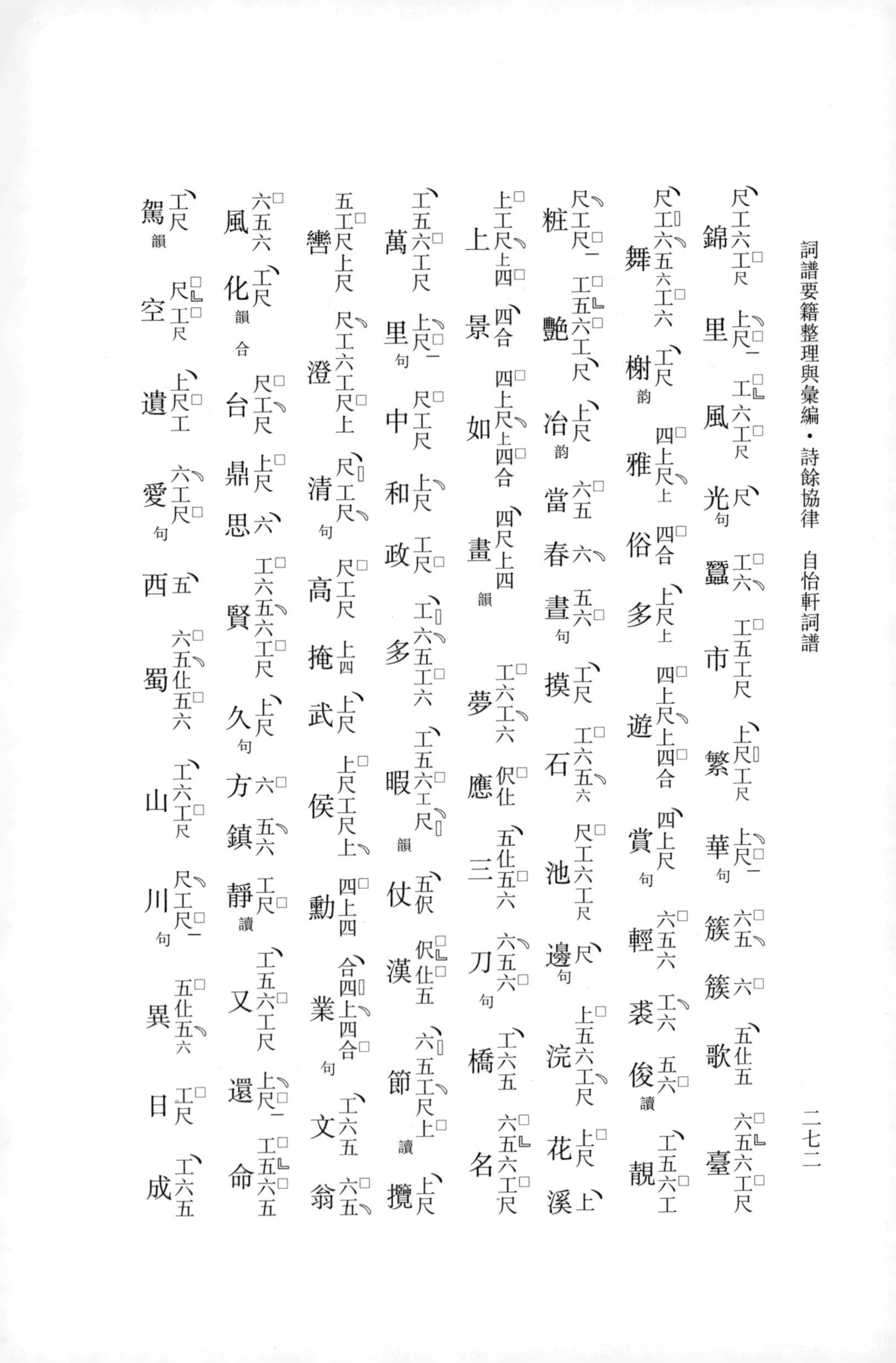

錦里風光句蠶市繁華句簇簇歌臺

舞榭韵雅俗多遊賞句輕裘俊讀靚

粧艷冶韵當春晝句摸石池邊句浣花溪

上景如畫韻夢應三刀句橋名

萬里句中和政多暇韻仗漢節讀攬

轡澄清句高掩武侯勳業句文翁

風化韻合台鼎思賢久句方鎮靜讀又還命

駕韻空遺愛句西蜀山川句異日成

佳話韻

又一體　南

周邦彥

州夾蒼崖句下枕江山是城郭韻望海霞接日句紅翻水面句晴風吹草句青搖山脚韻波暖鳧鷖泳句沙痕退讀夜潮正落韻踈林外讀一點炊烟句渡口參差正寥廓韻自歎勞生句經年何事句京華信漂泊韻念渚蒲汀柳句空歸閒夢句風輪雨檝句終辜前約韻合情景牽心眼句流連處讀利名易薄韻回頭謝讀冶葉倡條句便入漁釣樂韻

清商怨　南

晏　殊[一]

關(六)河(工)愁(工六)思(仩五)望(五伬)處(伬仩五仩五六)滿(工六)韵漸(工五六工)素(五六工)秋(尺工尺)向(五六工尺)晚(上尺)韵雁(工五六工)過(五六工尺)南(工六工尺工)雲(工六五六)句行(工六五)人(六五六工尺)回(上尺)淚(工五工尺上四)眼(上尺)韵雙(六五六)鸞(工六)衾(五仩五六)裯(工六)悔(尺工六工尺)展(上尺)韻夜(工五)又(工尺)永(上尺)讀枕(合四上)孤(尺上四合)人(合四上四合)遠(工合)韻合夢(工五六五)未(工五工尺)成(上尺工)歸(尺工尺)句梅(工六五)花(六五六工尺)聞(上尺)塞(五六工尺)管(上尺)韵

又一體　南

沈會宗

城(工六)上(工五六工尺)鴉(六五六)啼(工尺)斗(工尺五六)轉(工六)韻漸(工五工尺)玉(上尺工尺)壺(上尺)冰(工六工尺)滿(上尺)韵月(上尺)淡(尺工尺上)

[一] 此首又見歐陽修《歐陽文忠公近體樂府》卷一，《全宋詞》斷爲歐陽修詞。

寒（工六工尺工）梅（工六五六）句 清（尺工）香（尺）來（上）小（上尺工尺上尺）院（工尺上）韻 誰（工）遣（工六）鸞（六五仩五六）箋（六五六）寫（尺工六工尺）

怨（工尺）韻 翻（尺）錦（上尺）字（工尺）讀 疊（合四）疊（合四）和（上）愁（上尺工尺上）捲（四上）韻 合 夢（工五）破（六工）秋（尺工）笳（尺工尺）句 江（六五六）南（工六）烟（五）

樹（五伬仩五六）遠（工六）韻

詞譜卷三

正宮

端正好　南引　　杜安世

檻(工)菊(尺)愁(上)烟(尺)沾(尺)秋(尺)露(工六工)韻天(尺)微(四)冷(上、)讀雙(尺)燕(工)辭(上尺上四合)去(上四四)韻月(四)明(上)空(尺工)照(五六)別(上)離(上工)苦(尺上尺工)韻透(六)素(工)光(尺)讀穿(尺)朱(尺上四合)戶(四上四四)韻

夜(工)來(上)西(尺)風(尺)凋(尺)寒(上尺)樹(工六工)韻凭(上)欄(上尺)望(工、)讀迢(四)遙(上)長(上尺上四合)路(四上四)韻花(尺)箋(尺)寫(上尺)就(工)此(尺上)情(上尺)緒(工六工)韻待(工)寄(工)傳(上、)讀知(尺)何(上尺上四合)處(上四四)韻

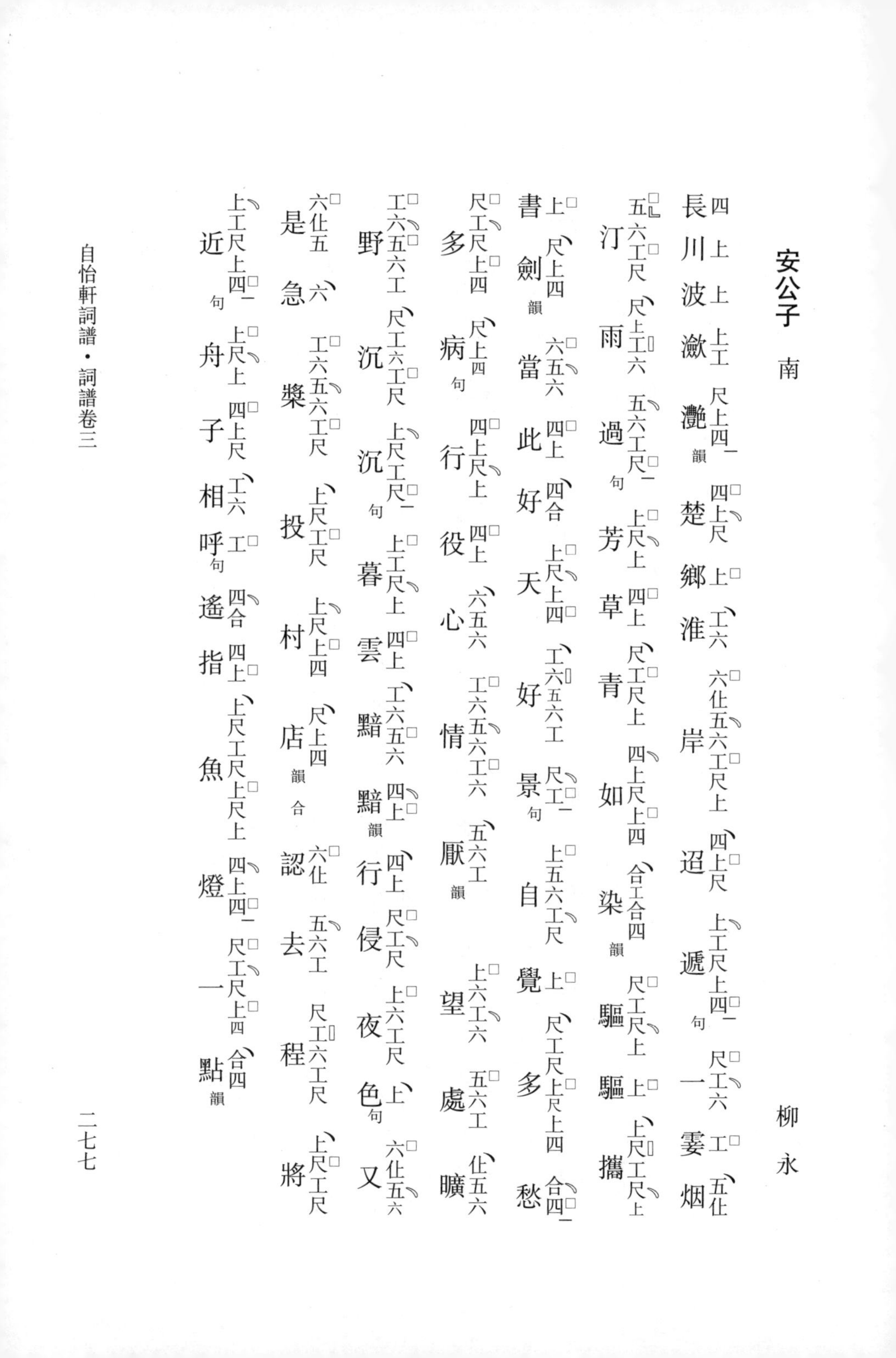

安公子 南

柳永

長川波瀲灩韻楚鄉淮岸迢遞句一霎烟汀雨過句芳草青如染韻驅驅攜書劍韻當此好天好景句自覺多愁多病句行役心情厭韻望處曠野沉沉句暮雲黯黯韻行侵夜色句又是急槳投村店韻合認去程將近句舟子相呼句遙指魚燈一點韻

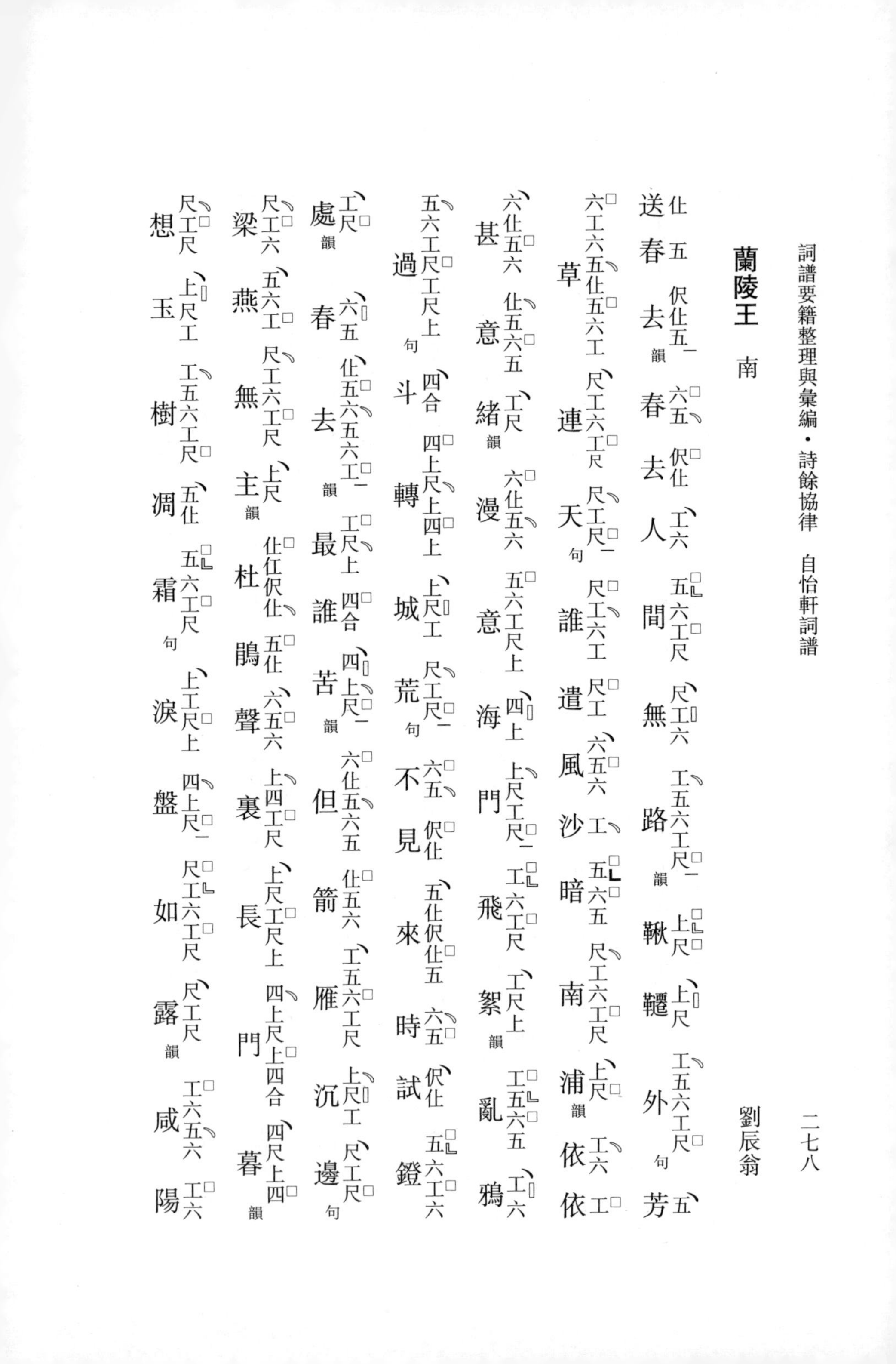

蘭陵王　南

劉辰翁

送春去韻春去人間無路韻鞦韆外句芳草連天句誰遣風沙暗南浦韻依依甚意緒韻漫意海門飛絮韻亂鴉過句斗轉城荒句不見來時試鐙處韻春去韻最誰苦韻但箭雁沉邊句梁燕無主韻杜鵑聲裏長門暮韻想玉樹凋霜句淚盤如露韻咸陽

仜伬仜□送客屢回顧（韻）斜日未能渡（韻）春
仜五六工□去尚來否（韻）正江令恨別（句）庚信愁
五六工□賦（韻）蘇隄盡日風和雨（韻）歎神遊故
五六工□國花記前度（韻）人生流落（句）顧孺子（句）
仜仜伬　仜伬仜五六工□共夜語（韻）

醉翁操　南　　蘇軾

合四上上□琅然（韻）清圜（韻）誰彈（韻）響空山（韻）無言（韻）惟翁醉中知其
六韻上尺工尺□天（韻）月明風露娟娟（韻）人未眠（韻）荷蕢過山前（韻）曰有心

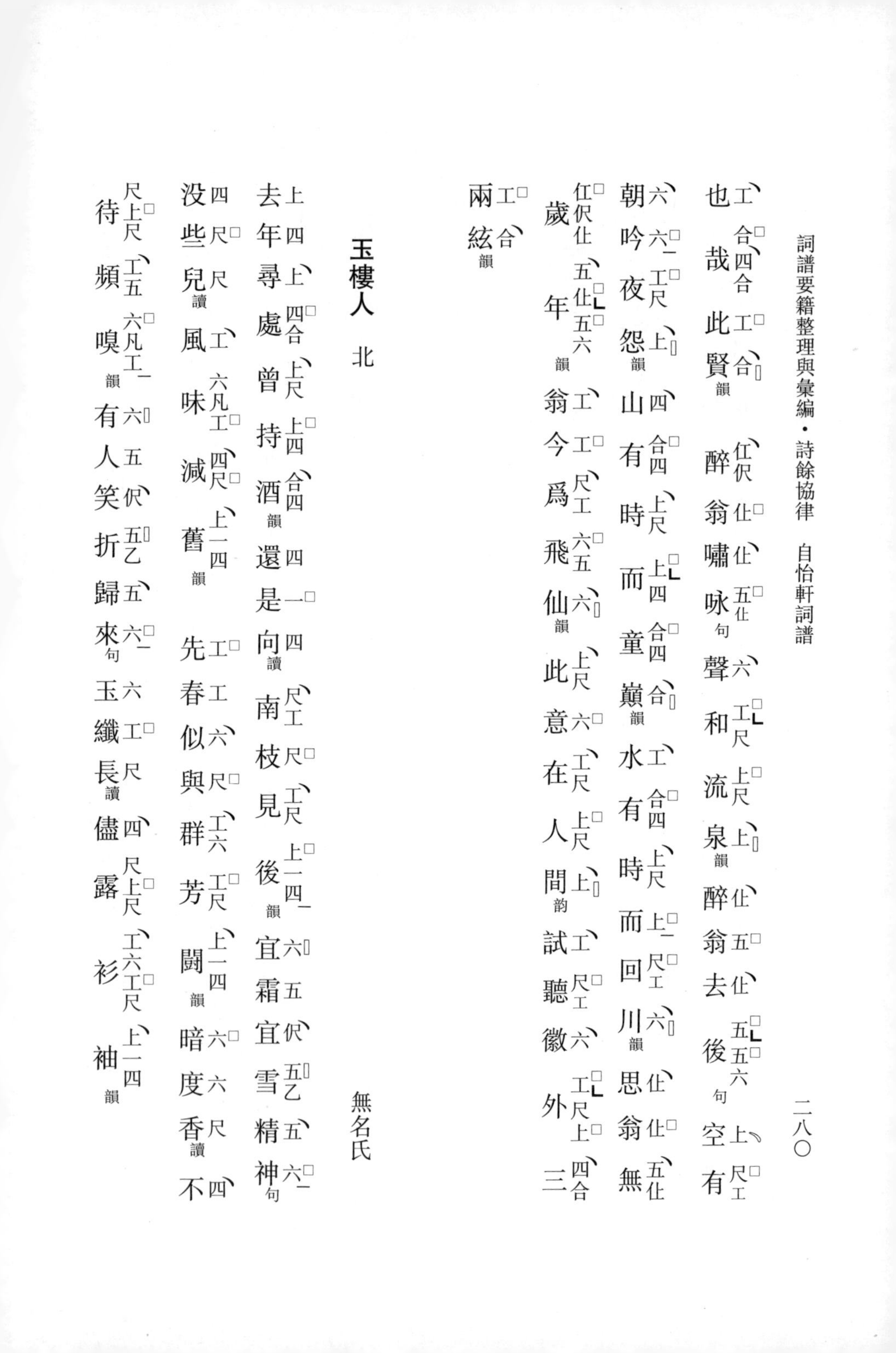

也哉此賢韻醉翁嘯詠句聲和流泉韻醉翁去後句空有朝吟夜怨韻山有時而童巔韻水有時而回川韻思翁無歲年韻翁今爲飛仙韻此意在人間韵試聽徽外三兩絃韻

玉樓人　北

無名氏

去年尋處曾持酒韻還是向讀南枝見後韻宜霜宜雪精神句沒些兒讀風味減舊韻先春似與群芳鬭韻暗度香讀不待頻嗅韻有人笑折歸來句玉纖長讀儘露衫袖韻

小石調

西平樂　南引

柳　永

盡日憑高寓目句脈脈春情緒韻佳景清明漸近句
五 工 工 六 五六工 尺工— 四 四 尺 上尺上四 尺上四四— 上 四 六 工 六仩 五六工—

時節輕寒乍暖句天氣纔晴又雨韻烟光澹
四 上 上 四 工尺上四 合工合四— 六五 仩五六 上工 尺工 尺上 四上尺工— 上 上 上工

蕩句裝點平蕪遠樹韻黯凝竚韻臺榭好句鶯燕
尺上四— 上 四 四 四 上尺 工— 上四 四尺上四 尺上四四— 工六 五六 四 上 尺上

語韻正是和風麗日句幾許繁紅嫩綠句雅稱嬉遊
四上尺工— 六 尺上 四 上 尺上 四— 工 六工 工 工六 五六工 尺工— 上四 工 尺 上尺上四

去韻奈阻隔讀尋芳伴侶韻秦樓鳳吹句楚臺雲約句
尺上四— 五 工 六、 工 六 五六 四上尺工 四 四 上六 尺上、 六工 工五六 尺工六 工—

空悵望句在何處韻寂寞韶光暗度韻可憐向晚句村落
上 六 尺、 上 四尺上四 尺上四— 尺 工 工 六 仩 五六工— 上四 四 尺上 四— 上 四

聲聲杜宇韻
上 上尺 工尺上四 合工合四—

訴衷情　南引

毛文錫

桃(上)花(尺)流(上尺上四)水(四)漾(五六)縱(工)橫(尺工—)韻春(尺)晝(工)彩(尺上)霞(上尺上四)明(合四—)韻劉(四)郎(上)去(尺、)句阮(尺上)郎(上工)行(尺工—)韻惆(上)

悵(工)恨(工)難(上尺上四)平(合四—)韻愁(上)坐(工)對(工)雲(上尺)屏(尺工—)韻算(工)歸(尺)程(上—)韻何(上)時(上)攜(上尺上四)手(四)洞(工)邊(工)迎(尺工—)韻

訴(工)衷(尺上四)情(合四—)韻

歸去來　南引

柳永

一(六)夜(五)狂(工)風(六五六)雨(四上尺工—)韻花(上)陰(上)墜(上六)讀碎(尺上)紅(四)無(四尺上四)數(尺上四四—)韻垂(工)楊(工)漫(五)結(六)黃(尺)

金(工尺上四)縷(四—)韻儘(四)春(上)殘(四)讀縈(四)不(尺上四)住(尺上四—)韻蝶(工)稀(六)蜂(六五)散(仩)知(六)何(工六)處(五六工—)韻殢(尺)樽(上)

酒(四)讀轉(四)添(上)愁(四尺上四合)緒(尺上四—)韻多(六)情(工)不(六)慣(五)相(六)思(六尺上四)苦(四—)韻休(上)惆(上尺)悵(工)讀好(上四)歸(尺上四)

去(尺上四—)韻

華清引 南引

蘇軾

平（上工）時（尺工）十（上尺上）月（四）幸（工五六）蓮（上尺）湯（工—）韻玉（上尺）甃（工尺）瓊（合四上四）梁（合四—）韻五（尺上）家（尺）車（工）馬（尺上）如（上工）

水（尺上尺工—）句珠（尺）璣（尺）滿（上尺）路（工尺上四合）旁（合四—）韻翠（工）華（尺工）一（六）去（五六）掩（上尺）方（工）床（尺工—）韻獨（上）留（上）烟（尺）樹（工尺）

蒼（四上四）蒼（四—）韻至（五）今（工）清（六）夜（五六工）月（尺工—）句依（尺）舊（工）過（工）繚（上尺上四合）墻（合四—）韻

相思引 南引

袁去華

曉（六工）鑑（五）胭（六）脂（六）拂（上尺上）紫（四上尺）綿（尺工—）韻未（尺）忺（上）梳（上尺上）掠（四）鬢（工）雲（上尺上四）偏（上四四—）韻日（工）高（六）人（工六）

靜（五六工—）句沉（四合）水（四）裊（上四）殘（四尺上四）烟（上四四—）韻春（六）老（工）菖（六五六）蒲（工）花（六）未（五六工）着（尺工—）句路（尺上）長（四）魚（四上）

雁（上五六工）信（工）難（上尺上四合）傳（四上四四—）韻無（工）端（六）風（六）絮（五六工—）句飛（上）到（五六工）繡（工）床（上尺上四）邊（上四四—）韻

相思兒令　南引

晏殊

昨（上）日（上）探（工）春（尺）消（工）息句（工_）湖（上）上（工）綠（上）波（尺上四）平韻（合四_）無（上）奈（工）繞（尺上）堤（尺）芳（尺上）草句（四上尺工_）還（上）向（工）舊（工）
痕（上尺上四合）生韻（四_）有（四）酒（上）且（上尺）醉（五六）瑤（上尺）觥韻（工_）更（工）何（上）妨讀（尺、）檀（上）板（上尺）新（四上）聲韻（四_）誰（六）教（五）楊（上）柳（上尺）
千（工尺）絲句（工_）就（工）中（尺）牽（尺）繫（工尺）人（合四上四）情韻（合四_）

落梅風　南引

無名氏

宮（尺）烟（尺）如（上尺）水（四）濕（尺）芳（工）晨韻（尺工_）寒（上）梅（上）似（工）雪（尺）相（四上四）親韻（四_）玉（上）樓（上）側（尺）畔（工五）數（五六）枝（工）春韻（工_）惹（尺上）
香（尺上四合）塵韻（合四_）壽（工）陽（上）嬌（尺）面（工五）偏（尺）憐（上尺）惜句（工_）粧（尺）成（上）一（尺）面（工尺）花（四上四）新韻（四_）鏡（工）中（尺）重（上尺）把（四）
玉（上尺）纖（工）勻韵（尺工_）酒（上四）初（尺上四合）醺韵（四_）

江亭怨　一名《荊州亭》　南引

無名氏

上尺 四 尺 上 上工 尺上尺工— 尺 上 工 上 上尺上四合 上四— 尺上 四 尺 上尺 尺工— 尺
簾捲曲欄獨倚韻江展暮雲無際韻淚眼不曾晴句家

工 四 上 上尺上四 合工合四— 工 尺上 上尺 工 五仩五六工 尺上尺工— 尺工尺 上 尺 尺
在吴頭楚尾韻數點落花亂委韻撲漉沙鷗

尺上四 合四— 六 五六 上 上尺 尺工— 上 上 尺 尺 上尺上四 合工合四—
驚起韻詩句欲成時句没入蒼烟叢裏韻

贊浦子　「浦」一作「普」　南引

毛文錫

六工 五 六 六 五六工— 上 四 工 上尺上四 上四四— 六工 六 工 工六五 仩五六工工— 四 上 工
錦帳添香睡句金爐換夕薰韻懶結芙蓉帶句慵拖翡

工尺上四合 四上四— 五 六 工 六 工六 五六工— 四 上 尺上 四上 四 合四— 尺上 四 上
翠裙韻正是桃夭柳媚句那堪暮雨朝雲韻宋玉高

四尺上四 尺上四— 合 四 四上 工尺上四 上四四
唐意句裁瓊欲贈君韻

芰荷香　南

万俟咏

小(尺上)瀟(六)湘(六)韻正(伬仜)天(五六工)影(尺工)倒(工六)碧(五仩五六工尺)句波(五)面(五伬仜五仩五六)容(工六五)光(六五六)韻水(尺工六)

仙(工尺上)朝(四上尺)罷(上工尺上四)句閒(工尺上)列(四合)緑(四上尺)蓋(五六工尺)紅(尺工六五工尺)幢(上尺)韻風(六五)吹(六五)細(仜伬仩五)

雨(六工六五)句蕩(五伬仜)十(五六工)頃(尺工)讀浥(六五)浥(六五六工尺)清(工六工尺)香(尺)韻人(工六)在(五)水(六工六)晶(五仩五)中(六五)

央(六五六)韻霜(五仩)綃(五)霧(五伬仩五)縠(六五六工尺)句襟(工六)袂(工五六工尺)收(工六工尺)涼(上尺)韻款(工六五)放(伬仩)

輕(伬仜伬仩伬仩五)舟(五仩五)鬧(五伬仩五)紅(六五仩五六)裏(工六)句有(尺上工六)蜻(工)蜓(尺工尺上)點(四上四合)水(四上尺)句交(五仩五)

頸(六工六五仩五)鴛(六五)鴦(六五六)韻翠(五六工)陰(尺工尺上)密(四上尺)處(工尺上四)句曾(尺工六工)覓(尺工)相(六五六)並(工五六工尺)

青(工六五工尺)房(上尺)韻晚(工六五六)霞(工六五)散(仜伬仩伬仩五)綺(六工六五)句泛(五六)遠(工六)淨(五伬仩五)讀一(六五六)

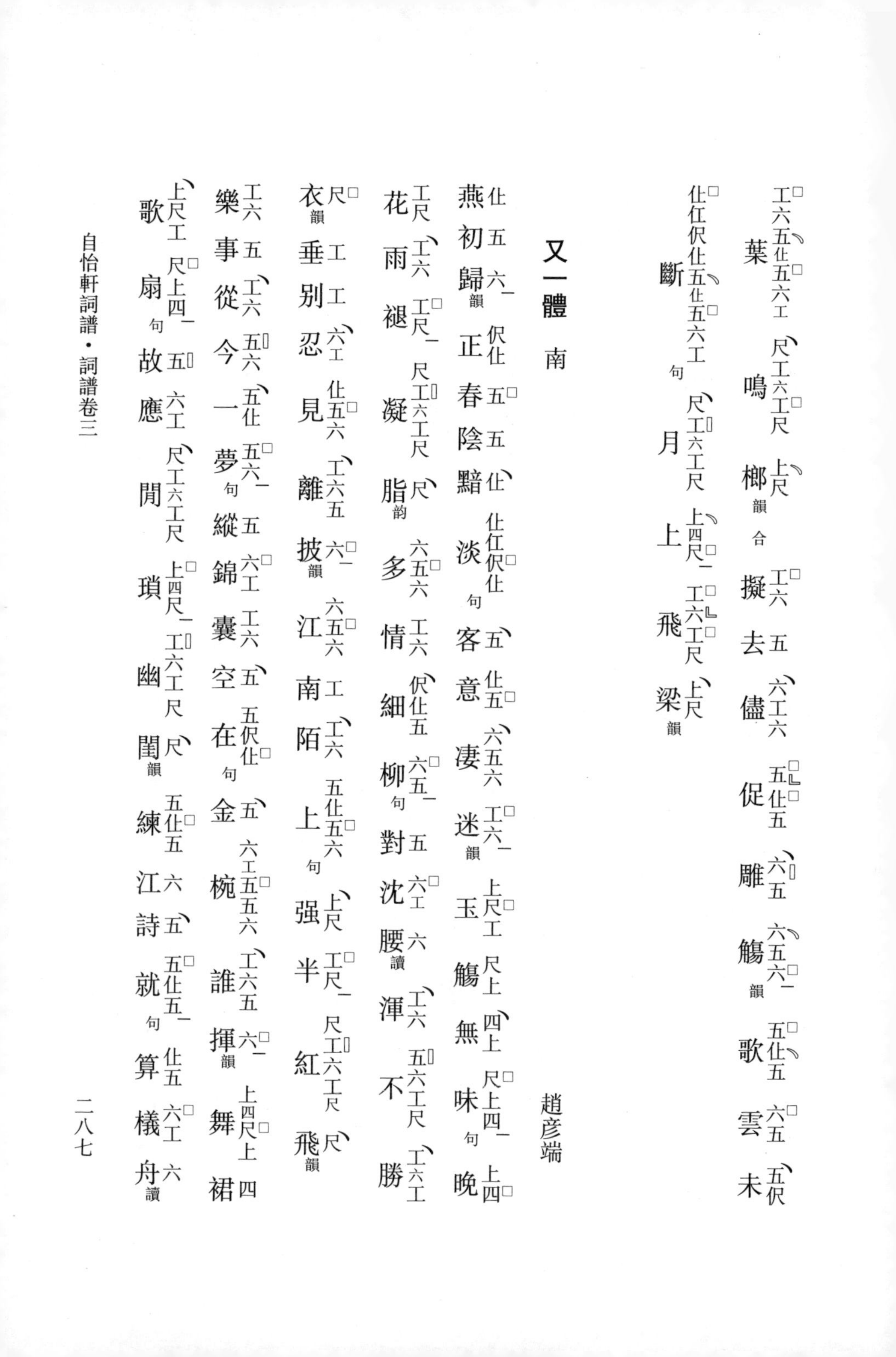

葉嗚榔韻合擬去儘促離觴韻歌雲未斷句月上飛梁韻

又一體　南

趙彥端

燕初歸韻正春陰黯淡句客意淒迷韻玉觴無味句晚花雨褪凝脂韵多情細柳句對沈腰讀渾不勝衣韻垂別忍見離披韻江南陌上句強半紅飛韻樂事從今一夢句縱錦囊空在句金椀誰揮韻舞裙歌扇句故應閒瑣幽闈韻練江詩就句算檥舟讀

寧（工六）不（五六工尺）相（工六工尺）思（尺）韵 合 腸（工）斷（六）莫（工六）訴（仩五六）離（工六五）杯（六）韻 青（六五六）雲（工）路（五）穩（六工五六工）句 白（尺工尺）

首（上四尺）心（工六工尺）期（上尺）韻

孤鸞　南

朱敦儒（一）

天（六）然（工）標（五）格（五）韻 是（五伬仩五）小（尺上工六五）萼（六五）堆（六五六）紅（工六五六工）句 芳（五仩）姿（五）凝（五仩伬仩五）白（六五）韻

淡（仩仜伬仩五）泞（六工六五仩五）新（六五）粧（六五六）句 淺（尺上工六工）點（尺工）壽（五伬仩五）陽（六五六工尺）宮（工六工尺）額（上尺工尺）韻

東（上尺）君（上）相（四上尺）留（尺工尺上）厚（工五六工）意（五六工尺）句 借（伬仩）年（工五）年（六五）讀 與（六工六五）傳（六五六）消（工六工尺）息（尺）韵

昨（工六五六）日（四上）前（尺工六）村（工尺上）雪（尺工尺上尺上四）裏（合四）句 有（工六）一（五仩五六）枝（六五六）先（五仩五六）坼（六）韻 念（五伬）

（一）此首《草堂詩餘後集》卷下作無名氏詞，《全宋詞》斷爲無名氏詞。

故人讀何處水雲隔韻縱驛使相逢句難寄春色韻試問丹青手句是怎生描得韻曉來一番雨過句更那堪讀數聲羌笛韻合歸來和羹未晚句勸行人休摘韻

又一體 南

馬莊父

沙堤香軟韻正宿雨初收句落梅飄滿韻可奈東風句暗逐馬蹄輕捲韻湖波又還漲綠句粉墻陰讀日融烟暖韻鶯地刺桐枝上句有一聲春喚韻

任（五）酒（六工）簾（工六）讀飛（仩）動（仩仜伬仩）畫（五）樓（六五六工）晚（尺上）韵便（尺上）指（四）數（四）燒（尺工）燈（尺）句時（工）節（六五）非（仩伬仩五）

遠（六五）韻陌（五）上（仩仜）叫（伬仩）聲（五）句好（工六）是（五六）賣（工六工尺）花（尺工尺）行（工六）院（工尺）韻玉（工）梅（工六）對（仩）粧（五六工尺）雪（工六工尺）

柳（上尺）句鬧（五）蛾（工）兒（工六）讀像（五仩）生（五）嬌（六五）顫（仩五）韻合歸（六）去（五六）爭（工）先（工尺上）戴（尺上四）取（合四）句倚（工）寶（尺工）釵（六）

雙（五仩）燕（五六）韻

雙瑞蓮　南

趙以夫

千（五）機（五）雲（工五）錦（六工六五仩五六）裏（工六）韻看（伬仩）並（五伬）蒂（伬仩）新（五仩五）房（六五六工尺）句駢（尺工六工尺）頭（上尺工尺）

芳（工六工尺）蘂（上四尺）韻清（五仩）標（五六）艷（工五六工）態（五六工尺）句兩（尺上工六工）兩（尺工）翠（仜伬仩伬仩五）裳（六五仩五）

霞（仩伬仜伬仩五六）袂（五仩五）韻似（六仩五六）是（五伬仩）商（五仩五）量（六五六工尺）心（工六）事（工五六工尺）句倚（四上）綠（四上）蓋（工尺上）讀

無言相對韻天蘸水韻彩舟過處句鴛鴦驚起韻縹緲漾影搖香句想劉阮風流句雙仙姝麗韻閒情未斷句猶戀人間歡會韻莫待西風吹老句薦玉醴讀碧筩拚醉韻清露底韻月照一襟涼思韵

隔簾聽 南

柳永

咫尺鳳衾鴛帳句欲去無因到韻蝦鬚

窣（六五六）地（工五六工尺）重（上尺工尺上）門（四上尺上四）悄（合四）韻 認（五伬仩）繡（五六工）履（尺上工）頻（工五）移（六五六工尺）句 洞（工五六工尺）

房（上尺）窅（尺工六工尺）窅（上尺）韻 强（四上尺上）語（四上）笑（五六工尺）韻 逞（四上）如（四合）簧（四上尺）讀 再（工尺上尺上四）三（四上四）

輕（尺工尺上四）巧（合四）韻 梳（五仩）粧（五六工）早（尺上工）韻 琵（工五）琶（六五六工尺）閒（工六）抱（五仩五）韻 愛（仩五六）品（工）相（六五）

思（六五六工六）調（六仩五）韻 聲（六五）聲（六）似（六仩五六）把（四上）相（尺工尺）思（上尺）告（工尺）韻 但（五仩五）隔（六五六）簾（工）贏（工六）

得（五六工尺）句 斷（工五六工尺）腸（上尺）多（工六工尺）少（上尺）韻 恁（上工尺上）煩（四合）惱（四上尺）韻 合 除（四）非（上尺）是（上工尺上）讀

共（上工尺上）伊（四上四）知（尺工尺上）道（尺上四）韻

江南春慢　南

吴文英

風（五）響（尺上）牙（工）籤（五）句 雲（工六五六）寒（工六）古（工六）硯（五仩五）句 芳（六五六）銘（工尺）猶（工六）在（五伬仩五仩五六）堂（工六五）笏（六五六工）韵

秋(上尺上)牀(四上)聽(五六工尺)雨[句](上四尺)妙(六仩)謝(五六)庭[讀](工六)春(五)草(六工六五仩五六工)吟(尺工六工尺)筆[押](尺工尺)城(工六)

市(五伬仩)喧(五六)鳴(工六五)轍[韻](六)清(六五)溪(六)上[讀](五仩五六)小(上四上尺)山(工尺上)秀(五六工)潔[韻](尺工尺)便(五)向(五)此[讀](六工)搜(五仩)

松(五六工)訪(尺上工六)石[句](六五)葺(工六工)屋(六五六)營(尺工六)花[句](工)紅(上工)塵(尺工尺上)遠(四上尺)避(上工尺上四)風(尺工尺上四)

月[韻](合四)瞿(工尺)塘(工六)路[句](五伬仩)隨(工六五)漢(伬仩五六工六)節[韻](五仩五)記(仩五六)羽(工六)扇(伬仩五六工)綸(五六工)巾[句](尺工尺)

氣(仩五六)凌(工)諸(六五)葛[韻](六五六)青(五仩)天(五)萬(六仩五六)里[句](四上尺)料(六仩)漫(五)憶[讀](六五六)蓴(工六)絲(五六工尺)鱸(尺工六工)

雪[韻](尺工尺)車(五)馬(六工五六)從(工六)休(五仩)歇[韻](五)榮(工尺)華(工六)夢[讀](五仩)醉(伬仩)歌(五六工)耳(尺上工六五)熱[韻][合](六五)真(六五)箇(仩)

是[讀](六仩五)天(六五六)與(尺工)此(尺上工六)翁[句](五)芳(五六工)芷(尺工六)嘉(五仩五)名[句](六五)紉(上工)蘭(尺工尺)佩(上工尺上四)兮(合四)

瓊(上尺工尺上四)玦[韻](四)

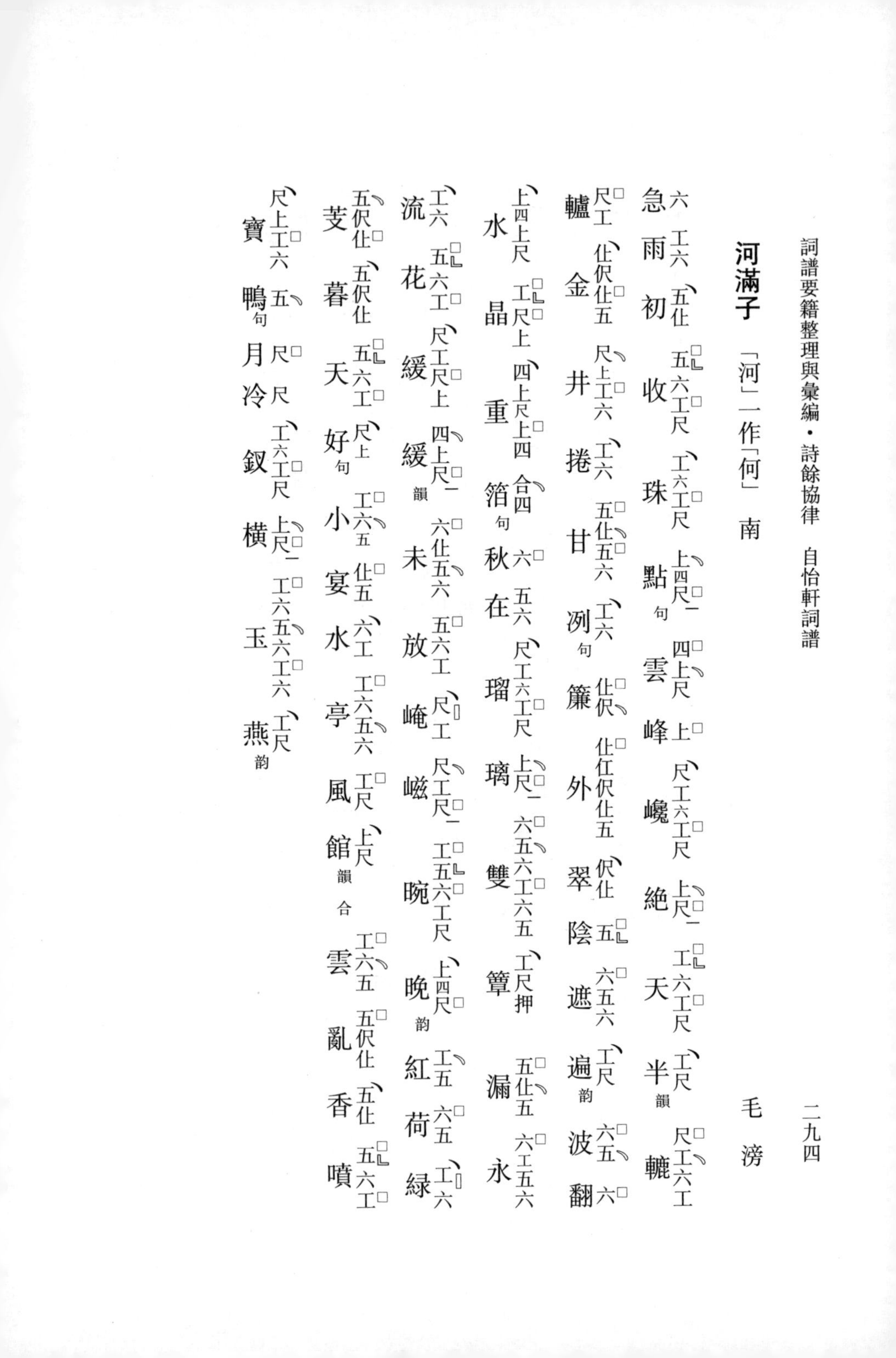

河滿子　「河」一作「何」　南

毛滂

急雨初收珠點句雲峰巉絶天半韻轆轤金井捲甘洌句簾外翠陰遮遍韻波翻水晶重箔句秋在瑠璃雙簟漏永流花緩緩韻未放崦嵫晼晚韻紅荷緑芰暮天好句小宴水亭風館韻合雲亂香噴寶鴨句月冷釵横玉燕韻

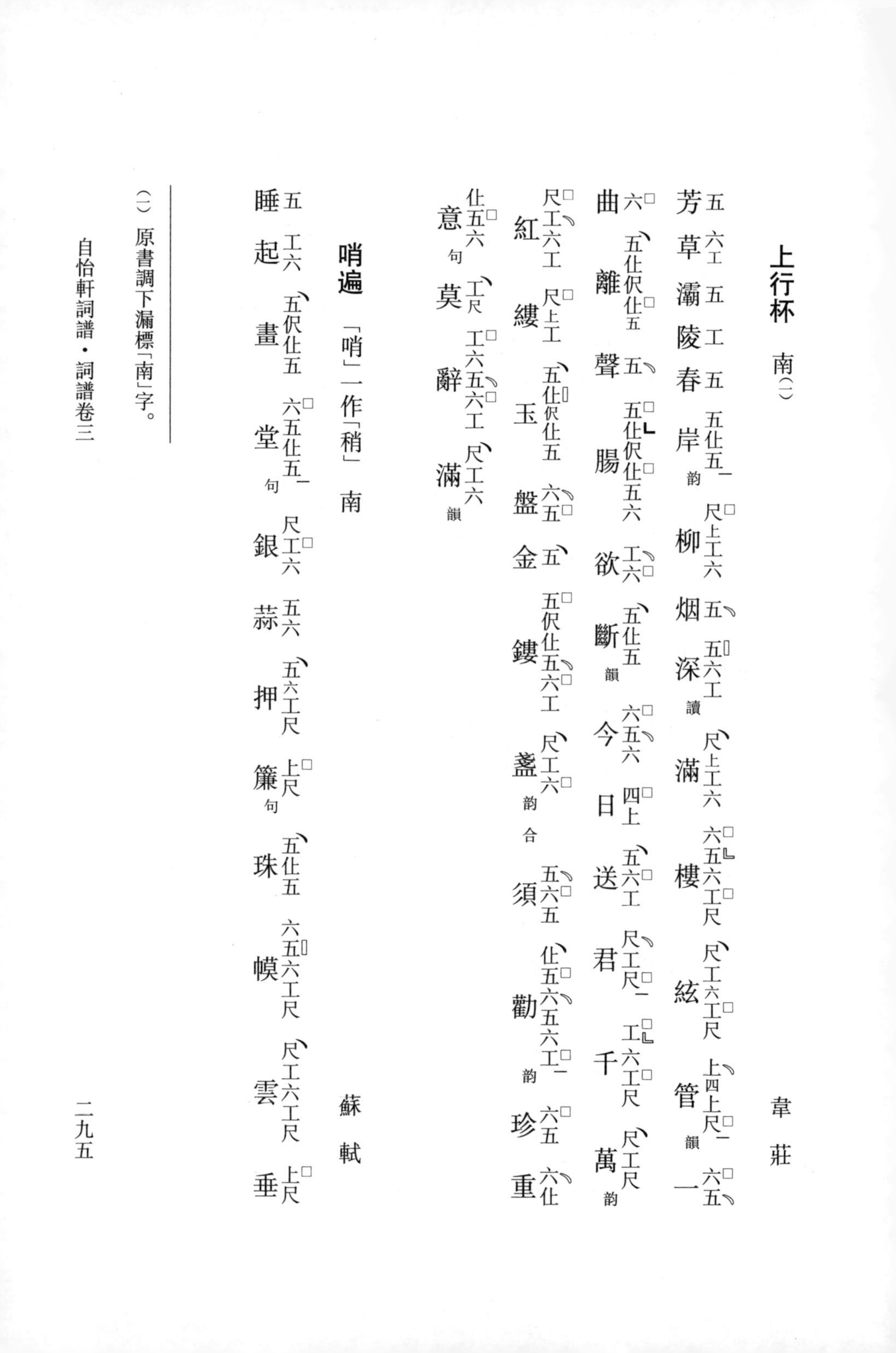

上行杯 南(一)

韋莊

芳草灞陵春岸韻柳烟深讀滿樓絃管韻一曲離聲腸斷韻今日送君千萬韻紅縷玉盤金鏤盞韻合須勸珍重意句莫辭滿韻

哨遍 「哨」一作「稍」 南

蘇軾

睡起畫堂句銀蒜押簾句珠幙雲垂

(一) 原書調下漏標「南」字。

尺工尺 尺 上 尺 工六 五仩五 六五六 工六五 六 工 上 上尺 合四上 尺工尺 工六工尺
地韻初雨歇句洗出碧羅天句正溶溶養花天

工尺上 六五 六 工六 五仩五 六五六工尺 工六工尺 上四尺 四上尺 上 四上尺 工尺 工六五
氣韻一霎時句風迴芳草句榮光浮動句捲

伬仩五六 工 工六五六工 尺上尺工六 五仩 五 五六工 尺工 尺 上尺 上四合 四上尺 五六工尺
皺銀塘水韻方杏靨勻酥句花鬚吐繡句

工六五六 工六 上尺 五六工尺 尺工六工尺 上尺 六工 尺 工尺 仩伬仩五 六五 伬仩五 六五仩伬五六
園林紅翠排比韻見乳燕捎蝶讀過繁

六 五仩 五 仩五六工 上尺工 尺工尺 四上尺 尺工六工尺 尺工尺 伬仩五 六工六五 工六五六 工六
枝韻忽一綫爐香讀惹游絲韻晝永人間句

上尺工尺 上尺 尺工六工尺 上尺 六工六 六五仩五六工 尺工六五 工尺 五 工 六 六五六 工尺 工
獨立斜陽句晚來情味韻便攜將佳麗韻乘

五 六 工六 五 五六工 尺上 六 工 工五工尺 上 尺 上尺 工尺 上尺 六工 工六 五仩五 五
興深入芳菲裏韻撥胡琴語句輕攏漫撚摠伶俐韻看

六工 六五六工 尺工尺 上尺 上 上尺上四合 四合 四上尺 工工尺 工 工六 伬仩 五 六五六工 尺上
緊約羅裙句急趨檀板句霓裳入破驚鴻起韻

五 工 工 工五 六五 五 工五六工 尺工尺 上尺 上尺 上 尺工尺 上尺 工六 工尺 五 六工 工
正顰月臨眉韻醉霞橫臉句歌聲悠揚雲際韻任滿頭

紅(工)雨(工六)落(工六)花(五仩五)飛(六)韻漸(五)鳷(六)鵲(六)樓(工六五六)西(工)玉(四四合)蟾(四上尺上四)低(四)韻尚(工五工尺)徘(上尺工)徊(上尺)讀
未(五仩)盡(五六)歡(工六)意(工尺)韻君(五仩)看(伬仩)今(五)古(六工五六)悠(工六工尺)悠(尺)句浮(工六)幻(五伬仩)人(工六)間(五仩)世(伬仩)韻合這(五)
些(六)讀百(五)歲(仩)光(五)陰(五六工)幾(尺上工六)日(六五)句三(六)萬(五六)六(尺工六工)千(尺)而(尺工六工尺)已(上尺)韻醉(工)鄉(尺)路(工五六工)
穩(尺上)不(五)妨(五仩五六)行(工六)句但(工尺)人(上)生(尺)讀要(五)適(六五六工)情(尺工六工尺)耳(上尺)韻

城頭月 南

馬天驥

城(工五)頭(六五)月(工六五)色(六五六)明(工尺)如(工六五六工六)晝(工尺)韻總(工六)是(五伬仩)青(五仩五)霞(六五仩五六)有(工六)韻酒(尺上工六)
醉(五六工)茶(尺工六工尺)醒(上尺)句饑(上尺)餐(上尺)困(五六工尺)睡(工五六工尺)句不(六五六)把(上工)雙(尺工尺上)眉(四上尺上四)
皺(尺上四)韻坎(工六五六)離(工六)龍(五仩伬仩五)虎(六工五六)勤(工六五)交(六五六工六)媾(工尺)韻煉(六仩五)得(六五六工)丹(尺工尺)

將（上尺上四）就（尺上四）韻合　借（仩五六）問（五伬仩）羅（工五）浮（六五仩五）句　蘇（六五）眈（六五六工尺）鶴（尺工六工尺）侶（上尺）句　還（工六五六）似（工五六工）先（尺工尺）生（上尺上四）否（合四）韻

歸田樂　南

晁補之

春（五）又（五伬）去（伬仩）句　似（五）別（工）佳（六五六）人（工）幽（尺工尺）恨（上尺上四）積（四）韻　閒（工尺）庭（工六）院（五）句　翠（五）陰（六）滿（工）讀　添（五仩）晝（伬仩五）寂（六五）韻　一（六）枝（六）梅（工六）最（伬仩五）好（尺工）句　至（伬仩）今（五仩五）憶（六）韻　正（仩五）夢（六仩五六）斷（工尺）讀　爐（上尺工尺）烟（上尺上四）裊（合四）句　參（五）差（五）疎（六）簾（工六）隔（五）韻合　爲（五仩）何（工六）事（五伬仩）句　年（工五）年（六五六工尺）春（工六）恨（工尺）句　問（六仩）花（六五六工）應（尺工尺）會（上尺上四）得（四）韻

惜分飛　南

毛滂

淚（伬）濕（仩）闌（五仩伬仩）杆（五）花（六五六）着（工六）露（五仩）韻愁（工六）到（五六）眉（尺工六）峰（工六工尺）碧（上尺工）聚（尺上四）韻此（工六）恨（五六）平（尺工六）分（工六工尺）取（上尺）韻更（五）無（工）言（工六五六）語（四上）空（尺工尺）相（上尺工）覷（尺上四）韻斷（伬）雨（仩五）殘（五仩伬仩五）雲（六五）無（工六）意（五六）緒（五仩）韻寂（工）寞（工六）朝（五）朝（五六工尺）暮（工五六）暮（工尺）韻合今（上）夜（工尺）山（上）深（上尺）處（工尺）韻斷（六仩）魂（工）分（六五六）付（工）潮（上尺工尺）回（上尺工）去（尺上四）韻

夏日燕黌堂　南

無名氏

日（工）初（五）長（六五）韻正（伬仩）園（工五）林（六五）換（五伬仩五）葉（六五六工尺）句瓜（工六工尺）李（上四尺）飄（工六工尺）香（尺）韻簾（四上尺）外（上工尺上）雨（四上尺）過（五六工尺）句送（仩五）一（六五）霎（六五六工）微（尺工六工尺）涼（上尺）韻萍（工六五六）蕪（工六）逕（仩五）曲（六五六工尺）凝（上尺工尺）珠（上尺上四）顆（合工合四）句襯（伬仩）沙（五）汀（五仩）讀細（伬仩）簇（五仩五）蜂（六五六）房（工六五六工）韻被（上工尺上）晚（四合）風（上尺）

輕颭句圓荷翻水句潑覺鴛鴦韻此景最難忘韻稱芳樽泛蟻句篘簟鋪湘韻蘭舟棹穩句倚何處垂楊韻豈能文字成狂飲句更紅裙讀間也何妨韻合任醉歸明月句蝦鬚簾捲句幾線餘霜韻

燕山亭　南

曾覿

河漢風清句庭戶夜涼句皓月澄秋時候韻冰鑑乍開句跨海飛來句光掩

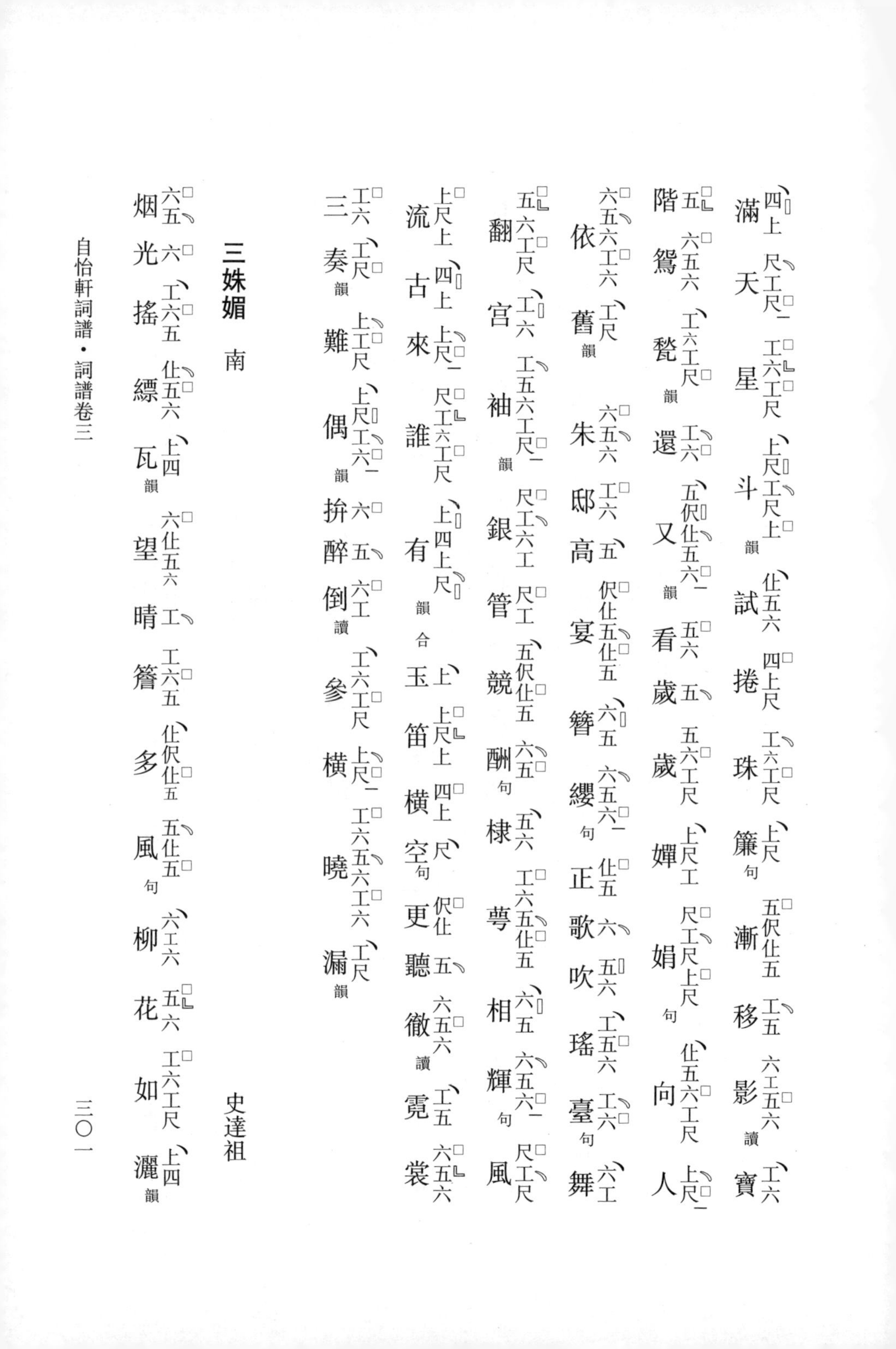

滿天星斗韻試捲珠簾句漸移影讀寶階鴛甃韻還又韻看歲歲嬋娟句向人依舊韻朱邸高宴簪纓句正歌吹瑤臺句舞翻宮袖韻銀管競酬句棣萼相輝句風流古來誰有韻合玉笛橫空句更聽徹讀霓裳三奏韻難偶韻拚醉倒讀參橫曉漏韻

三姝媚 南

史達祖

烟光搖縹瓦韻望晴簷多風句柳花如灑韻

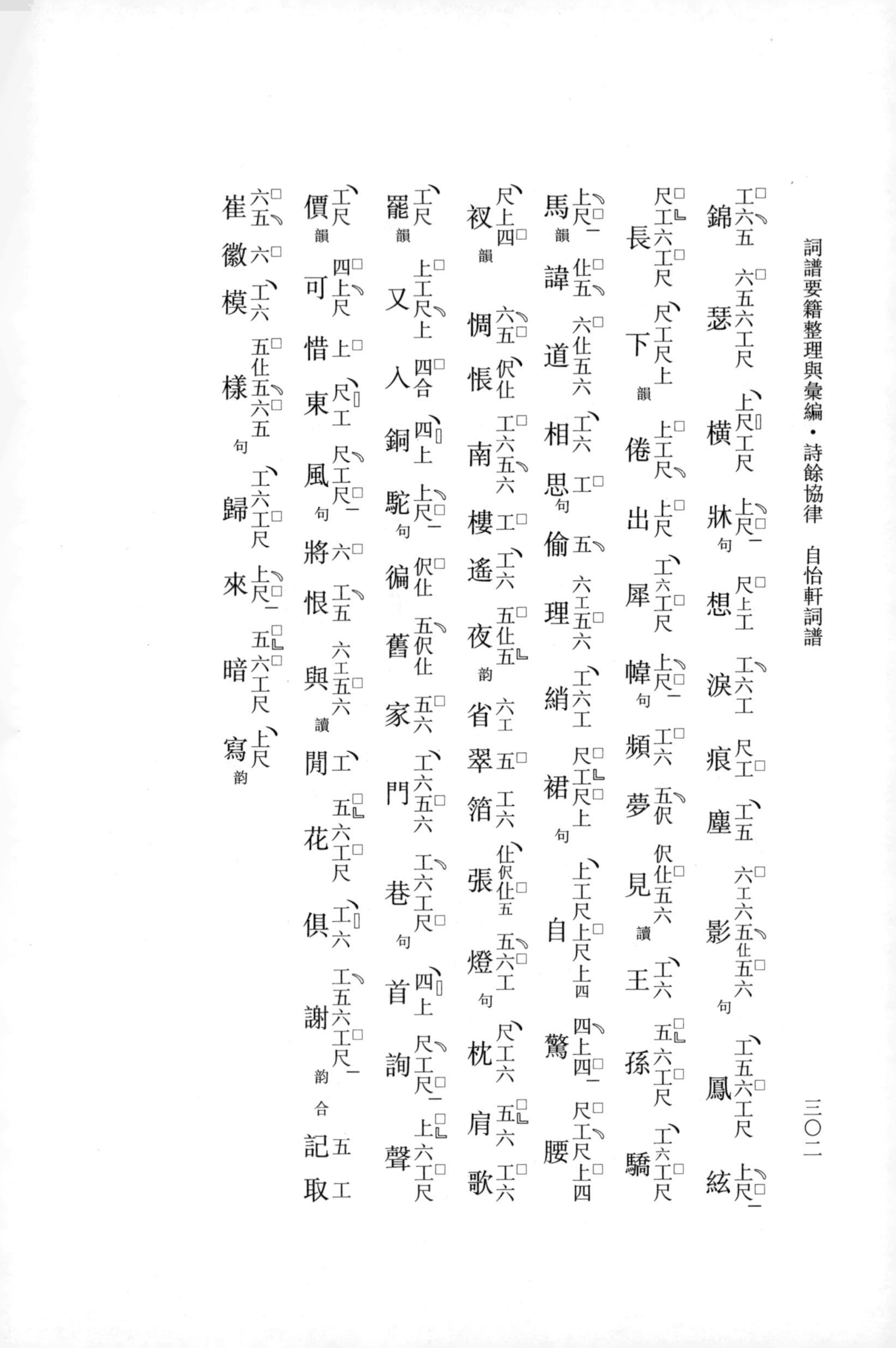

錦瑟橫牀句想淚痕塵影句鳳絃長下韻倦出犀幃句頻夢見讀王孫驕馬韻諱道相思句偷理綃裙句自驚腰衩韻惆悵南樓遙夜韻省翠箔張燈句枕肩歌罷韻又入銅駝句偏舊家門巷句首詢聲價韻可惜東風句將恨與讀閒花俱謝韻合記取崔徽模樣句歸來暗寫韻

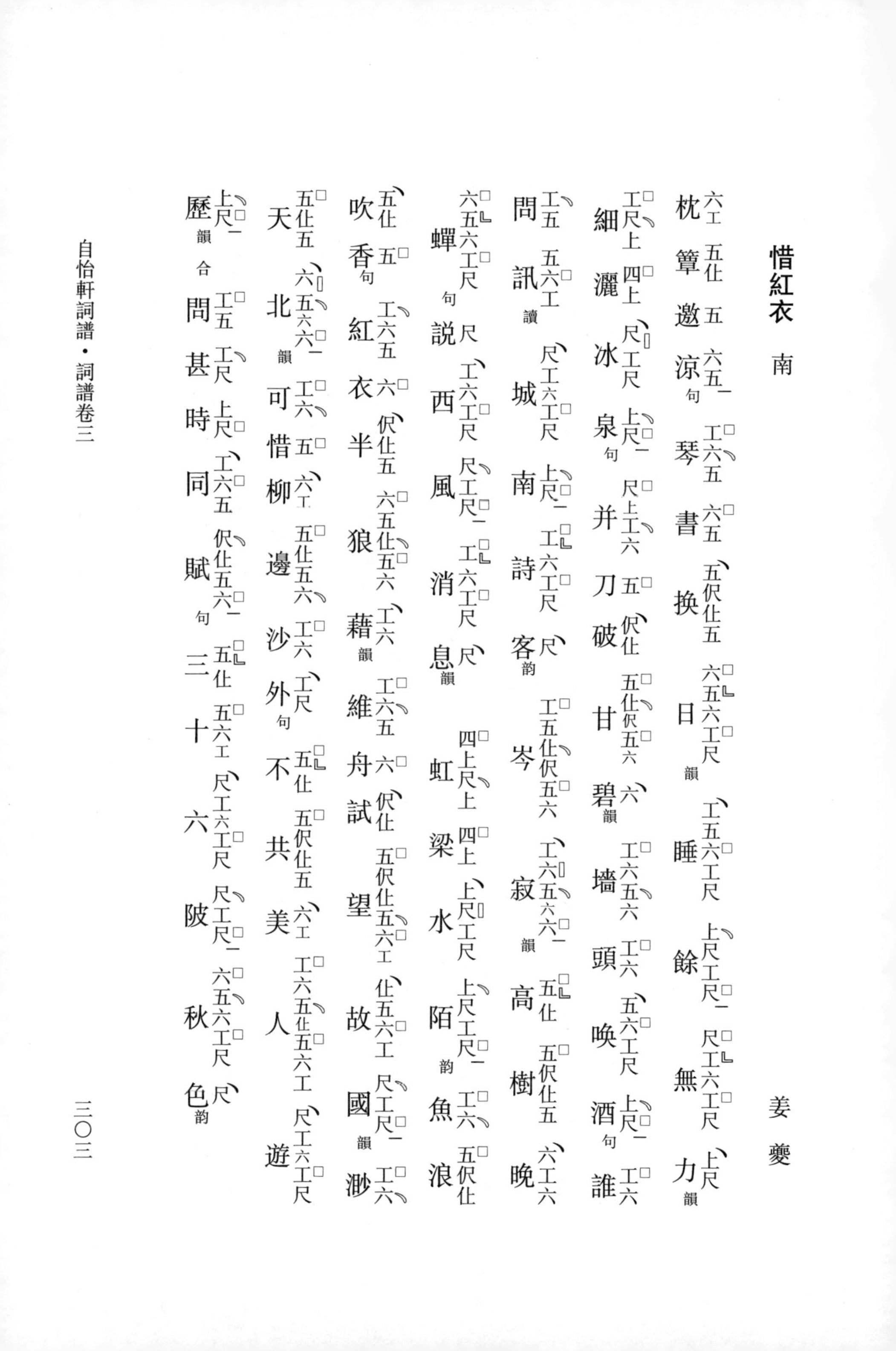

惜紅衣　南

姜夔

枕簟邀涼句琴書換日韻睡餘無力韻細灑冰泉句并刀破甘碧韻墻頭喚酒句誰問訊讀城南詩客韻岑寂韻高樹晚蟬句說西風消息韻虹梁水陌韻魚浪吹香句紅衣半狼藉韻維舟試望故國韻渺天北韻可惜柳邊沙外句不共美人遊歷韻合問甚時同賦句三十六陂秋色韻

又一體　南

李萊老

笛送西泠句帆過杜曲韻晝陰芳綠韻門巷清風句還尋故人書屋韻蒼華髮泠句笑瘦影讀相看如竹韻幽谷韻烟樹曉鶯句訴經年愁獨韻殘陽古木韻書晝歸船句匆匆又南北押蘋洲鷗鷺素熟韻舊盟續韻甚日浩歌招隱句聽雨弁陽同宿韻合料重來時候句香蕩幾灣紅玉韻

二色蓮 南

曹勛

鳳沼湛碧句蓮影明潔句清泛波面韻素肌鑑玉句烟臉暈紅深淺韻占得薰風弄色句照醉眼讀梅粧相間韻堤上柳垂青帳句飛塵儘教遮斷韻重重翠荷淨句列向橫塘暖韻爭映芳草岸韻畫船朱槳句清曉最宜遙看韻似約鴛鴦並侶句又更與讀春鋤

爲(尺工六)伴(工五六工尺)韵合頻(工六)宴(五)賞(六工五六)句香(工)成(尺工尺)陣(上工尺上)句瑤(四上尺上四)池(合四)
任(上五六工尺上四)晚(合四)韵

拂霓裳　南　晏殊

樂(工五)秋(五)天(五)韻晚(尺上工六)荷(工六)花(五)綴(伬仩)露(五伬仩五仩五)珠(六五六)圓(工六五六工)韻風(六五六)日(尺工)好(尺上工六)句
數(伬仩五)行(六五六工尺)新(伬)雁(仩仜伬仩五仩五)貼(六五六)寒(工六五六工工)烟(六)韻銀(尺工六工)簧(尺工)調(工六)脆(伬仩五六工)
管(尺上)句瓊(工六)柱(五六工)撥(尺工)清(尺工尺上尺上四)絃(合四)韻捧(尺上工六)觥(工)船(尺工)韻一(六)聲(六五)聲(六)讀齊(工六)唱(五六工)
太(六工尺工尺上四上)平(上尺工尺上尺上四)年(合四)韻人(工六五)生(六)百(五仩)歲(伬仩五)句離(工尺)別(工六)易(五仩五六)讀
會(五伬仩五)逢(六五仩五六)難(工六)韵無(尺工六)事(工)日(尺工)讀剩(五)呼(六五)賓(六五六)友(四合)啓(四上)芳(尺工尺上尺上四)筵(合四)韻

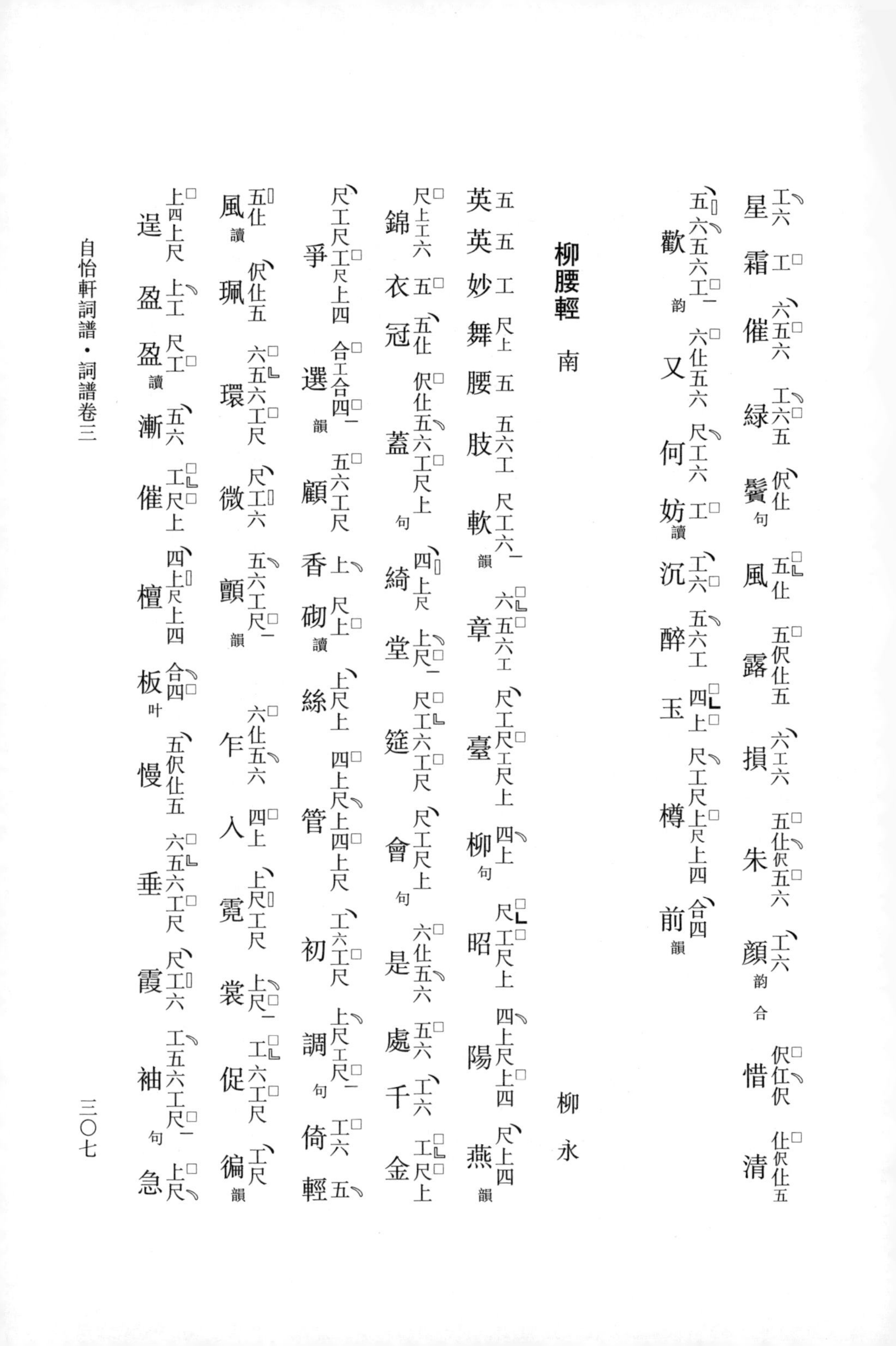

星霜催綠鬢句風露損朱顏韵合惜清歡韵又何妨讀沉醉玉樽前韻

柳腰輕 南

柳永

英英妙舞腰肢軟韻章臺柳句昭陽燕韻錦衣冠蓋句綺堂筵會句是處千金爭選韻顧香砌讀絲管初調句倚輕風讀珮環顫韻乍入霓裳促徧韻逞盈盈讀漸催檀板叶慢垂霞袖句急

趨上 蓮四上尺 步工六工尺尺句 進仩五六 退五六工 奇尺工六工尺 容上尺 千工六工尺 變工尺韻合 笑工尺上 何四合 止四上尺讀

傾五仩 國五六工尺 傾工六工尺 城上尺句 暫六仩五六 回上工 眸尺工尺讀 萬上工尺上四 人合四 腸上尺工尺上四 斷尺上四韵

握金釵　南　無名氏

梅工 蘂六工 破仩 春五 寒六五句 春六五六 來工 何工六 太伬仩五六工 早尺上韻 輕五仩 傅五六工 粉尺工讀 向伬仩五 人六五六工尺

先工六 笑五六工尺韻 比尺上工六 並五伬仩五 年工六五六 時上尺工 較六工尺工尺上四上 些尺工尺上尺上四 少合工合四韻

愁上尺工尺 底上尺工 事工五六工尺句 十工六 分五六工尺 清五仩 瘦伬仩五六工 了尺上韻 影工六五 靜六仩五六 野四上尺

塘尺工六工尺 空尺句 香六五六 寒四上 霜尺工尺上 月四上尺上四 曉合工合四韻 丰五仩 韻五六工 減尺上工讀 酒工五

醒六工六五仩五六 花工六工尺 老上四尺韻合 可尺上工六 煞工 多仩伬仩五 情六五 要伬仩 人工六五六工六 道五仩五韻 踈六五 竹六

外(六仩五六)句一(工六)枝(工尺上)斜(四上尺)更(工尺上四)好(合四)韻

望仙門　南　　晏殊

玉(工)池(工六)波(五)浪(五伬仕五)碧(六)如(工五仕五六)鱗(工六五六)韻露(工五工尺)蓮(上尺工)新(尺)韻清(六五)歌(六)一(五仕)曲(五)翠(伬仕)眉(工五)顰(六五)韻舞(四上)華(上尺工)茵(尺)韻滿(六工)酌(六)蘭(工六)英(五六工)酒(尺上)句須(六)知(六)獻(五六)壽(工尺)千(工六工)春(尺)韻合太(五)平(工)無(工六)事(五伬仕)荷(五仕)君(五仕五六)恩(六)韻荷(工五六)君(工六工尺)恩(尺)格齊(工六)唱(五六工)望(上工尺上四)仙(上尺上四)門(合四)韻

霓裳中序第一　北　　周密

湘(仕)屏(仕伬)展(六五)翠(六凡工)疊(尺工)韻恨(工六)入(工尺工)宮(六五)溝(六凡六)流(五)怨(五六凡工)葉(尺工)韻釭(五六)冷(上尺)金(工)花(五)暗(仕乙五)結(六凡工)韻又(五六)雁(工六)影(尺工)帶(尺上尺)霜(工)句蛩(上尺)音(上)凄(仕五六)月(尺工)韻珠(五仕乙)寬(五)腕(六凡)雪(工)韻歎(六)錦(工)箋(六)芳(仕)

字（仩六五）盈（六工尺）篋（上）韻人（五）何（六）在（五）句玉（五六）簫（五）舊（六五）約（六凡工）句忍（工）對（六五）素（仩）娥（五仩五六）說（尺工）韻愁（仩五六）絕（工六）韻衣（尺上一）砧（四）幽（工六凡工）咽（尺）韻任（伬）帳（仩乙）底（五）沉（工）烟（六五）漸（六凡工）滅（尺工）韻紅（工尺）蘭（工）誰（工六）採（上一四）贈（六凡工）別（尺上）韻悵（六）洛（工）浦（尺工）分（六五）綃（六）句漢（仩五）皋（六）遺（六五）玦（六凡工）韻舞（四）鸞（上）光（上尺）半（上一）缺（四）韻最（五）怕（六）聽（工）讀離（六五）絃（六五）乍（仩五六）闋（尺工）韻凭（五）欄（工）久（工六）句一（上）庭（尺）香（六五）露（六凡工）句桂（仩）影（六）弄（五六）凄（五六凡工）蝶（尺工）韻

少年心　北

黃庭堅

對（六）景（上）惹（工尺）起（工六）愁（工五）悶（六凡工）韻染（上尺）相（工）思（工六）讀病（五六）成（工六五）方（仩伬）寸（仩乙五）韻是（伬仩）阿（六凡）誰（工）先（六）有（工六）意（五六）句阿（工）誰（尺工尺）薄（工六）倖（凡工尺）押陡（上尺）頓（六）恁（工六）讀少（上）喜（上尺）多（五六凡）嗔（工）韻合（工）下（仩）休（六五）傳（六）音（五）問（六凡工）韻你（上）有（上）我（上尺）讀我（工五六）無（工六）你（凡六）分（五六）韻似（尺上尺）合（工六凡）歡（工）桃（尺上一）核（四）句真（上）堪（上尺）人（工六）

恨(凡工尺)韻心(仩)兒(六凡)裏(工)讀有(六)兩(工)個(五六)人(工六尺上尺)人(上)韻

荷葉鋪水面　北　　康與之

春(六)光(六)艷(五六凡工)冶(尺工)句遊(上)人(上尺)踏(尺六)綠(凡六凡工尺)苔(工)韻千(五)紅(六五)萬(六凡工)紫(上)競(上尺)香(工尺)開(上)韻暖(上尺)風(工)拂(工六)鼻(五六)籟(五)韻驀(尺)地(工)暗(六)香(工)透(六工尺)滿(上一四)懷(上)韻荼(六五)蘼(六)似(仩五六)錦(凡五)裁(六凡工)韻嬌(工)紅(尺工)間(六工尺)綠(上工上一四)白(上尺工)叶只(尺)怕(工)迅(六)速(上六)春(凡工)回(上)叶誤(四上)落(四合)在(四)塵(上尺)埃(上)韻折(凡)向(六)鬢(五六)雲(尺工)間(尺上)句金(尺)鳳(尺上一四)釵(上)韻

甘州曲　「曲」一作「子」　北　　顧夐

一(尺)爐(工)龍(五仕)麝(乙五六)錦(工六)帷(仕乙)旁(五)韻屏(工)掩(工五)映(六凡工)讀燭(上尺)熒(工六凡)煌(工)韻禁(工尺)城(上)刁(上尺上)斗(合凡工)

喜工六　初五仩乙　長（韻）五　羅五　薦六凡　繡工尺工　鴛六五　鴦（韻）六　山五六　枕工五　上（韻）六凡工　私上　語合　口六凡工　脂五仩乙　香（韻）五

遍地錦

「錦」一作「花」　北　　毛滂

白五　玉伬　欄仩乙　邊五六　自五六　凝工五　竚（韻）六凡工　滿上四　枝上一四　頭（讀）合　彩工　雲六五　雕仩　霧（韻）乙五六　甚仩　芳五　菲（讀）五　繡仩

得工五　成六凡　團（句）工　砌五　合工　出（讀）工六　韶五仩乙　華五　好尺工　處（韻）尺上　暖五　風仩乙　前（讀）五　一六　笑仩　盈乙五　盈（句）六　吐尺工

檀六五　心（讀）六　向仩　誰五仩　分六五　付（韻）六凡工　莫工　與尺　他（讀）尺　西工　子尺工尺　精上一　神（句）四　不工　枉尺　了（讀）尺工　東六五　君六

雨尺工　露（韻）尺上

祭天神

北　　柳永

憶六　繡五凡工　衾（讀）尺　相尺　向尺四六　輕五六　輕工尺　語（韻）上尺工一　屏上尺　山上　掩（讀）合凡工　紅工　蠟尺上　長合四　明（句）合　金工尺　獸上一四

盛(、上)薰(六五六)蘭(工六)炷韻(、凡工尺)何(、上)期(上)到(、尺上一四)此句(合)酒(合)態(上)花(、一上一四)情(合)頓(、工尺)辜(工六凡工)負韻(、尺上)愁(五六)
腸(工六)斷讀(、五)還(凡)是(五)黃(凡工尺上尺)昏句(、上)那(上尺)更(工)滿(上四)庭(上)風(、尺上一四)雨韻(合四上)聽(仩)空(乙五)階(六)和(、五仩五)
漏句(六凡工)碎(六尺)聲(工)鬬(、上)滴(合四)愁(上)眉(上工)聚韻(、上一四)算(五六凡六)伊(、五)還(工)共(六)誰(尺凡工)人句(尺)爭(尺)知(尺上)此(四上)冤(、尺工)
苦韻(尺)念(五)千(、六凡)里(工六上尺)烟(、工尺上一)波句(四)迢(上)迢(上)前(尺工尺上)約句(、一四合)舊(六仩)歡(、乙五六)省讀(工)一(工)向(五)無(、六五)
心(六凡工)緒韻(、尺上)

紫玉簫　北

晁補之

羅(、尺)綺(上一四上六工)圍(六五六凡)中句(、工尺工)笙(、五)歌(五)叢(工六凡工)裏句(、尺上尺工)眼(、尺)狂(上尺工)初(、六五)認(六凡工六工尺)輕(工尺上)
盈韻(、上)無(工)花(六五)解(、六凡工)比句(上)似(六)一(工)鈎(六)新(、五)月句(五六五六)雲(、工)際(五六)初(工尺上尺)生韻(、工)算(尺)不(四)虛(上一四)
得句(、合四上)郎(工六)占(、尺上一四)與讀(上尺)第(、五)一(六五)佳(六凡工尺)名韻(、上)輕(六)歸(六凡工)去句(、尺上)那(四)知(尺)有(、上四)

人(上尺工六工尺□)句別(上尺)後(上一四合四□)牽(上一四合□)情(四)韻襄(工六凡□)王(工)自(仩)是(仩)春(六五□)夢(六凡工□)句休(尺)漫(工)説(上一四尺)

東(工尺上尺□)墻(上一四合□)句事(尺六)更(六尺工尺□)難(工尺上尺□)憑(上)韻誰(合)教(四)慕(合上□)宋(一四合□)句要(五六)題(五仩乙)詩(五□)讀曾(工)倚(六)

寶(工)柱(工六)低(工尺上尺□)聲(工)韻似(工)瑤(上□)臺(上)曉(一四合)句空(工六□)暗(尺上一四)想(合四□)讀衆(尺)裏(上尺)飛(凡工尺上尺□)瓊(上)韻餘(四上□)

香(四合)冷(凡工合)句猶(四□)在(尺)小(上尺)窗(工尺上□)句一(四尺)到(上一四上□)魂(合凡工合□)驚(四)韻

高大石調

水仙子　一名《凌波仙子》　南引　倪瓚

東(尺)風(尺)花(工)外(工五六)小(上尺)紅(上工)樓(尺工—)〔韻〕南(上)浦(尺上)山(尺工尺)横(上)翠(工)黛(工尺上四合)愁(合四—)〔韻〕春(尺)寒(上)不(尺)管(上四)花(工)枝(工)瘦(五六工—)〔韻〕無(上)情(上)水(上尺)自(工尺上四合)流(合四—)〔韻〕簷(上)前(上)燕(尺上)語(四上尺)嬌(工)柔(尺工—)〔韻〕驚(五)回(六)幽(五)夢(五仕五六、)〔句〕難(上)尋(上尺)舊(工尺)遊(上—)〔韻〕落(上)日(上尺)簾(合四上四)鈎(四—)〔韻〕

憶悶令　南引　晏幾道

取(六工)次(五)臨(工)鸞(工)匀(工六)畫(五六)淺(四上尺工—)〔韻〕酒(四)醒(上)遲(四)來(四尺上四)晚(合工合四—)〔韵〕多(六)情(工)愛(五)惹(六工五六)閒(上工)

尺工— 四 上工 四 尺上四 合工合四— 工 工 六 工六 五六工— 上四 上 上 四尺上四 尺上四—
愁句長黛眉低斂押月底相逢見韻有深深良願韻

四合 工合 尺上四、 五 工五六 尺 工— 上尺 工 尺 上尺上四 合工合四—
願期信讀似月如花句須更教長遠韻

珠簾捲　南引　歐陽修

尺 上尺 尺工— 五六工 上尺 尺工— 上 上 工 上尺 四上四 合四— 尺上四 合 上尺 尺工 上尺
珠簾捲句暮雲愁韻垂楊暗鎖青樓韻烟雨濛濛如

工五六工— 尺工 尺 尺 工尺上四合 四— 尺 工五六 尺上 上 工 尺工— 上 尺 上 工尺 四上
晝句輕風吹旋收韻香斷錦屏新別句人閒玉簟初

四— 尺工尺 上 工五六 工 六 五六工— 尺 上尺上四 合四— 工 尺上四合 四—
秋韻多少舊歡新恨句書杳杳句夢悠悠韻

中興樂　一名《濕羅衣》　南引(一)　牛希濟

上 上 尺上 尺 工 上尺 工— 上 上 上尺 工尺 四上 四— 上 上尺 工 尺工— 工 工尺 合四上四
池塘暖碧浸晴暉韻濛濛柳絮輕飛韻紅蘂凋來句醉夢還

(一) 原書調下漏標「南引」二字。

稀韻 四 春 尺工尺 雲 上 空 工 有 尺工 雁 工五六 歸韻 工 珠 尺 簾 上尺上四 垂韻 合四 東 工 風 工 寂 上尺 寞句 尺工 恨 工 郎 上 抛 尺上四
擲句 合四 淚 工 濕 尺工尺 羅 合四上四 衣韻 四

春草碧 南

万俟咏

又 五 隨 工六 芳 五六工 渚 尺工六 生句 五 看 仩五六 翠 伬仩五 連 六五仩 霽 仜伬仩五 空句 五 愁 工六五六 滿 工六 征 五 路韻 五伬仩 東 五
風 五六 裏句 工尺 誰 工六五六 望 工尺 斷 工五六五 西 工六工尺 塞句 尺 恨 六仩五六 迷 工尺 南 工六五六工 浦韻 尺工 天 五仩五 涯 六五
地 工五六工 角句 尺工尺 意 仩五 不 六 盡讀 五伬仩 消 五仩五 沉 六五 萬 工五六工尺 古韻 上尺 曾 工六 是 五伬 送 仩五六工尺 別句 上尺工尺
長 五仩 亭 五仩 下句 仩仜伬仜 細 仜伬仩五 綠 六五 暗 五六五六工尺工 烟 六五六工尺 雨韻 上尺 何 仩伬 處韻 仜伬仩 亂 五伬仩五六
紅 工六 鋪 五仩 繡 伬仩五六工六 茵句 五 有 尺工六 醉 伬仩五 眠 六五六 蕩 工五六工尺 子句 上尺 拾 工六五 翠 仩五六 遊 上工 女韻 尺工

王(工六)孫(五)遠(尺工)句柳(工六五六)外(工尺)共(工五六五)殘(尺工六)照(五六工尺)句斷(上工尺上)雲(四合)無(四上尺上四)語(合四)韻池(工五)塘(六五六)夢(工五六工)生(尺工尺)句謝(仩伬伬)公(仩)後(仩伬伬仩)讀還(工五)能(六五)繼(仜伬仩五)否(六五)韻合獨(尺工六工)上(尺工)畫(五仩五六工尺)樓(上尺工尺)句春(六五)山(六)暝(六仩五六)句雁(五伬仩)飛(五五六工六)去(工尺)韻

欸乃曲　南

元結

千(尺工尺)里(上四)楓(尺)林(上)烟(尺工尺)雨(四上)深(尺)韻無(上)朝(尺)無(上尺)暮(工五六)有(尺上)猿(上尺)吟(尺工)韻停(工)橈(工六)靜(五仩)聽(五六)曲(尺工)中(尺)意(工尺)句合好(上尺)似(工)雲(上尺工)山(尺)韶(上尺)濩(工尺上)音(上)韻

御帶花　南

歐陽修

青(五)春(五)何(工六)處(仩五)風(六五)光(六五六工尺)好(上尺)句帝(五六工尺)里(上尺)偏(工六)愛(五六工尺)元(尺工六五工尺)夕(上尺)韻

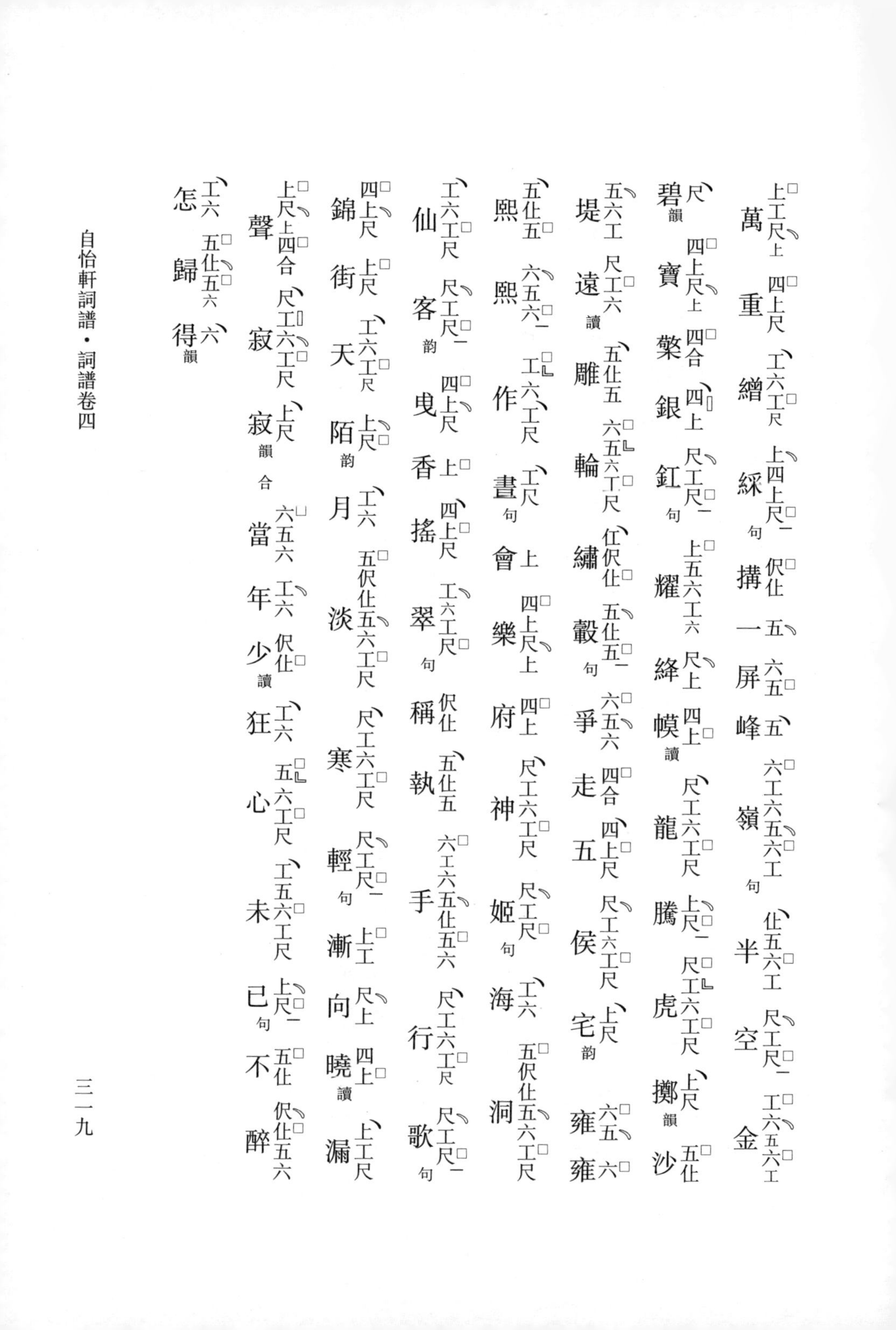

萬重繒綵句搆一屏峰嶺句半空金碧韻寶檠銀釭句耀絳幙讀龍騰虎擲韻沙堤遠讀雕輪繡轂句爭走五侯宅韻雍雍熙熙作晝句會樂府神姬句海洞仙客韻曳香搖翠句稱執手行歌句錦街天陌韻月淡寒輕句漸向曉讀漏聲寂寂韻合當年少讀狂心未已句不醉怎歸得韻

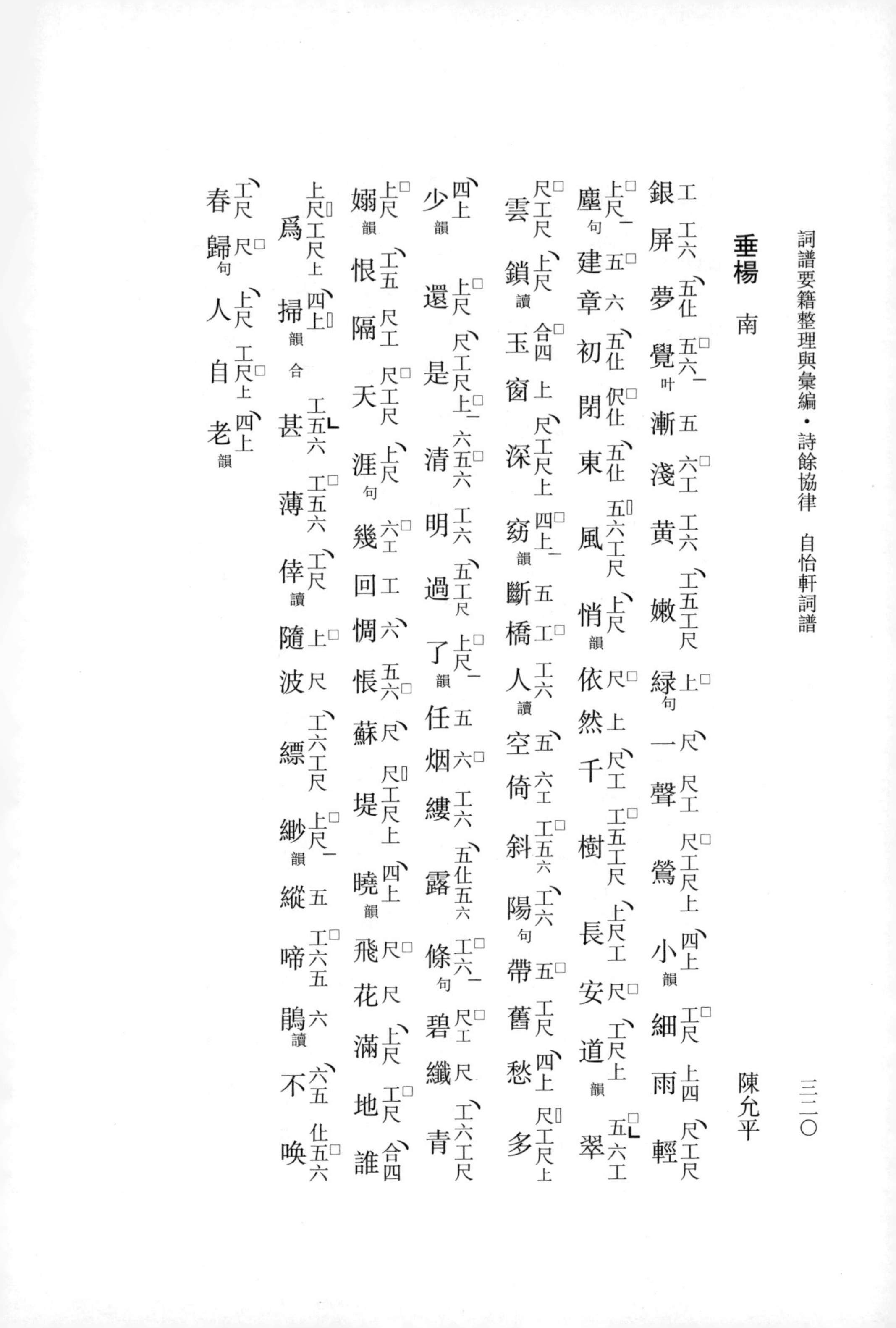

垂楊　南

陳允平

銀屏夢覺叶漸淺黃嫩綠句一聲鶯小韻細雨輕塵句建章初閉東風悄韻依然千樹長安道韻翠雲鎖讀玉窗深窈韻斷橋人讀空倚斜陽句帶舊愁多少韻還是清明過了韻任烟縷露條句碧纖青嫋韻恨隔天涯句幾回惆悵蘇堤曉韻飛花滿地誰爲掃韻合甚薄倖讀隨波縹緲韻縱啼鵑讀不喚春歸句人自老韻

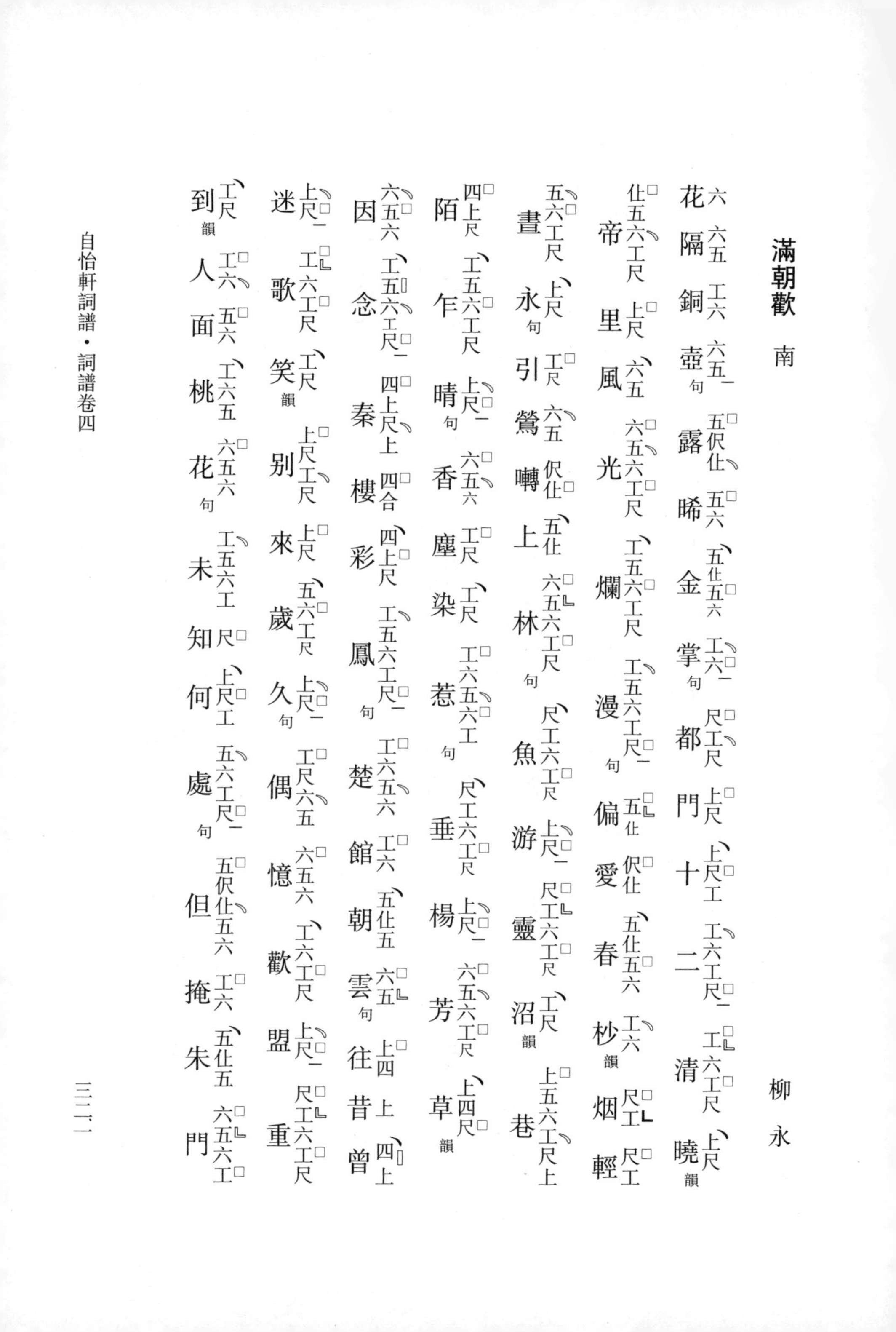

滿朝歡 南

柳永

花隔銅壺句露晞金掌句都門十二清曉韻帝里風光爛漫句偏愛春杪韻烟輕晝永句引鶯囀上林句魚游靈沼韻巷陌乍晴句香塵染惹句垂楊芳草韻

因念秦樓彩鳳句楚館朝雲句往昔曾迷歌笑韻別來歲久句偶憶歡盟重到韻人面桃花句未知何處句但掩朱門

悄(尺工六工尺)悄(上尺)韻 合 盡(五)日(工六)竚(伬仩五)立(六五六工尺)無(尺工尺)言(上尺)句 贏(工六五)得(六五六)凄(工六工尺)凉(上尺工尺)

懷(工六五六工六)抱(工尺)韻

秋色橫空　南　白樸

搖(工)落(工六)秋(五)冬(五)韻 愛(伬仩)南(工六)枝(五六)迴(工六五)絕(六五六工尺)句 暖(上尺工)氣(五六工尺)潛(尺工六工尺)通(尺)韻 含(工六五)章(六)

睡(五伬仩五六)起(工六)宮(六五)粧(六五六工六)褪(工尺上)句 新(尺工)粧(尺工)淡(工五六工尺)淡(工五六工尺)丰(工六工尺)容(上尺工尺)韻

冰(六五六)蕤(工六五六工六)瘦(五仩五六工)句 蠟(上尺工六)蒂(五工尺)融(上尺)韻 便(工五)自(工尺)有(上尺)讀 倚(六五六)然(工六五六工尺)林(上尺)

下(五仩五六工尺上)風(上)韻 肯(工六五)羨(伬仩)蜂(五仩)喧(五六工尺)蝶(上尺)鬧(工六工尺)句 艷(五仩五六)紫(工尺六)妖(六五六工尺)紅(上尺)韻

何(四上尺)處(五六工尺)對(工尺)花(上尺)興(五六工尺)濃(上尺)韻 向(五六)藏(工六五)春(六)池(工五)館(六五六工尺)句 透(五六工尺)月(上尺)

簾櫳韻一枝鄭重天涯信句腸斷驛使
相逢韻關山路句幾萬重韻合記昨夜讀
筠筒和淚封韻料馬首幽香句先到
夢中韻

秋蘂香引　南

柳永

留不得韻光陰催促句有芳蘭歇句好花
謝句惟頃刻韻彩雲易散琉璃脆句驗
前事端的韻風月夜句幾處前

蹤（尺工尺）舊（工五六工）跡（尺工尺上）韻忍（四上）思（尺工）憶（尺）韻這（仩五六）回（工六）望（五伬）斷（五伬仩五六工尺工）句遠（尺上尺工）作（六）

蓬（五仩伬仩）山（五仩五六）隔（六五六）韵合向（五六工）仙（尺工尺上）島（四上尺）句歸（尺工尺）雲（上尺）路（尺工尺上）句兩（尺上尺工）無（工六）

消（六五六工尺）息（尺）韻

更漏子　南

賀鑄

上（五仩）東（五）門（六五六工尺上）句門（四上尺）外（上工尺上四）柳（合工合四）韻贈（六仩五六）別（工六）每（工六五）煩（六五六工尺）纖（工六五工尺）

手（上尺）韻一（上尺上）葉（四合）落（四上）句幾（工六）番（五仩伬五六）秋（六）韻江（尺工尺）南（上尺）獨（合四）倚（上尺工尺上）樓（四上）韻曲（六五六）欄（工六五）

杆（六）句凝（工六五）竚（伬仩五仩五六）久（工六）韻薄（上尺）暮（工尺）更（五六工）堪（尺工尺）搔（工六五工尺）首（上尺）韻合無（上尺）際（五六）恨（工尺）句

見（五工尺）閒（上尺工尺上）愁（四上）韻侵（六五六）尋（工六）天（五）盡（五伬仩五仩五六）頭（工六）韻

又一體 南

歐陽炯

三(六)十(工尺)六(工六五)宮(六)秋(六)夜(五伬仕五六)永(工六)句露(工五)華(上尺)點(四上)滴(尺工尺)高(工六工尺)梧(上尺)韻丁(六五)丁(六)玉(工六)漏(五伬仕)咽(六)銅(工五仕五六)壺(工六)韻明(上)月(上尺)上(合四)金(尺工尺上)鋪(上)韻紅(上尺工)線(五六工)毯(尺工尺)句博(五)山(五仕五六)爐(工六)韻香(尺工)風(尺)暗(五六工)觸(尺工尺)流(尺工六工尺)蘇(尺)韻合羊(工六五)車(六)一(五仕)去(伬仕)長(工六)青(五仕五六)蕪(工六)韻鏡(工六)塵(上)鸞(上)彩(上尺工尺上)孤(上)韻

玉女迎春慢 南

彭元遜

纔(工)入(工)新(六五六)年(工六)句逢(上工尺)人(上)日(上尺)讀拂(六五)拂(六五六工尺)淡(五伬仕)烟(五六工尺)無(尺工六工尺)雨(上尺)韻葉(四上尺上)底(四上尺)嬌(工六工尺)禽(上尺)自(工五六工尺)語(上尺)韻小(工六五)啄(六)幽(五仕)香(五六工尺)還(尺工六工尺)吐(上尺)韻東(尺工)風(尺上)辛(四合)苦(工合)韻便(工五)怕(工尺)有(上尺)讀踏(尺工六工尺)青(尺工尺)人(尺工六工尺)誤(工尺)韻清(六五六)明(工六)寒(尺工六工尺)食(上尺)句

消（六五）得（六）渡（五伬仩）江（五六工尺）句黄（尺工六）翠（五六工尺）千（工六工尺）縷（上尺）韻看（仩五六）臨（工尺）小（工六）帖（五仩五六）宜（工六五）

春（六五六）句填（工六五）輕（六）暈（五伬仩五）濕（六五六）句碧（工六工尺）花（尺工尺）生（工六工尺）霧（工尺）韻爲（工五六工）説（尺工）釵（尺工）頭（上尺上）

裊（合四）裊（合）句繫（五六工尺）著（上尺）輕（工六工尺）盈（上尺）不（工六工尺）住（工五六工尺）韻問（五伬仩五）郎（六五六工）留（尺工六工尺）

否（上尺）句似（六仩）昨（工六）夜（五六）讀教（工尺上）成（四上尺）鸚（工六工尺）鵡（上尺）韻合走（工六五六）馬（工六）章（五仩五六）臺（工六五六）句憶（六五）

得（六）畫（工五六工尺）眉（上尺）歸（六五六工六）去（工尺）韻

漢宮春　南

晁沖之

黯（工）黯（工六）離（工六）懷（六五）句向（伬仩）東（五）門（六五）繫（伬仩五）馬（六工六五仩五六）句南（尺工六工尺）浦（上四上尺）移（尺工六工尺）舟（尺）韻

薰（六五）風（六）亂（五伬仩）飛（五仩五六）燕（五工尺）子（上尺）句時（工六）下（五伬仩）輕（五仩五六）鷗（六五六）韻無（上尺工尺）情（上尺）渭（工五六工尺）

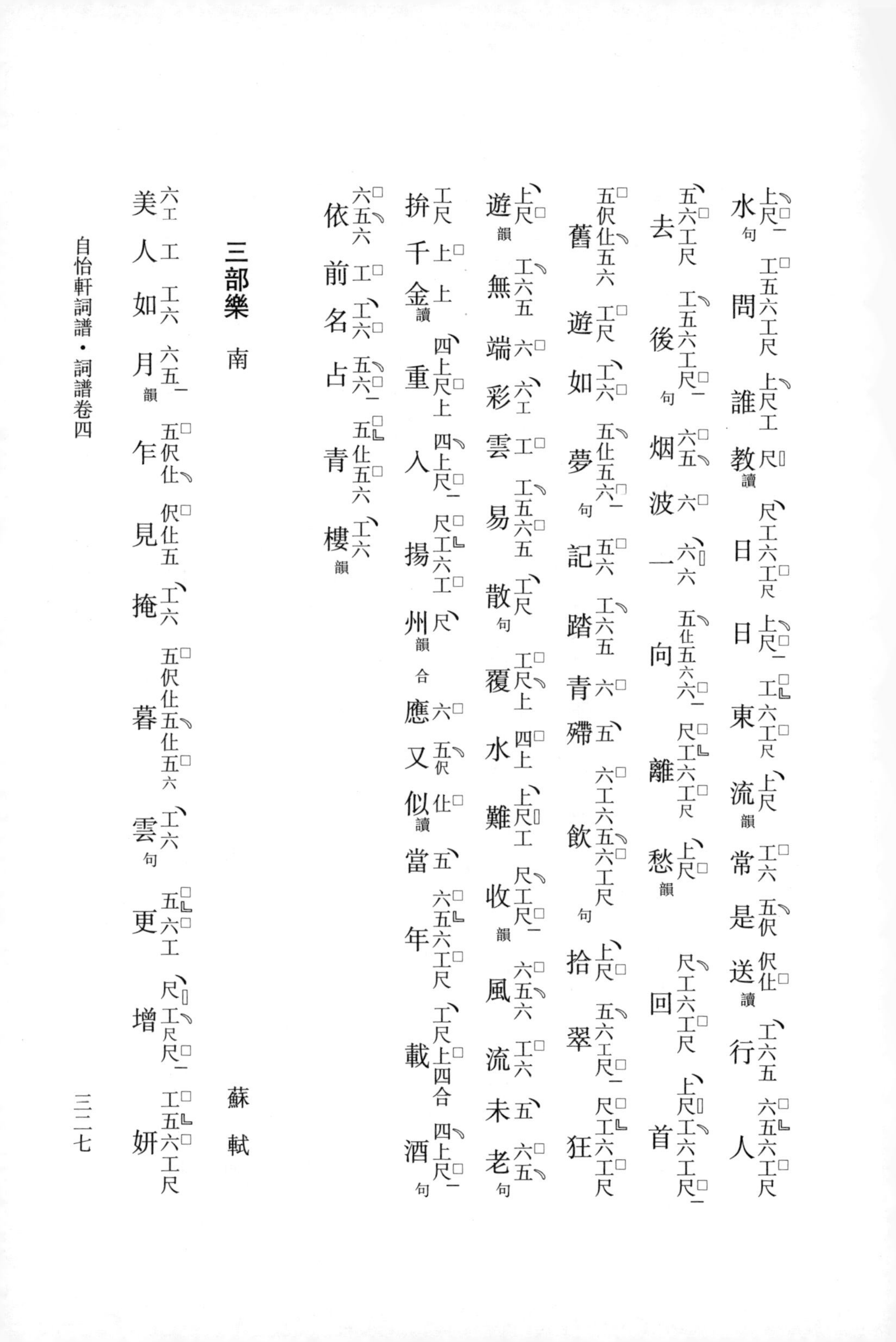

水句問誰教讀日日東流韻常是送讀行人去後句烟波一向離愁韻回首舊遊如夢句記踏青殢飲句拾翠狂遊韻無端彩雲易散句覆水難收韻風流未老句拚千金讀重入揚州韻合應又似讀當年載酒句依前名占青樓韻

三部樂 南

蘇軾

美人如月韻乍見掩暮雲句更增妍

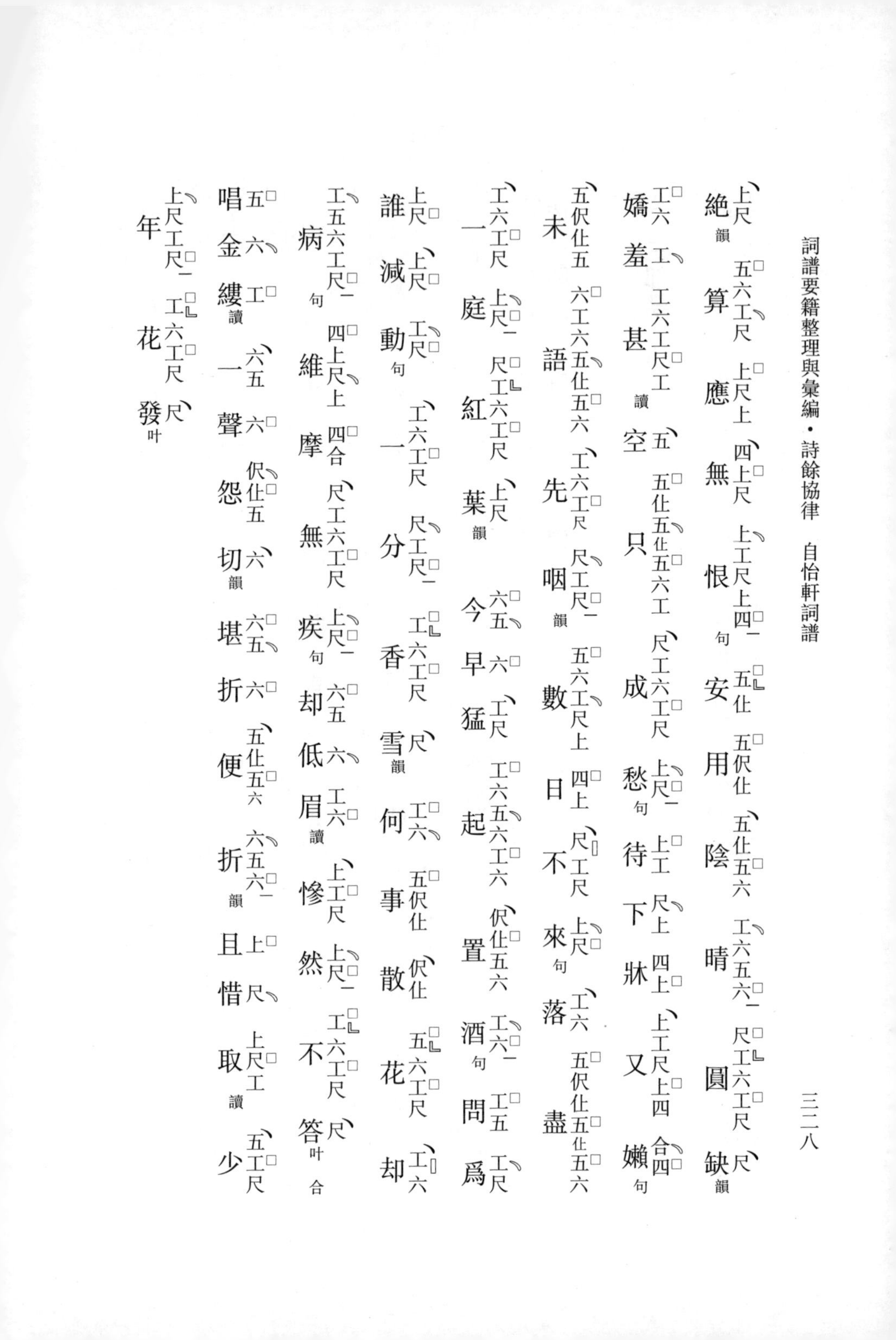

絶韻算應無恨句安用陰晴圓缺韻嬌羞甚讀空只成愁句待下牀又嬾句未語先咽韻數日不來句落盡一庭紅葉韻今早猛起置酒句問爲誰減動句一分香雪韻何事散花却病句維摩無疾句却低眉讀慘然不答叶合唱金縷讀一聲怨切韻堪折便折韻且惜取讀少年花發叶

八音諧　南

曹勛

（《春草碧》首至三）

芳 ⁵六工 伬仜
景 工五六 仜
到
橫 ⁶工
塘 工六 句
官 尺上尺工
柳 六五
陰 六五六工 上尺
低 工尺 句
覆 上尺
新

過 工六工尺
疎 上四上尺
雨 韻（《望春回》四至五）
望 ⁵工六
處 尺上尺工
藕 六五六工
花 仩五
密 六五六工 尺工
映 烟
汀

上尺上四
合工合四
沙 ⁴尺
渚 韻（《茅山逢故人》第六句）
竚 尺工尺上
立 讀 上工尺上四
飄 合工合四
飄 ⁵六工
靜 工六工尺 五六工尺
翠 上尺
展 尺工六工
琉 句（《迎春樂》）
璃

第三句
似 ⁵伬仜仜
竚 ⁵六工
正 尺工尺上
鮮 仜伬仜五六工
粧 仩伬仜五六工
照 尺工六
影 句（《蘭陵王》十四至十七句）

仕伬仜仜 ⁵
弄 ⁵六五六五六
曉 ⁶工尺
色 讀
潛 上尺上四合
度 韻

仕伬仜 ⁵
幽 ⁵六五六五六
香 工尺
水 六五
閣 工尺
薰 上尺
風 六五
對 五六工尺
萬 五六
姝 韻

六仕五六 伬
共 伬仜五六仕伬仜五六工尺 ⁵
泛 伬仜五六仕伬仜五六工 ⁵
泛 尺⁵
紅 上尺
綠 句（《孤鸞》十三至十

四上尺 上工尺上 ⁴
六 六仕 ⁵
句 句

移 上工尺上
棹 四上尺
採 尺工尺
初 尺工尺
開 句
嗅 伬仜
金 五仕五六
縷 六五六工 ⁵
留 工五仕五六
取 韻
趁 五六工尺

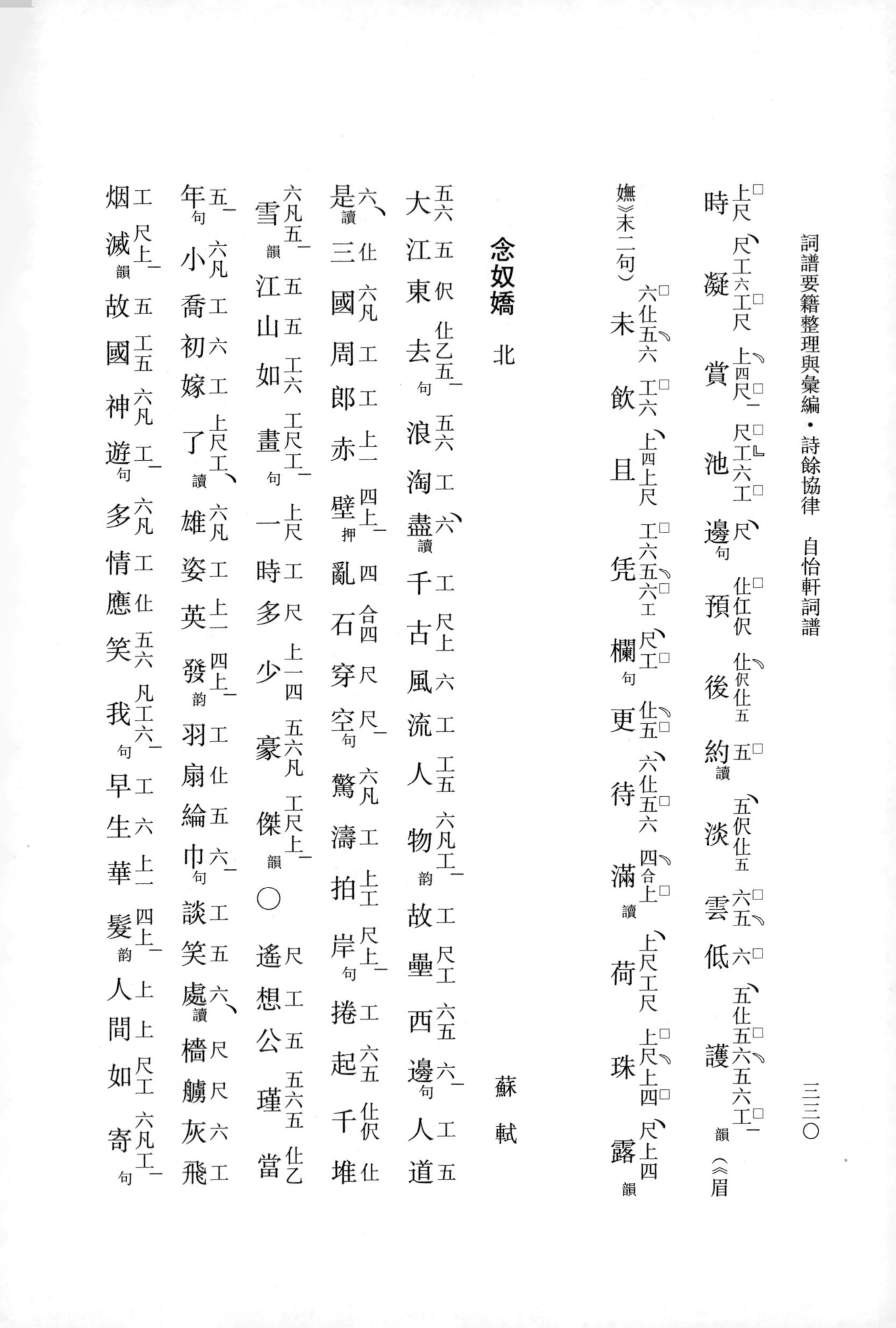

時凝賞池邊句預後約讀淡雲低護韻（《眉嫵》末二句）未飲且凭欄句更待滿讀荷珠露韻

念奴嬌　北

蘇軾

大江東去句浪淘盡讀千古風流人物韻故壘西邊句人道是讀三國周郎赤壁押亂石穿空句驚濤拍岸句捲起千堆雪韻江山如畫句一時多少豪傑韻○遙想公瑾當年句小喬初嫁了讀雄姿英發韻羽扇綸巾句談笑處讀檣艣灰飛烟滅韻故國神遊句多情應笑我句早生華髮韻人間如寄句

一樽還酹江月韻
六 五 尺工 六工 六 六尺上

漁家傲 北

周紫芝

遇坎乘流隨分了韻雞蟲得失能多少韻兒輩雌黃堪
六 工 尺 工 工 五六凡工 尺工六 工 工 上 尺 六凡 工 尺上尺工 尺工 六凡 工 工 五

一笑韻堪一笑疊鶴長鳧短從他道韻幾度秋風吹夢
六五 仩乙五 五 六五 六凡工 尺 工 上一 四 上尺 工 尺上 六五 仩 乙五 六 仩 仩仜

到韻花姑溪上人空老韻喚去扁舟歸去好韻歸去好疊
仩乙五 伬 仩 伬 伬 五 仩五六 凡六五 五 工六 五 六 六 六尺上 一四上 五 五 工六五

孤篷一枕秋江曉韻
六凡 工 尺 尺工 五 五凡工尺 上尺工

陽關曲 北

王維

渭城朝雨浥輕塵韻客舍青青柳色新韻勸君更盡一
五 六 六凡 工 六五 仩乙 五 工六 五六 五六凡 工 尺工 上一 四 六凡 工 仩乙 五六五 尺工

五六凡　工　仩　六五　六凡　工　工　六尺上一四　上
杯　酒句　西　出　陽　關　無　故　人韻

南呂宮(一)

生查子　南引　牛希濟(二)

尺　上　尺　上工　尺工　工　尺上　上　上尺上四合　上四四　上尺　工五　工　工　工　上　上　尺
新　月　曲　如　眉句　未　有　團　圓　意韻　紅　豆　不　堪　看句　滿　眼　相

尺上四合　四上四四　五　六五　尺　上尺　尺工　上　工　尺　上尺上四　合四　四　上　尺　上尺　工
思　淚韻　終　日　擘　桃　瓤句　人　在　心　兒　裏韻　兩　朵　隔　牆　花句

上尺　四　上　上尺上四　合工合四
早　晚　成　連　理韻

(一) 原書此處漏刻「宮」字，與目録中不同，補。

(二) 此首楊金刻本《草堂詩餘前集》卷下作趙彦端詞，《全宋詞》斷爲趙彦端詞。

一剪梅　南引

蔣　捷

六 五六 工 尺工 五六 四上尺 工_ 上 上五六工尺 上 四、 四上 上工尺上 工合 四_ 六 工 工
一片春愁帶酒澆韻江上舟搖韻樓上簾招韻秋娘容

六工 五六 尺 工_ 上 上工尺 上 上、 四上 上工尺上 四 四_ 上 上 上工 尺工 五六 四上尺
與泰娘嬌韻風又飄飄韻雨又瀟瀟韻何日雲帆卸浦

尺工_ 四 上工 上 四、 上 尺上 四 四_ 工 六 工六 五仩 六工 尺 工_ 四 上四 上 四、 四
橋韻銀字箏調韻心字香燒韻流光容易把人拋韻紅了櫻桃韻綠

四上 四 四_
了芭蕉韻

阮郎歸　南引

李　煜

工 工 尺上四 四 上 上尺 工_ 尺 上 上尺 工尺上四 合四_ 上 尺 四 上 尺上 上尺 工_ 尺
東風吹水日銜山韻春來長自閒韻落花狼藉酒闌珊韻笙

尺 六 工尺上四合 四_ 五 五伬 仩五六、 上尺 工 尺工_ 上 上 上尺 工尺上四 合四_ 上 上
歌醉夢間韻春睡覺讀晚粧殘韻無人整翠鬟韻留連

尺上 四 工 工 尺工_ 上 尺 上 上尺上四 合四_
光景惜朱顏韻黃昏獨倚欄韻

茅山逢故人　南　張雨

上　尺上　四合　四上尺上四合　四上尺上四　合工四　五仩　五伬仩　工五　六五六工尺　工六工尺　上四尺
山下寒林平楚韻山外雲帆烟渚韻

六五六　上四上尺　尺工六工尺　上尺　工六　五六工尺　工六　五伬仩五六工尺　五六工　尺工尺上　四上尺上四
不飲如何句吾生如夢句鬢毛如

合四　四上尺　上　四上尺　工五六工尺　工六工尺　上尺　上尺上　工　工合　四　上　尺上四
許韻能消幾度相逢句遮莫而今歸去韻合

工尺上　上工尺上　四上尺上四　四上四　上尺上　四上　尺工　尺工尺上　工合四　合四　上尺工尺上四　合四
壯士黃金句仙人黃鶴句美人黃土韻

詞譜卷五

商調

秋夜雨　南引

蔣捷

黃(上工)雲(尺工)水(四合)驛(四)秋(六)笳(六)咽(六五六工工—)韻吹(上)人(四)雙(上)鬢(工尺上)如(工合)雪(四)韻愁(上尺)多(工)無(工六)奈(六仕)處(五六工—)句

漫(上六)碎(尺上)把(四)寒(四)花(上)輕(尺上四)撒(合四—)韻紅(上工)雲(尺工)轉(四合)入(四)香(六)心(六五六)裏(四上尺工—)句夜(上六)漸(尺)深(上)人(四)

語(上尺上)初(四)歇(四)韻此(六工)際(五)愁(工六)更(五六工)別(尺工—)韻雁(尺上)落(四)影(四)西(上)窗(上尺上)殘(工四)月(合四—)韻

解連環　南引

周邦彦

怨(工)懷(尺工)無(上尺上四)托(四—)韻嗟(尺)情(上)人(上)斷(工尺上四)絕(合四)句信(五)音(工尺)遼(上尺上四)邈(合四—)韻縱(六)妙(工尺)手(上、)讀能(四)解(上四)

上尺 尺工 工 尺 工 上 尺 工 尺 上尺上四 合四 尺上 四 上尺工 工 四 上、 尺 上
連環句似風散雨收句霧輕雲薄韻燕子樓空句暗塵鎖讀一牀

上尺上四合 四 尺上 上 尺 工五六工 尺工 工五 五六 工尺 上、 上尺 工尺 合四上四 合四 尺
絃索韻想移根換葉句盡是舊時句手種紅藥韻汀

尺 工五 工 尺上 四上尺工 工 尺 尺 工五六工 工 上尺 工尺 四上四 四 五伬 仩五 六
州漸生杜若韻料舟移岸曲句人在天角韻漫記得讀

工尺 上 尺 尺 尺上 上尺 四 上尺 尺工 工 上 尺上四合 四 四 上尺 工 尺工 工五 工尺
當日音書句把閒語閒言句待總燒却韻水驛春迴句望寄

上、 尺 上 上尺上四 合四 工 尺 尺、 工 尺 工尺 上 工 尺 工尺上四合 合四
我讀江南梅萼韻拚今生讀對花對酒句爲伊淚落韻

二郎神慢　南引

柳永

工 四 四尺上四四 工 尺上 四 上 四 尺上四 合工合四 六仩 五六 工、 六 六 工六 五六
炎光謝韻過暮雨讀芳塵輕灑韻乍露冷讀風清庭戶

四上尺工 上 四合 四、 四 上 四尺上四 尺上四四 上 上工尺 上 四 上 四合 四上尺工 上六
爽句天如水讀玉鉤遙掛韻應是星娥嗟久阻句叙

尺 上、 上 四 四尺上四 尺上四四 工 工六 五六工、 合 四 六 尺上 四 上四 合 四上 尺上四
舊約讀飆輪欲駕韻極目處讀微雲暗度句耿耿銀河高

尺上四四— 四合 四上尺工— 上 上 四合 四— 上四 上 四尺上四 尺上四四— 五 工六 五六、 上
瀉韻閒雅韻須知此景句古今無價韻運巧思讀穿
上 工六 五六 四上尺工— 四 上四 上工 合 四 尺上四 尺上四四— 五 工 六 六 六 工六 五六工—
鍼樓上女句擡粉面讀雲鬢相亞韻鈿盒金釵私語處句
上 四 上工、 合 四 四尺上四 尺上四四— 五 六 五六 尺 工— 六 工尺 上 四、 合 四
算誰在讀迴廊影下韻願天上人間句占得歡娛句年年
尺上四 尺上四四—
今夜韻

集賢賓　南引　毛文錫

六 五仩 五六 四上尺 工 工— 尺 上 四上 四 合四— 四 上 尺上 工合 四 四— 尺
香韉(一)鏤襜五花驄韻值春景初融韻流珠噴沫蹀躞句汗
上尺上 工四 合四— 五六 尺工 上尺上 四 工 工六 五六工— 上 上 四 尺上 工合 四— 五 六
血流紅韻少年公子能乘馭句金鑣玉轡瓏璁韻爲惜
六 工 六 六 五六工— 上 上 上尺 工尺上 四 四— 工尺 上 上— 四 上尺上 四— 尺 上四 四
珊瑚鞭不下句驕生百步千蹤韻信穿花句從拂柳句向九陌

(一) 此處原書譜字闕。

尺上四 上四四—
追風韻

永遇樂　南引

蘇軾

四 上 上尺工— 尺上 尺 上尺上四 合四— 工 四 上尺 工六工— 尺上 四 尺上四 合四— 四 上尺
明月如霜句好風如水句清景無限韻曲港跳魚句圓荷

五 五六工— 上 上 四 上尺上四合 上四四— 尺 上 上工 尺上尺工— 工 尺工 四上四 合四— 四 上
瀉露句寂寞無人見韻紞如五鼓句錚然一葉句黯黯

工 上 尺 工六工— 工 上 上、 四 四 上尺 工— 工 上 上尺 四 上尺上四合 上四四— 尺
夢雲驚斷韻夜茫茫讀重尋無處句覺來小園行遍韻天

上尺 工五六工 工— 尺 尺 工 工六工— 工 工 工 上 尺上四 合工合四— 尺上 四 上尺 工— 尺
涯倦客句山中歸路句望斷故園心眼韻燕子樓空句佳

上 上尺 工— 尺 上 上 尺上四合 上四四— 尺上 尺 上尺 工— 四 上 工五 五六工— 工 上 工
人何在句空鎖樓中燕韻古今如夢句何曾夢覺句但有舊

尺 尺上四合 上四四— 工 上尺 五六工、 四 上 尺上四 四— 工 上 工尺上四合 上四四—
歡新怨韻異時對讀南樓夜景句爲余浩歎韻

望梅花 南引

蒲宗孟

一陽初起韻暖力未勝寒氣韵堪賞素華長獨秀句不並開紅抽紫韵青帝只應憐潔白句不使雷同衆卉韻淡然難比韻粉蝶豈知芳蘂韻夜半捲簾如乍失韻只在銀蟾影裏韻殘雪枝頭君認取押自有清香旖旎韻

高山流水 南

吳文英

素絃一一起秋風韻寫柔情讀多在春蔥韻徽外斷腸聲句霜霄暗

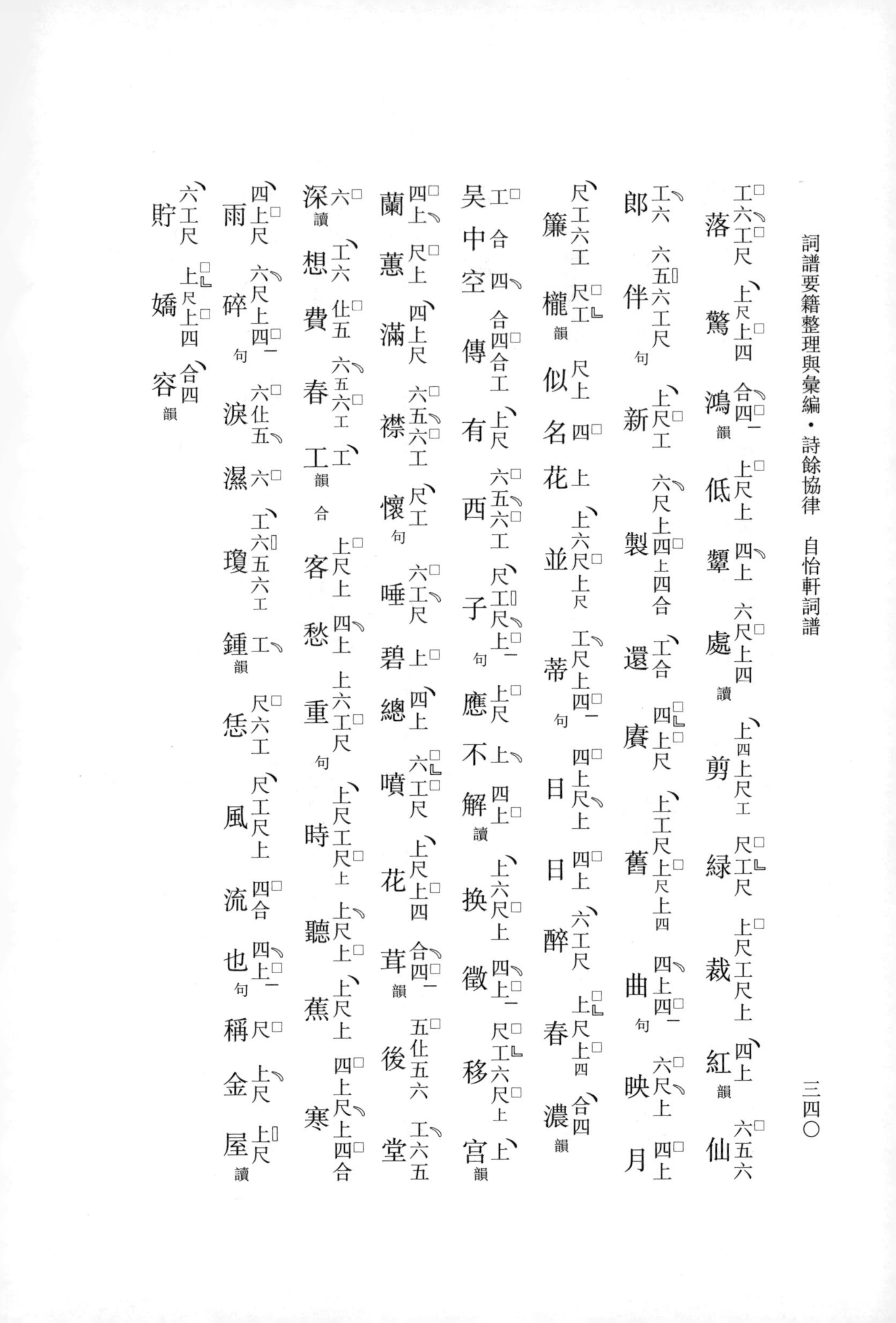

落驚鴻韻低顰處讀剪綠裁紅韻仙郎伴句新製還賡舊曲句映月簾櫳韻似名花並蒂句日日醉春濃韻吳中空傳有西子句應不解讀換徵移宮韻蘭蕙滿襟懷句唾碧總噴花茸韻後堂深讀想費春工韻客愁重句時聽蕉寒雨碎句淚濕瓊鍾韻恁風流也句稱金屋讀貯嬌容韻

西湖月　南　　黄子行

初弦月（尺上　工合　四）掛林梢（四）句　又一度西園（上　上工尺□　四上　合四上尺一）探梅（工尺上尺上　合四上合四）

消息（上尺上四　四）韻　粉墙朱戸（四上尺工上　四　上尺尺　尺工六　上工尺上四　合工合四）句　苔枝露蘂（上工尺上四　合工合四　上六尺上）淡

匀輕（四上　尺工尺尺上　四上四一）飾韻　玉兒應有（四上四一　工合四合　工　上　四上尺上四合　四尺尺上四）恨（上六　五六　工五六工）句為悵望讀

東昏相（尺工上尺上四　合四）記（上四合工尺上　合四合工一）憶韻　便解珮讀飛（上六尺上　上四　四上　上六尺尺）

入雲（工六尺尺上　四上尺上　四）階句長伴此花傾（四上　尺上　合工合四　上尺上一　工尺）國韻　還嗟瘦損（四上　四上　四上　四上）

幽人（尺工尺上　四上）句　記立馬攀條（五六　工尺　六五六工　尺工尺上　合工合上）句倚欄横笛（四上一　四上尺上四　合四　上尺上一　尺上　四上）少年

風味（尺工　尺上上四　句　拈花弄蘂（工　六五　六工尺　上四　六工尺　上）句　愛香憐色（四上尺上四　四上四一　工合四）韻　揚州何遜（四上尺　六尺工）

在句試點染讀吟箋留醉墨韵合漫贏得讀踈影寒窗句夜深孤寂韻

迎春樂　南

柳永

近來憔悴人驚怪韻爲別後讀想思煞押我前生讀負汝愁煩債韻便苦恁讀難開解韻良夜永讀牽情無奈韻錦被裏讀餘香猶在韻合怎得依前燈下句恣意憐嬌態韻

憶秦娥　北

李白

簫（工六）聲（五□）咽韻（六凡工□）秦（工）娥（尺工□）夢（尺）斷（上一□）秦（四）樓（合四□）月韻（合凡工□）秦（五）樓（六五□）月疊（六凡工□）年（工尺）年（工□）柳（四尺）色句（上一四□）

灞（尺上四）陵（上尺□）傷（六凡工□）別韻（尺上□）樂（工尺）遊（工□）原（五）上（六凡工□）清（尺工）秋（尺□）節韻（上四）咸（尺□）陽（上）古（四合）道（工□）音（四上一）塵（四□）

絕韻（合凡工□）音（五）塵（六五□）絕疊（六凡工□）西（尺）風（工□）殘（四）照句（上一四□）漢（五）家（六凡）陵（工上一□）闕韻（四上）

雙調

桃源憶故人　南引

歐陽修

梅（工）梢（六）弄（五六）粉（工）香（六）猶（工六）嫩韻（五六工—）欲（四）寄（尺）江（上）南（四）春（尺上四）信韻（尺上四—）別（工六）後（五）愁（工）腸（工）縈（工六尺上）

損韻（四上尺工—）說（上）與（四）伊（尺）爭（尺上四）穩韻（合工合四—）小（六）爐（工）獨（工）守（六）寒（工）灰（六）燼韻（五六工—）忍（上四）淚（上五六工）低（上）頭（四）

畫（四尺上四）盡韻（尺上四—）眉（工）上（六）萬（五）重（工）新（六）恨韻（五六工—）竟（尺上）日（四）無（四）人（四尺上四）問韻（尺上四—）

柳梢青　南

秦觀(一)

四 合四 工合 四 上尺工尺 上尺 六工尺 合四上 合四合工 尺工合 四上四合 工合 上尺工
岸草平沙韻吳王故苑句柳裊烟斜韻雨

工五六工尺 上尺工尺上 四上四 工六工 尺工 尺工 六工尺上 四 四上四合工 尺工 尺 合四上四
後寒輕句風前香細句春在梨花韻行

合 四 四尺上四上四合 四上四合工尺 上尺工尺上 合四 合四 尺上四 合四上四合工尺 上尺 工四合工
人一棹天涯韻酒醒處讀殘陽亂

尺 合 上尺 工五六工 尺工尺上 四上四 上工 尺工尺 上尺上四 合工合四 四 四尺上四合工 尺工 尺
鴉韻門外鞦韆句墻頭紅粉句深院誰家韻

又一體　南

謝無逸

尺 尺 四上 四 尺工尺 上 上尺 工尺上四 合四合工 尺 工合工 尺 上尺 工尺 上尺工尺上 四
香肩輕拍韻樽前忍聽句一聲將息韻昨夜濃歡句

(一) 此首《唐宋諸賢絶妙詞選》卷十作僧仲殊詞,《全宋詞》斷爲僧仲殊詞。

今(四)朝(四合)別(尺工尺)酒(上尺)句明(工四)日(合四合)行(尺工合工)客(尺)韻後(工尺)回(上)來(上)則(尺工)須(尺上四)來(合四)韻便(合)去(四)

也(合工)讀如(上工尺)何(上尺)去(四合工)得(尺)韵合無(上尺)限(工)離(上尺上四)情(合四)句無(上工)窮(尺工)江(尺上四)水(合工合四)句無(工合)

邊(四合)山(工)色(尺)韻

浪淘沙 北

李煜

簾(上尺)外(工尺)雨(合四)潺(上一)潺(四)韻春(尺)意(尺上尺)闌(工六凡)珊(工)韻羅(上)衾(尺)不(尺)耐(工尺)五(四)更(上一)寒(四)韻夢(工)裏(上)不(尺)知(工)

身(六)是(凡工)客(上尺)句一(四)晌(四尺)貪(上一)歡(四)韻○獨(尺)自(凡工尺)莫(四尺)凭(上一)欄(四)韻無(上)限(尺工)江(六凡)山(工)韻別(上)時(上)

容(尺)易(工)見(尺)時(四上一)難(四)韻流(工)水(上)落(六凡)花(工)春(六)去(凡工)也(尺上尺)句天(尺)上(尺)人(一)間(四)韻

詞譜卷六

黃鐘宮

天仙子　南引　張先

水(上尺)調(工五)數(五六)聲(工)持(上)酒(上尺)聽(五六工—)韻午(尺上)醉(工)醒(尺上)來(上)愁(上)未(工尺上四)醒(合工四—)韻送(五六)春(工)春(六)去(五六)

幾(上尺)時(上工)回(尺工—)句臨(上)晚(上尺)鏡(五六工—)韻傷(尺)流(上尺上四)景(合四—)韻往(上尺)事(工)後(工)期(上)空(尺)記(工尺上四)省(合工四—)韻沙(尺)

上(工)並(工)禽(上)池(上尺)上(工五)暝(五六工—)韻雲(上)破(工)月(上)來(上)花(尺)弄(工尺上四)影(合四—)韻重(四)重(上)翠(工)幙(上)密(上尺)遮(工)燈(工—)韻

風(尺)不(尺)定(工—)韻人(上)初(尺)靜(工六工—)韻明(四)日(上)落(上)紅(上)應(尺)滿(上尺上四)徑(上四—)韻

點絳唇 南引

趙長卿

雪(上尺)霽(工五六)山(工)橫句(工—)翠(工)濤(尺)擁(上四)起句(合四—)千(尺)重(上尺)恨韻(尺工—)砌(工)成(上)愁(工)悶韻(尺上尺工—)那(上)更(尺上)梅(上)花(尺上四)褪韻(合四—)鳳(尺)管(尺)雲(上尺)笙句(尺工—)無(工)不(上)縈(尺)方(上尺上四)寸韻(合四—)叮(工)嚀(尺工)問韻(尺上尺工—)淚(工)痕(上)羞(上尺)搵韻(工五六工—)界(尺上)破(工)香(上)腮(尺上四)粉韻(合四—)

滴滴金 南引

晏殊

梅(四)花(上)漏(上工)泄(上)春(六)消(六五六)息韻(工—)柳(上四)絲(上)長讀(四、)草(上四)芽(四尺上四)碧韻(上四四—)不(上)覺(上尺上)星(四)霜(四)鬢(六)邊(尺上四合)白韵(四上四—)念(五)時(工)光(六)堪(六五六工)惜韻(工—)蘭(四)堂(四尺上)把(合)酒(四)留(四)佳(尺上四)客韵(上四四—)對(五六)離(上工)筵韻(尺工、)駐(尺上)行(四上尺)色韵(工—)千(六)里(工)音(六)塵(工)便(六仕五六)疎(工)隔韵(工—)合(四)有(上四)人(四)相(尺上四)憶韻(上四四—)

黃鐘樂　南

魏承班

池塘烟暖草萋萋韻惆悵閒宵含恨句愁坐思堪迷韻遙想玉人情事遠句音容渾是隔桃溪韻偏記同歡秋月低韻簾外論心花畔句和醉暗相攜韻何事春來君不見句夢魂長在錦江西韻

早梅芳　南

李之儀

雪初晴句陡覺寒將變韻已報梅梢

暖(合工合四)韻 日(四上尺) 邊(上) 霜(上尺工尺) 外(上工尺上四一)句 迤(工六五六) 邐(工尺) 枝(六五六工) 條(尺工) 自(上五六工尺) 柔(上尺工尺上)

軟(四上)韻 嫩(六仩五) 苞(六) 勻(工尺) 點(工六五六工六) 綴(五六工)句 綠(四上尺上) 萼(四上) 輕(尺工尺上) 裁(四上尺上四) 剪(合工合四)韻 隱(四上)

深(尺工尺上) 心(上尺上)句 未(尺上) 許(四上) 清(尺工尺) 香(上尺上四) 散(尺上四)韻 漸(上五六工尺) 融(上尺工尺上) 和(四上)句 開(合四合)

欲(工合四合工合) 遍(尺上四)韻 密(四上尺) 處(六尺上) 疑(四合) 無(四上尺上四) 間(尺上)韻 天(尺工尺上) 然(四) 標(上尺工尺) 韻(上工尺上四一)句

不(六五六) 與(工尺) 群(工六五六工) 花(工六) 鬪(五六工尺) 深(上尺上四) 淺(合四)韻合 夕(工六五六) 陽(工) 波(六五) 似(六仩五六工六)

動(六五六工)句 曲(尺工尺上) 水(四上) 風(尺工尺上) 猶(四上尺上四) 懶(合工合四)句 最(五六工) 消(尺工尺上) 魂(四上)句 弄(上六尺上) 影(四上)

無(上尺工尺上) 人(四上尺上四) 見(尺上四)韻

麥秀兩岐　南　　和凝

涼（四上工）簟（上　上上四　四一）鋪（六五六）斑（工六）竹韻（六伬五六）鴛（工六五六六五工）枕（尺工）並（上五六工尺上）紅（四上）玉韻（尺工）臉（四上　四尺　上尺上四合）蓮（工四）紅句（尺工　四合上　工合四）眉（工四）裁

柳綠韻（工合四　合四　六五　六六）胸（工尺）雪（六五六五六工）宜（尺工）新（上五六工尺上）浴韻（四上　尺工上　四合上　工合四）淡黃衫子

春穀韻（上尺上四　四上四　上五六工尺上）異（尺工尺）香（上尺上　六五　六伬仩五伬　六五六　工四合　工合四）芬馥韻羞道交回燭韻

未慣雙雙宿韻（上六工六　五六工　尺工尺　上六尺上　四上尺上四　五六　工六五六　工尺上　工四合　工合四）樹連枝句魚比目韻

掌上腰如束韻（四上尺　上五六工　尺工尺上　四上尺上四　四上　六五　伬五六工尺上　合四上尺上四）合嬌嬈不禁人拳

踘韻（合四上四　上五六工尺上　四上一　尺工六尺上）黛眉微蹙韻

一枝春　南

楊纘

竹(上)爆(尺)驚(上四)春(四)句競(上六工)喧(尺)闐(上尺上四合)讀夜(上工尺上)起(四上尺上四合)千(工六工尺)門(上尺工尺)簫(工六五工尺)

鼓(上尺)韻流(四上尺)蘇(上尺)帳(工尺上四)暖(合四)句翠(五六工)鼎(尺工尺上)緩(工合四)騰(合四)香(尺工尺上四合)霧(四尺上四)韻停(四上尺)

杯(上尺)未(工五六工尺)舉(上尺)句奈(工五六)剛(工)要(六工尺工六)讀送(伬仕五)年(六五六工尺)新(工六五六工六)句(工尺)韻應(上)自(尺上)

有(四上)讀歌(上)字(上工尺上四上尺)清(工六工尺)圓(上尺)句未(上工尺上)誇(五六工尺)上(上工尺上四)林(合四)鶯(尺工尺上四)語(合四)韻

從(四上尺)他(上尺)歲(工尺上)窮(四上尺上四合)日(四上尺)暮(工五六工尺)韻縱(工尺上)閒(四合)愁(四上)讀怎(四合)減(四上尺上四合)

劉(尺工六工尺)郎(上尺)風(工六五工尺)度(工尺上)韻屠(尺工六)蘇(工)辦(五仕)了(六五六工)句迤(四)邐(上四)柳(四上)欺(尺工尺)梅(尺工六工尺)

妬(工尺上)韻宮(五仕)壺(工六五六工)未(上五六工尺上四合)曉(四上尺)句早(尺上尺)嬌(工六工)馬(尺工尺)繡(伬仕)車(五六工尺)盈(尺工六)

路(工五六工尺)韻合還(四上)又(尺上)把(四上)讀月(四上)夜(上工尺上四合)花(工六工尺)朝(尺工尺)句自(工五六工)今(尺工尺)細(五六工尺)數(上尺)韻

玲瓏玉　南

姚雲文

開(上)歲(尺上)春(四)遲(合四)句早(尺上工六)贏(六五仕)得(五六)讀一(工六工尺)白(上尺)瀟(工六工尺)瀟(尺)韻風(上尺)窗(上尺)淅(工六工尺)

簌(尺工尺)句夢(五伬仕)驚(五六工尺)鴛(工六)帳(五六工尺)春(工六工尺)嬌(尺)韻是(上工尺上)處(五六工尺)貂(上尺上)裘(四上尺上四合)

透(工尺上四合)暖(四上尺)句任(五伬仕)樽(五)前(六五六)回(工六五)舞(六五六工尺)句紅(尺工六)捲(工五六工尺)柔(尺工六工尺)腰(尺)韻

今(上尺上四上)朝(尺工六工尺尺)韻虧(上尺上)陶(四)家(上)讀茶(四上尺上四)鼎(合四)寂(上尺工尺上四)寥(合四)韻料(六仕五)得(六五)東(六)

皇(工六五六工尺上)戲(五六工尺上)劇(四上)句怕(尺上)蛾(四上尺上)兒(四合)街(上尺上四合)柳(工合四)句先(上尺工)鬪(六尺上四)

元(四上尺上四)宵(四)韻宇(工尺六五六)宙(工五六工)低(尺工尺)迷(上尺工尺)句倩(仕五六)誰(工六五)分(六尺上)讀淺(工合四)凸(合四)

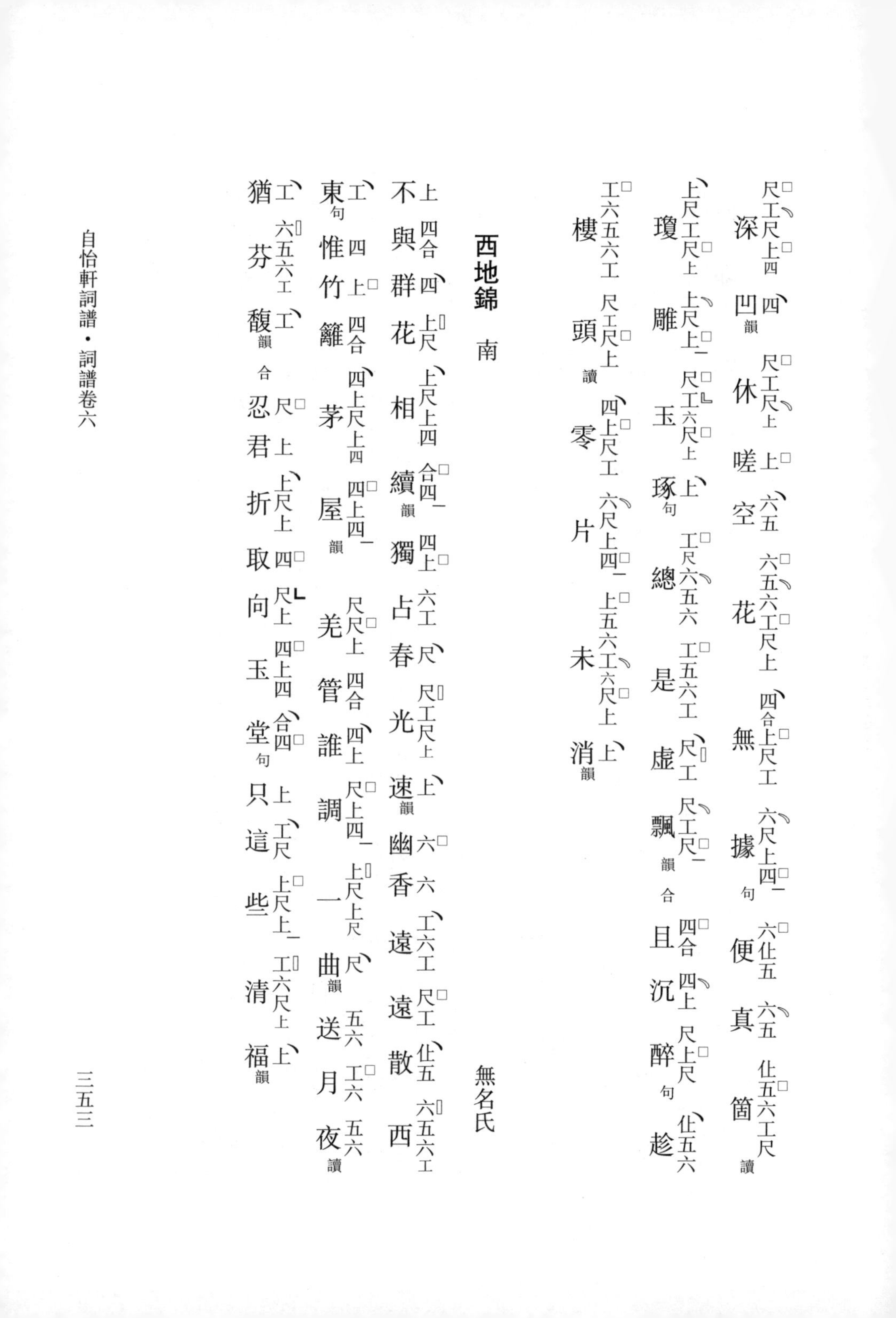

深凹韻休嗟空花無據句便真箇讀瓊雕玉琢句總是虛飄韻合且沉醉句趁樓頭讀零片未消韻

西地錦　南

無名氏

不與群花相續韻獨占春光速韻幽香遠遠散西東句惟竹籬茅屋韻羌管誰調一曲韻送月夜讀猶芬馥韻合忍君折取向玉堂句只這些清福韻

暗香疏影　南　張肎

冰（五）肌（五）瑩（伬仩）潔（五）韻更（伬仩）暗（伬仩）香（五六）零（工六）亂（五伬仩五六工）句淡（工五六工尺）籠（上尺）晴（尺工六工尺）雪（尺）韻清（上尺工）

瘦（五六工）輕（尺工尺）盈（上尺工尺）句悄（尺上工六工）悄（尺工六）嫩（五伬仩五）寒（六五六工尺上）猶（四上尺）自（上工尺上四）怯（四）韻一（上尺上）

枕（四合）羅（四合）浮（四上尺上四合）夢（工五六工尺）醒（上尺）句閒（尺工六）縱（五）步（六工尺工）讀風（五仩五）搖（六五六工尺）瓊（尺工六工尺）玦（尺）韻

向（五六工）記（五六工）得（尺工尺）讀此（工六五）際（伬仩五仩五六）相（工六工尺）逢（上尺）句臨（四上尺上）水（四上）半（工尺上）痕（四上尺上四）

月（合四）韻妖（六五）艷（五仩五）不（六五六）同（尺工六工尺）桃（上尺工尺上）李（四上）句凌（四合）寒（四上）又（尺上）不（尺工尺上）與（四上）讀衆（五六工尺）

芳（上尺上）同（尺工六尺）歇（上）韻古（工六五六）驛（工尺）人（工六五六工）遙（尺工）句東（尺）閣（尺工尺上）吟（四合）殘（四上）句忍（四上尺上）與（工四）

何（合四合）郎（四上）輕（工六尺上）別（四上）韻粉（四上尺上）痕（四上）輕（尺工尺上）點（四上）宮（工六工）粧（尺工尺上）巧（四上尺上）句怕（五六工尺）

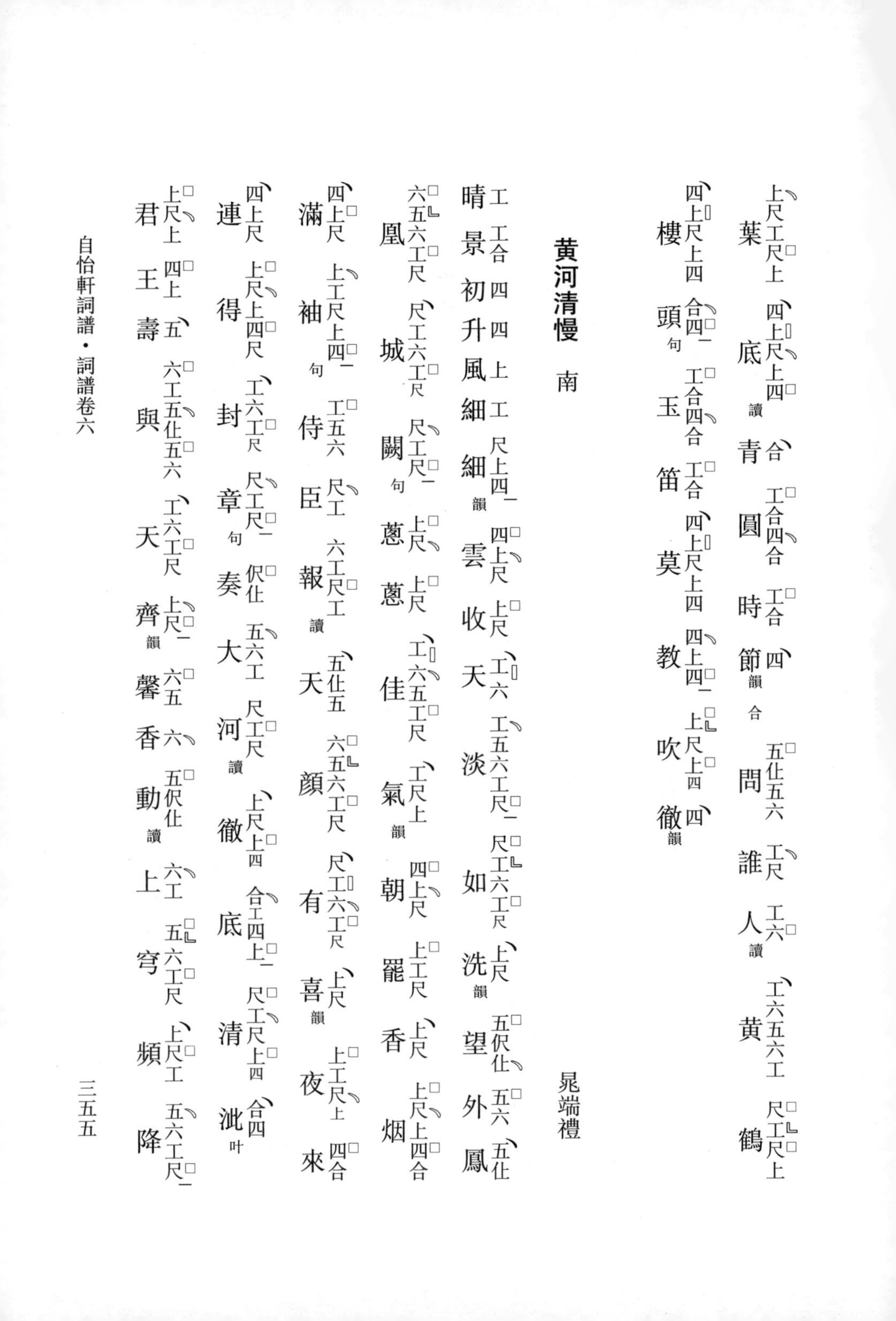

葉底讀青圓時節韻問誰人讀黃鶴樓頭句玉笛莫教吹徹韻

黃河清慢 南

晁端禮

晴景初升風細細韻雲收天淡如洗韻望外鳳凰城闕句蔥蔥佳氣韻朝罷香烟滿袖句侍臣報讀天顏有喜韻夜來連得封章句奏大河讀徹底清泚叶君王壽與天齊韻馨香動讀上穹頻降

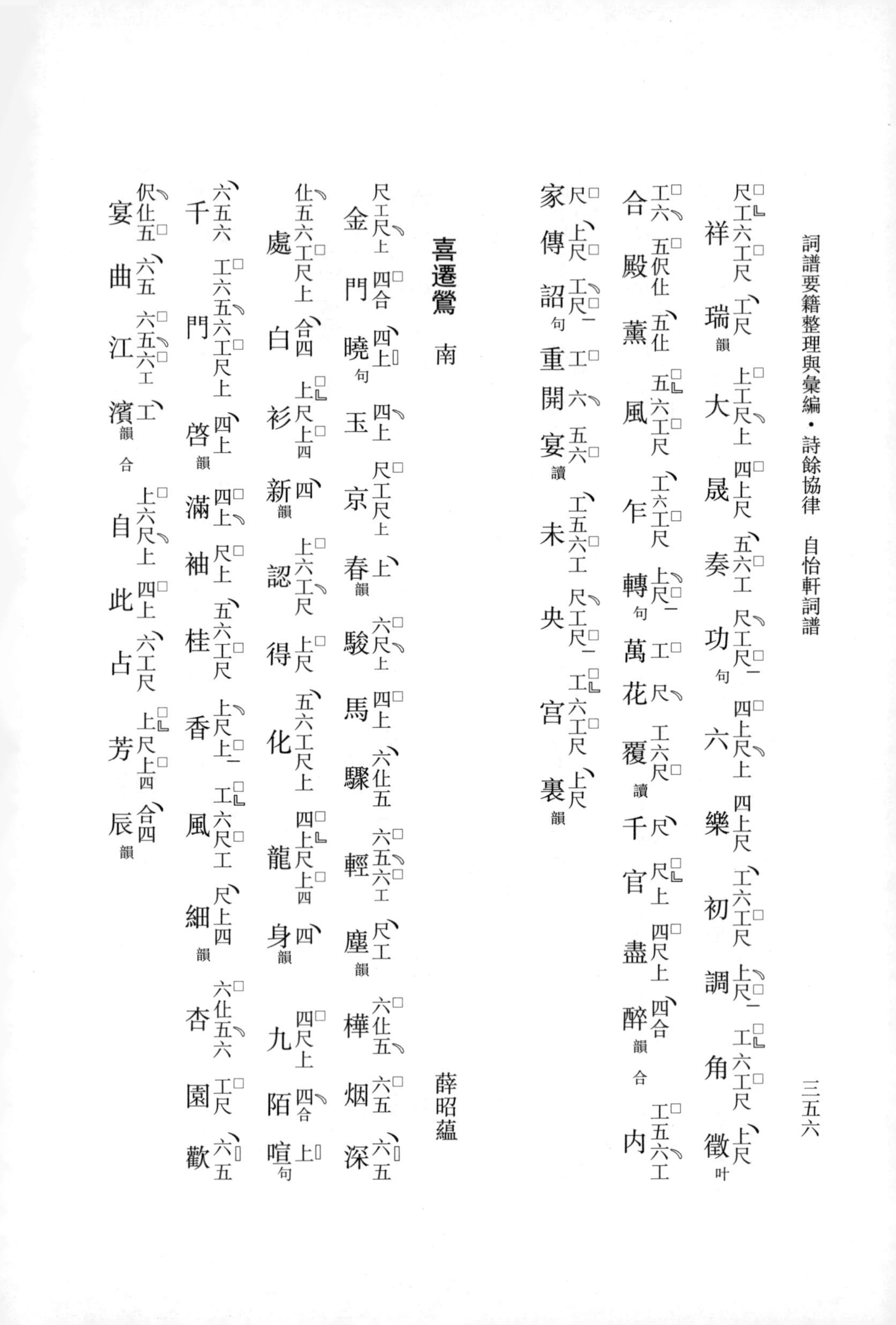

祥瑞韻大晟奏功句六樂初調角徵叶
合殿薰風乍轉句萬花覆讀千官盡醉韻合內
家傳詔句重開宴讀未央宮裏韻

喜遷鶯　南

薛昭蘊

金門曉句玉京春韻駿馬驟輕塵韻樺烟深
處白衫新韻認得化龍身韻九陌喧句
千門啓韻滿袖桂香風細韻杏園歡
宴曲江濱韻合自此占芳辰韻

飛雪滿群山　南

蔡伸

冰結金壺句寒生羅幙句夜闌霜月侵門韻翠筠敲韻句踈梅弄影句數聲雁過南雲韻酒醒欹粲枕句愴猶有讀殘粧淚痕韻繡衾孤擁句餘香未滅句猶是那時薰韻長記得讀扁舟尋舊約句聽小窗風雨句燈火昏昏韻錦茵繞展句瓊籤報曙句寶釵又是

輕(工六工)分(尺上尺)韻黯(四上尺上)然(四上尺)攜(工五)手(六工六五六工六)處(工尺)句倚(工)朱(六)箔(工六五六工尺上)讀愁(四合)凝(四上尺上四)黛(工五六工尺)顰(上尺)韻合夢(六仩五六工)回(尺工)雲(尺工六)散(五六工尺)句山(仩伬仩五六)遥(工六)水(五仩伬仩五)遠(六五)空(伬)斷(仩仜伬仩五六工六五)魂(六五)韻

羽調

三臺　南引

王建

樹(工)頭(上)花(尺)落(上尺)花(工)開(工)韻道(工六)上(工)人(上)去(工尺)人(合四上四)來(合四)韻朝(尺)愁(上)暮(工)愁(上)即(尺上)老(四上尺工)句百(尺)年(上)幾(上尺)度(工尺)三(四上四)臺(合四)韻

感恩多　南引　牛嶠

兩尺上 條上 紅上 粉上尺 淚工五六工—韻 多尺 少上 香尺 閨尺上四合 意上四—韻 強上尺 攀工 桃四 李上尺 枝工—韵 斂尺上 愁上尺上四

眉合四—韻 陌上尺 上工五六 鶯工 啼尺工 蝶上尺上四 舞四—句 柳四上尺 花工 飛工—韻 柳尺上 花尺 飛尺、疊 願五仩 得五仩五六 郎上尺

心工—句 憶尺 家尺 還上 早上尺上四合 歸四—韻

風光好　南引　歐良

柳上尺 陰工 陰工—韻 水四 沉上尺 沉尺工—韻 風工 約工 雙尺 鳧上 立上尺 不工六 禁工、韻 碧尺 波尺上四合 心四—韻 孤尺 村尺 橋上 斷工

人上 迷上尺 路工六工—韻 舟尺 橫上尺上四合 渡四上四韻 旋工 買上 村尺 醪上 淺四 淺上尺 斟工—韻 更工 微上尺上四 吟合四—韻

戀情深　南引　毛文錫

滴尺 滴尺 銅上 壺上 寒上尺 漏工五六 咽工—韻 醉工 紅上 樓上尺上四 月合四—韻 宴工 餘上 香尺 殿工 會工五六 鴛工 衾工—韻 蕩工

春（尺上四合）心（四）韻　真（尺）珠（尺）簾（上尺）下（工五六）曉（上尺）光（工）侵（工）韻　鶯（尺）語（上）隔（尺）瓊（上尺）林（尺工）韻　寶（尺上）帳（工）欲（上）開（尺）慵（上尺）

起（四）句　戀（工）情（上尺上四合）深（四）韻

三字令　南引　歐陽炯

春（尺）欲（上尺）盡（工五）句　日（上）遲（上工）遲（尺工）韻　牡（上尺）丹（工六）時（工）韵　羅（上）幌（尺上）捲（四）句　翠（工）簾（上工）垂（尺工）韻　彩（上）箋（尺工）書（尺）句　紅（上）

粉（上尺）淚（工）句　兩（尺上）心（尺上四合）知（四）韻　人（上）不（尺）在（工五）句　燕（五六）空（工）歸（工）韻　負（工）佳（尺上四）期（合四）韻　香（尺）燼（尺上四）落（合四）句

枕（四）函（上尺）欹（工）韻　月（上）分（尺工尺）明（上）句　花（工）淡（工五六工）薄（尺工）句　惹（上）相（尺上四合）思（四）韵

憶餘杭　南引　潘閬

長（工）憶（六五六）西（工）湖（尺工）句　盡（尺上）日（四）凭（合）欄（四）樓（四）上（工尺上四）望（尺上四）句　三（六）三（六）兩（四合）兩（四）釣（工）魚（上尺上）舟（四）韻

島（上尺）嶼（工五）正（五六）清（工）秋（工—）韻 笛（上尺）聲（工）依（六）約（工）蘆（上）花（尺上四）裏（合四—）韻 白（工）鳥（工六）數（五）行（六五）鷺（工）起（尺工—）韻 別（上）來（上）問（上尺）想（四）整（尺）漁（上尺）竿（工—）韻 思（六）入（工）水（尺）雲（上尺上四）寒（合四—）韻

慶金枝　南引

無名氏

莫（上）惜（尺）金（尺上）縷（四上尺）衣（工—）韻 勸（工）君（尺工）惜（尺、）讀 少（工）年（上尺上四）時（合四—）韻 花（工）開（工）堪（尺工）折（尺）直（四上尺）須（工）折（工—）句 莫（上）待（工）折（尺）空（尺上四合）枝（四—）韻 一（工）朝（工）杜（尺上）宇（四）纔（上）鳴（上尺）後（工六工—）句 便（尺）從（四）此（上、）讀 歇（尺）芳（尺上四合）菲（四—）韻 有（上）花（尺）有（上尺上）酒（四）且（四上尺）開（工）眉（尺工—）韻 莫（上）待（工）滿（尺上）頭（上尺上四合）絲（四—）韻

洞天春　南引

歐陽修

鶯（尺）啼（上）綠（上尺）樹（工）聲（尺上）早（四上尺工—）韻 檻（工六）外（工）殘（上）紅（上）未（工尺上四合）掃（四—）韻 露（尺上）點（四）真（工）珠（工）遍（六）芳（工）

尺上尺工—　工　上　上　尺上　四—　尺　尺　上尺　工尺　合四上四　合四—　工五　工　尺　上　五六工
草韻正簾幃清曉韻鞦韆宅院悄悄韻又是清明過

尺上尺工—　工　上　尺工尺　上—　尺上　尺　上尺　工六工—　尺　尺　尺上四　合工合四—
了韻燕蝶輕狂句柳絲撩亂句春心多少韻

慶春時　南引　晏幾道

工　六　工六　五六工—　上　四　上尺上　四—　四上　上五六工尺上　四　合四—　工　六　五六　工—　四　上
倚天樓殿句昇平風月句彩仗春移韻鸞絲鳳竹句長生

尺上　四—　四　上　工　上尺上四　上四—　六　六　工六　五六工—　四上　尺上　四　四尺上　四　合四—　工
調裏句迎得翠輿歸韻雕鞍遊罷句何處還有心期韻濃

六　仕　五六工—　上　四　上工尺　上—　四　上　四　尺上四合　四上四—
熏翠被句深停畫燭句人約月西時韵

喜團圓　南引　晏幾道

上工　尺工　尺上　四上尺工—　上尺　上　工六　五六工—　四上　上工尺上　工四　合四—　六　工　六　五　六
危樓靜鎖句窗中遠岫句門外垂楊韻珠簾不禁春

六 五六工 尺 上 工 上尺上四 上四 四 上 上工尺上 四 六 六 六 五六工 上 工尺上
風度句解偷送餘香韻眠思夢想句不如雙燕句得到

工四 合四 合 四 上 上工尺上四 工 六 五六 四上尺工 上四 上五六工尺上 工四 合四
蘭房韻別來只是句憑高淚眼句感舊離腸韻

惜春令　南引　高漢臣

上尺 四 上工 尺工 上 尺 上尺 尺上 四 尺 上尺 合四上 四 五 五六 上工 尺工 尺上
暑往寒來韻早霜凝露冷讀菊老梅開韻翡翠簾垂不

四上尺工 工 上 尺工尺 上 工 尺 四上四 合四 工 五 工五六工 上尺 工 工 工 上
捲句畫堂幽雅讀繡閣安排韻風透戶韻冷侵階韻又還

工 尺上 尺 尺上四合 上四 四上尺 工 尺工 尺上 上 上尺 工 上 尺 工尺 合四上四 合四
是小春節屆韻且開懷韻喜逢時遇景讀夫婦和諧韻

賞南枝　南　曾鞏

上六工尺 上 六五 仩五六工六 五六工尺工尺上 上 四上尺上 四上尺 工尺上尺上四 合四上四
暮冬天氣閉叶正柔木凍折句

瑞（上五六工尺）雪（上尺）飄（六五六工）飛（工六工）韻　對（六尺上）景（四上）見（六尺上）南（四上尺上四）山（四）句　嶺（工尺）梅（工六）露（六仕五六）讀

幾（上四上尺工）點（尺工六尺工）清（六五六）雅（工六工尺上）容（四上尺上四）姿（四上四）韻　丹（上尺上）染（四合）蕚（四上尺）讀　玉（工六）綴（仕五六五六工）

枝（工）韻　又（上六尺上）豈（四上）是（上工尺上）讀　一（合四合）陽（工合四合）有（工合）私（四）韻　大（上六尺上）抵（四上）化（仕五）工（六五六工尺）

獨（上尺工尺上）許（四上）句　使（四上尺）占（工尺上尺上四）却（四上四）先（上尺上四）時（合四）韻　霜（上尺）威（上）莫（四合）苦（四上尺上四合）

凌（四上尺上四）持（合四）韻　此（四上尺）花（上）根（尺工）性（六尺上四）句　想（尺）群（工六）卉（上尺）爭（六五六工）知（工六工）韻　貴（六尺上）用（上六工尺）

在（上工尺上）和（四上尺上四）羹（四）句　三（合四）春（合）裏（工合）讀　不（上尺上）管（四上）綠（四上）是（上六尺上四合）紅（四上尺上四）非（四上四）韻　攀（上尺上）

賞（四上）處（尺上）讀　宜（工尺）酒（工六五六工）巵（工）韻　醉（六尺上）撚（四上）嗅（尺上）讀　幽（合四）香（合四上）更（四合）奇（工合四）韻合　倚（四上尺上）欄（四上）

仗（六仕五六）何（工六五六工尺上）人（四上尺工）去（六尺上四）句　囑（上尺上四）羌（合四合）管（工合四）休（上尺上四）吹（四）韻

長壽樂 南

柳永

繁（工四）紅（合四）嫩（上工）翠（尺上四四）韻艷（上六尺上）陽（四上四）景（合四）讀裝（六五六）點（四上尺）神（尺工六工尺）州（尺工尺）明（尺工六工尺）

媚（尺工尺）韻是（上工尺上）處（工尺上）樓（四上尺上四）臺（合四）句朱（合四合）門（工合）院（上六尺上）落（四上）句絃（四上尺上）管（工合）新（四上）聲（四）

騰（合四上）沸（尺上四）韻恣（仩五六）遊（工尺）人（工六）讀無（工六）限（六仩五六工尺上）馳（四上尺工尺）驟（上工尺上四）句驕（尺工尺上）馬（四上）

如（上尺工尺上）流（四上尺上四）水（合工合四）韻競（六仩五六）尋（工）芳（六尺上）選（四上尺）勝（工尺上四）句歸（合四合）來（工合）向（工尺上四合）

晚（工合四）句起（工）通（六）衢（工六）近（六仩五六）遠（工六五六工）句香（尺工尺上）塵（四上）細（工尺上四）細（尺上四）韻太（六尺上）平（四上）

世（六尺上四）韻少（尺上）年（四合）時（四上）讀忍（工尺）把（工六工尺）韶（上尺工尺上）光（上尺上）輕（工六尺工）棄（尺上四）韻況（六尺上）有（四合）

紅（四上尺上四）粧（四上四）句吴（工合四）娃（合）楚（四上）艷（上尺上四）句一（合四）笑（上四）千（合四）金（合四合）何（工合）啻（上四合工）韻向（尺）樽（上）

前(四)（讀）舞(四上尺)袖(上六工尺)飄(上尺上四)雪(四上四)（句）歌(上尺上)響(四上)行(工)雲(工六五六工)止(尺工)（韻）（合）願(上六工尺)長(上尺工尺上)

繩(四上)（句）且(四合)把(四)飛(上)烏(上尺)繫(六尺上)住(上尺上四)（句）好(工)從(六)容(工六)痛(五六)飲(工六工尺)（句）誰(上尺工尺上)能(四上)

惜(工六尺工)醉(尺上四)（韻）

月宮春　南

毛文錫

水(上四)晶(上)宮(尺工尺上)裏(四工)桂(六工)花(尺上四)開(上尺上)（韻）神(四上尺)仙(上)探(四合)幾(工合四)回(合四)（韻）紅(四)芳(上)金(上尺上)蕊(四上)

繡(六)重(上尺上四合)臺(四上)（韻）低(上)傾(上)瑪(工尺)瑙(工合)杯(四)（韻）玉(四上)兔(六)銀(上尺工尺上)蟾(四上)爭(合)守(工合)護(合上四合工)（句）

姮(四上)娥(四上)姹(六尺上)女(四上)戲(仩五)相(六五六工)偎(工)（韻）（合）遙(四上)聽(尺上)鈞(合)天(合四合)九(工合)奏(上四合工)（句）玉(四合)皇(四)親(上)

看(尺上四)來(合四)（韻）

惜春郎 南

柳永

玉（四上尺）肌（上）瓊（四上尺）艷（上工尺上四）新（六五）粧（六五六工）飾（工）韻好（四上尺）壯（工尺上四）觀（四上四）歌（上尺上四）席（合四）韻潘（六五）妃（六）寶（工六）釧（伬仩五六五六）句阿（工六）嬌（工六工尺）金（上尺上四）屋（四上四）句應（合四合）也（工合四）消（合四）得（合四合工）韻屬（工六五）和（六仕五）新（六）詞（工六五六工尺）多（上尺）俊（工尺上四）格（四）韻敢（四上）共（尺上）我（四上）勍（上工尺上四）敵（合四）韻合恨（六仕）少（五六）年（工六）讀枉（工六）費（伬仩五六工尺）疎（上尺上四）狂（合四）句不（合四合）早（工尺）與（工合）伊（四上四）相（上尺上四）識（四）韻

雙韻子 南

張先

鳴（四上）鞘（尺工）電（尺）過（上）句曉（上四）闈（四上）靜（尺上）斂（工）句龍（工四）旗（合四）風（合）定（合四合工）韻鳳（尺上）樓（四）遠（工）出（六工尺）霏（上尺上）烟（四）句聞（工）笑（四）語（工合）讀中（四）天（四上四合）迴（工）韻清（上）光（上）近（尺上）押歡（四上）聲（合四上）競（上尺上四）韻鴛（六）鷺（五六）集（工）讀仙（六）花（六工）

闘(尺上)影(四)韻　合更(四)聞(工)度(四)曲(合四合)遙(工合)山(四)句升(上)瑞(尺上)日(工)讀春(四上)宮(合四合)永(工合四)韻

醉鄉春　南

秦觀

喚(五六工尺上)起(四上)一(合四)聲(合)人(四上四合)悄(工合四)韻衾(上尺上)冷(四)夢(上工尺上四合)寒(工合四)窗(上尺上四)曉(合四)韻瘴(尺上)雨(四上)過(尺上)句海(合工)棠(工合四合工合)開(四)句春(上尺)色(上)又(合上四)添(合四)多(合四合工尺)少(上四尺工)韻社(上六)甕(六)釀(上工尺上)成(工四)微(合四合四上)笑(尺上四)韻半(六工尺)缺(上尺)椰(工尺)瓢(工六五六工尺上)共(上工尺上四)舀(合四)韻　合覺(上尺)顛(上尺)倒(六尺上)句急(合四合)投(工合四合工合四)牀(合四)句醉(六工尺)鄉(上)廣(四上)大(上工尺上)人(四合)間(上尺上四)小(合四)韻

應天長　南

韋莊

綠(工四)槐(合四)陰(合四合)裏(工)黃(工)鸝(工四合工)語(工合四)韻深(上尺)院(上五六工尺)無(上尺工尺上)人(四上)春(合四)晝(尺上四合工合工尺)

午(上尺工)韻畫(六仩五六)簾(工尺)垂(工六)句金(六五)鳳(六仩五六工尺)舞(上四)韻寂(四上尺上)寞(四上)繡(工尺上四)屏(合四)香(合四)一(合四合工上)炷(尺上四合四合工)韻碧(上尺)雲(上)天(四上)句無(四上)定(上六尺上四合)處(尺上四)韻空(上尺上)有(四上)夢(四尺上四)魂(合四)來(合四上)去(尺上四)韻合夜(上六尺上)夜(上尺上四)綠(工六五)窗(六五六工尺)風(上尺上四)雨(合四)韻斷(合上四合)腸(工)君(上尺)信(五六工尺上四)否(合四)叶

淡黃柳　南

張炎

楚(合工)腰(四)一(四)捻(合四)韻羞(上尺上)剪(四上)青(尺工尺)絲(上尺上四)結(四)韻力(四上)未(上六工尺)勝(上尺上)春(合四)嬌(合四)怯(上尺上四)怯(四)韻暗(仩五)托(六五六)鶯(工六)聲(工尺上)細(工尺上尺上四)說(四上四)韻愁(四尺)黶(上)眉(上尺工尺)心(上尺工)鬬(仩五)雙(六五六工)葉(尺工)韻正(六尺上四上)情(上尺工尺上)切(上)韻柔(四上尺上)條(四上)未(上六工尺)堪(上尺上)折(四)韻應(六五)不(六)解(四上尺)句

上四工尺　工六五六五六工　尺工　四上尺　上　合工四合　四上　尺工尺　上尺上四　合工合四　上尺　上六
管　離　別韻合　如　今　已　入　東　風　眼句　空　望

上工尺上四上　尺工尺　上尺工尺　四上尺上　四合　四上尺工　六尺上四　工尺　工六五六工尺
斷　章　臺句　馬　蹄　何　處句　閒　了

上尺工尺上尺上四　四上四　上五六工尺上四　合四
黃　昏　淡　月韻

附録

許宗彦《鑒止水齋集》卷十八《浙江道監察御史許公墓誌銘》

許氏郡望有六，同出於姜姓。支派既别，譜系學亡，莫能考其遠近。乾隆中，先大夫與侍御史穆堂先生同朝相得，因敦昆弟之誼，子弟來往，咸如近屬。先生以疾早引退，嘉慶八年卒於家。逾一年，將葬，嗣孫元崇等來乞刊石之文。宗彦方執先大夫喪，辭不獲已，痛念往昔，謹序而銘之。

公諱寶善，字斅虞，别字穆堂，系出唐睢陽太守遠，宋時自大梁遷江南青浦。祖純文，考雲鵬，積德不耀，封贈如公官。公中乾隆丙子科江南舉人，庚辰畢沅榜二甲進士，授戶部陝西司主事，擢貴州司員外郎、福建司郎中。乾隆四十年，擢浙江道監察御史，尋掌道事。公在臺，以峻風檢肅班行爲己職，不屑屑求建白名。甲午丁酉兩充順天鄉試同考官，自以出寒素，校閱尤盡心，號爲得士。四十五年夏，墜車傷足，遂乞假歸，自號硜硜子。歷主鯤池、玉山、敬業三書院講席，教學者多有成就。

公早歲以詞章鳴，客莊親王邸，名流引重。晚年學愈進，所著詩集凡二十卷、詞七卷、樂府五卷、詞譜六卷、《杜詩注釋》二十四卷行於世，又有文集、詩外集、詞續集若干卷，實事録二卷藏於家。蓋少而誦讀，壯而論議，老而教誨，唯公可無忝焉。年七十有三，生雍正九年十二月十四日，卒嘉慶八年十二月二十八日。配孫恭人惠心善容，協於德象，先卒，生長子蔭培、女三。繼室吴恭人賢而有法，亦先卒，生次子蔭堂、女二。簉室文孺人生第三子蔭基、女一，又撫女一。蔭培，乾隆己酉科舉人，先公卒。蔭堂、蔭基，邑庠生。女並嫁士人。孫四人。元崇，蔭培子，邑庠生。蔭培爲徐編修天柱婿，僑居德清，其婦卒，先大夫爲小傳，今宗彦乃爲公作誌，可悲已。（清嘉慶二十四年刻本）

沈誠燾等《青浦縣志》卷十九

許寶善，字敦虞，乾隆二十五年進士，授戶部主事，歷員外郎中，擢浙江福建道監察御史，兩充順天鄉試考官，以墜車傷足，乞假歸。寶善早以詞章鳴，客莊親王邸，名流引重。晚年學益進，歷主鯤池、玉峰、敬業書院，而玉峰最久，五經四書俱輯要以導人，學者多成就。有《自怡軒詩集》、《穆堂詞曲》行世。（清光緒刻本）

孫星衍等《松江府志》卷六十

許寶善，字穆堂，青浦人，乾隆二十五年進士，授戶部主事，歷員外郎中，擢浙江福建道監察御史。

丁内艱歸，不出。以詩文自娱。尤工詞曲，著《南北宋填詞譜》，有《自怡軒詩草》及《穆堂詞曲》行世。

（清嘉慶刻本）

钱泳《履園叢話》卷六

許穆堂先生名寶善，青浦人。乾隆庚辰進士，歷官浙江道監察御史。丁艱歸，遂不出。常寓吴門，以詩文自娱。尤工於詞曲，善戲謔，舉座莫不傾倒。著《南北宋填詞譜》，吴中諸樂部莫不宗仰之者。

（中華書局一九七九年版）

王文治《自怡軒詞稿序》

《詩》有六義，風爲首，序者曰：「風，風也，教也。風以動之，教以化之。」風之爲物，巽而善入，其感人在幾微之際，而入人至肺腑之深。往往以里巷之常談，兒女之猥事，而感發善心，懲創逸志，較格言莊論爲尤捷；及至叶之宫吕，被之絃管，使人油然勃然，手舞足蹈而不知其所以然，故聖人有取爾也。自漢迄唐，作詩其得風人之意者，非大家不能。宋以後諸詩家得風人之意者絶少，而詞興焉。唐之詩，宋之詞，元之曲，皆所以合樂也。今之樂猶古之樂，今之詩即猶古之詩。詩至宋，雖奇偉如東坡、山谷，奥衍如石湖、放翁，而於樂無與，則亦不過有韻之文，而不可謂之詩。然則宋無詩乎？曰有，詞是已。詩、詞、曲其體不同，其得風人旨趣而播諸樂，一而已。詞至元以後，不可復歌，而元明迄今之詞，亦與宋之詩無以異，蓋風人之意微矣。國初陳迦陵、朱竹垞兩先生之詞，突過元明，然迦陵祖述辛、蘇，情多豪宕，竹垞規模南宋，音涉清浮。至美之中，不無遺憾。近時同年許給諫穆堂之詞，於古人無所不學，而能自抒其性情，吾所謂得風人之意者，舍穆堂奚屬哉？穆堂所作詩詞皆不輕示人，人亦罕知穆堂者，頃以余之言，始取平生所作詞，裒而集之。門人輩因爲之授梓，非穆堂意也。猶記穆堂訪余於京口快雨堂，録所作詞數首見示。余適有所感，讀之忽至泣下。余皈空門十餘年，神情寂寞，而穆堂之詞能動余若此，其所詣可知已。乾隆五十一年，歲次丙午夏四月，同年友丹徒王文治頓首拜撰。（許寶善《自怡軒詞》，清乾隆五十八年刻本）

諸聯《明齋小識》卷五

許穆堂侍御寶善，季年好音，家居後，常尋舊製，自度新腔，滴粉搓酥，緣情協律。爰取前賢詞句，譜以工尺，訂成六卷，四聲二十八調，清濁高下，南調北調，釐然炳然。咀徵含商之士，咸奉爲香草。（清道光十四年刻本）

謝元淮《碎金詞譜·自序》

嘗讀《九宫大成譜》，見唐宋元人詞一百七十餘闋，分隸於各宫調下。每思摘録一帙，自爲科程。繼睹雲間許穆堂侍御《自怡軒詞譜》，則久已録出，可謂先獲我心。（清道光二十四年刻本）

蔣敦復《芬陀利室詞話》卷一

許穆堂侍御著《自怡軒詞》五卷，獨能得小山父子風格，則其宗尚，雅在北宋，……有和珠玉、六一詞一卷，數十首，與司寇同時，而不染時賢習氣，所以可傳。（《詞話叢編》本，中華書局二〇〇五年版）

鄭文焯《瘦碧詞·自序》

古人謂詞以可歌者爲工，近世善言詞者，僉昧於律，知律者又不麗於詞，而一二懸解之士，如方成培（《詞麈》）、許穆堂（《自怡軒詞譜》）、謝默卿（《碎金詞譜》）輩，於聲歌遞變之由，漫無關究，徒沿明人沈伯英九宫十三調之陋説，率以俗工曲譜爲之穀梁，所謂聽遠音者，聞其疾不聞其舒，甚可閔笑也。

（民國九年刻本）

許寶善《自怡軒詞選·序》

今世填詞之家偶成一闋，便自謂不讓古人。噫！彼未嘗取古人之詞精思而熟究之，亦何怪乎言之易也？夫詞者，詩之餘。其爲抒寫性情，與詩無二。然詩不過四五七言而止，詞則自一言二言至八九言，其中句斷意聯，盡而不盡，加以四聲五音，移宮换羽，陰陽、輕重、清濁、疾徐之别，其難更倍於詩。粤稽小令始於李唐，慢詞盛於北宋，至南宋乃極其致。其時姜堯章最爲傑出，他若張玉田、史梅溪、高竹屋、王碧山、盧申之、吴夢窗、蔣竹山、陳西麓、周草窗諸人，無不各號名家，相與鼓吹一時。然白石詞中仙手，而沈伯時猶以爲未免有生硬處。古人論詞不少寬假如此，洵乎詞之難也。仇遠村有云：「鉛汞交煉而丹成，情景交煉而詞成。」自非好學深思，精心烹煉，不足以語此。竹垞先生《詞綜》一書，兼收博采，含英咀華，可謂無美不臻矣。然求多求備，譬猶泰山不讓土壤，河海不擇細流，收取稍濫，間或有之。宗之者不學古人之長，而反學其短，不幾大負竹垞苦心也哉？余雅好作詞，間有數闋流傳人口，自愧不及古人萬一，然嘗遍取古人之詞精加玩味，稍能辨其訛正。因念我國家雅化日隆，天下談詩論文之士，無不朝夕砥礪，駸駸以復於古。而詞學一道，講求者絶少，倘風雅名流任筆揮灑，或失於靡曼，或流於粗豪，或詞妙而律未純，或律協而詞未雅，此亦學者之闕也。因取唐宋詞之佳者，彙成一編，偶有字句未愜心處，寧割愛遺之，俾有心斯道者由是以求，涵泳浸潤，純粹以精，意必超玄，語必俊潔，自出新穎，而不謬於古人。庶幾追蹤唐宋，與詩文並臻極盛，於以歌詠太平，無難矣。（王昶編《湖海文傳》卷三十三，清道光十七年刻本）

許寶善《紅雪詞·甲集·序》

晏海，奇士也。以文鳴，以詩鳴，以篆隸鳴，暇則出其餘技，而以長短句鳴，洵善鳴矣。予酷好九宫十三調，因有《自怡軒詞選》。今見此集，心尤怡。相與仿宋人吴夢窗詞，分甲乙集。兹名紅雪，故大致以香艷者爲甲，疏放者爲乙。十七八女郎歌紅牙拍，與關西大漢執鐵綽板，古人不既區别其間乎？綺窗繡榻，取是編而繹之。花有態，月有香，且一切禽鳥蟲魚之殊觀，山川草木之異致，罔不盡其物情，自諧音律。都哉！予欲以薛氏浣花箋書之，薔薇露灑之，真紅聚八仙錦覆之，直可於我朝十六名家詞外别樹一幟也。爲識數語弁其首。乾隆己酉穆堂許寶善題於虎阜旅次。（馮雲鵬《紅雪詞·甲集》，清嘉慶刻本）